Jessica Ann Redmerski est née à Little Rock en 1975. Elle vit en Arkansas avec ses trois enfants. Elle a une prédilection pour tout ce qui incite les gens à repousser leurs limites, et assume parfaitement le fait d'être une inconditionnelle de la série *The Walking Dead*. Les aventures d'Andrew et Camryn – *Loin de tout* et *Près de toi* – ont d'abord été autopubliées sur Internet. Après avoir rencontré un succès phénoménal, Grand Central Publishing a acquis les droits de la série. *Loin de tout* s'est imposé en tête des meilleures ventes du *New York Times*, du *Wall Street Journal* et de *USA Today*.

Du même auteur, chez Milady :

Loin de tout
Près de toi

CE LIVRE EST ÉGALEMENT DISPONIBLE
AU FORMAT NUMÉRIQUE

www.milady.fr

J. A. Redmerski

PRÈS DE TOI

Traduit de l'anglais (États-Unis) par Benjamin Kuntzer

Milady

Milady est un label des éditions Bragelonne

Titre original : *The Edge of Always*

ISBN : 978-2-8112-1226-1

Bragelonne – Milady
60-62, rue d'Hauteville – 75010 Paris

E-mail : info@milady.fr
Site Internet : www.milady.fr

Pour quiconque n'a encore jamais connu
de moment de faiblesse.

Ne vous laissez pas submerger,
la douleur finira par disparaître.

1

Andrew

Il y a quelques mois, quand j'étais allongé dans mon lit d'hôpital, je n'imaginais pas du tout que je serais encore en vie aujourd'hui, et encore moins que j'attendrais un bébé de l'ange vaguement démoniaque auquel je serais fiancé. Et pourtant, c'est le cas. Nous y sommes. Camryn et moi, prêts à appréhender le monde d'une façon nouvelle. Les événements ont pris une tournure inattendue, comme c'est souvent le cas. Et si c'était à refaire, ni elle ni moi ne voudrions que cela se passe autrement.

J'adore ce fauteuil. C'était le préféré de mon père, et la seule pièce de son héritage à laquelle je tenais vraiment. Bien sûr, j'ai aussi reçu un gros chèque qui nous permettra de voir venir pendant un bon moment, sans oublier la Chevelle, mais ce fauteuil compte tout autant à mes yeux. Camryn le déteste, même si elle ne le reconnaîtra jamais à haute et intelligible voix, car il appartenait à mon père. Je ne peux pas lui en vouloir : il est vieux, il pue, et il y a un trou dans l'assise remontant aux années où mon paternel était un gros fumeur. Je me suis engagé à faire venir quelqu'un pour le nettoyer, et je tiendrai parole. Dès qu'elle aura décidé si elle préfère qu'on reste à Galveston ou qu'on s'installe en Caroline du Nord. Les deux me vont, mais quelque chose me dit qu'elle réserve sa décision à cause de moi.

J'entends l'eau de la douche s'éteindre, puis, quelques secondes plus tard, un gros *boum* ébranler la cloison. Je me relève d'un bond, sans me soucier de la télécommande que j'envoie s'écraser sur le sol, et me précipite vers la salle de bains. L'angle de la table basse m'érafle douloureusement le mollet au passage.

J'ouvre la porte à la volée.

— Qu'est-ce qui s'est passé ?

Camryn secoue la tête et me sourit avant de se pencher pour ramasser le sèche-cheveux gisant à côté des toilettes.

Je pousse un soupir de soulagement.

— Tu es encore plus flippé que moi, se gausse-t-elle.

Elle m'observe me frotter la jambe avec vigueur. Elle repose le sèche-cheveux sur le comptoir, s'approche de moi et m'embrasse à la commissure des lèvres.

— Apparemment, ce n'est pas pour moi qu'il faut le plus s'inquiéter.

Je l'attrape par les épaules pour l'étreindre, puis laisse glisser ma paume jusqu'à caresser son ventre légèrement arrondi. On voit à peine qu'elle est enceinte. À quatre mois, je m'attendais au moins à ce qu'elle couve un bébé hippo, mais je ne connais rien à ce genre de truc.

— Peut-être bien, réponds-je en tentant de dissimuler mon embarras. Je suis sûr que tu l'as fait exprès, juste pour voir combien de temps j'allais mettre à arriver.

Elle m'embrasse de l'autre côté de la bouche, puis revient droit au but, introduisant langoureusement sa langue entre mes lèvres tout en serrant son corps nu et encore mouillé contre le mien. Je laisse échapper un gémissement de contentement et l'étreins de plus belle.

Je m'écarte néanmoins avant de succomber à son piège grossier.

— Merde, faut vraiment que tu arrêtes de faire ça.

— C'est ce que tu veux ? me demande-t-elle avec un sourire narquois.

Je panique complètement quand elle fait ça. Une fois, après une conversation achevée par ce sourire, nous n'avions plus eu le moindre rapport pendant trois jours. Les trois plus longues journées de ma vie.

— Eh bien, non, réponds-je d'un ton chargé d'angoisse. C'est pas le moment. Nous avons exactement trente minutes pour arriver chez le médecin.

J'espérais secrètement que sa libido ne faiblirait pas pendant sa grossesse. J'ai entendu d'horribles histoires de femmes enceintes jamais rassasiées se transformant, dès qu'elles devenaient réellement grosses, en harpies cracheuses de feu pour peu qu'on les touche.

Une demi-heure. Merde. Je pourrais la prendre vite fait sur le comptoir…

Camryn m'adresse un sourire tendre et récupère d'un coup sec sa serviette étendue sur la tringle du rideau de douche pour entreprendre de se sécher.

— Je serai prête dans dix minutes, promet-elle en m'éconduisant de la main. N'oublie pas d'arroser Géorgie. Tu as retrouvé ton téléphone ?

— Pas encore, admets-je en commençant à sortir.

Puis je m'immobilise et ajoute, avec un sourire suggestif :

— Euh, on pourrait…

Elle me claque la porte au nez. J'éclate de rire.

Je farfouille dans tout l'appartement, retournant les coussins et examinant les endroits les plus incongrus en quête de mes clés, avant de les découvrir dissimulées sous une pile de courriers publicitaires amoncelée sur le comptoir de la cuisine. J'hésite un instant avant de me saisir d'une enveloppe bien particulière. Camryn refuse de me laisser la jeter, car c'est sur celle-ci qu'elle a lu mon adresse à l'opératrice des urgences le jour où j'ai fait une crise devant elle. J'imagine qu'elle a l'impression que ce morceau de papier a contribué à me sauver la vie, alors que, en réalité, il lui a uniquement servi à comprendre que j'avais un problème.

Mon attaque était sans gravité. J'en avais déjà eu plusieurs. Merde, j'en avais même eu une dans notre hôtel de La Nouvelle-Orléans, avant que nous décidions de partager une chambre. Inutile de préciser que, quand j'ai fini par le lui avouer plus tard, elle ne l'a pas très bien pris.

Elle s'inquiète sans arrêt de voir revenir la tumeur. Je crois qu'elle s'en soucie plus que moi.

Si elle revient, tant pis. Nous surmonterons cette épreuve ensemble. Désormais, nous surmonterons tout ensemble.

— C'est l'heure, ma belle ! l'appelé-je depuis le salon.

Elle sort de la chambre vêtue d'un jean et d'un tee-shirt plutôt moulants. Et des talons hauts. Sans déconner. Des talons ?

— La pauvre, tu vas lui écrabouiller la tête avec un pantalon aussi serré.

— Je ne vais rien lui écrabouiller du tout, que ce soit un garçon ou une fille, réplique-t-elle en attrapant son sac. Tu as beau être sûr de ton coup, rien n'est encore certain.

Nous sortons main dans la main, et je pense à enfoncer le bouton sur la poignée avant de claquer la porte derrière nous.

— Je sais que c'est une fille, déclaré-je avec assurance.

— Tu veux qu'on parie ? m'interroge-t-elle avec un sourire en coin.

L'air est encore assez doux pour un mois de novembre. Je lui ouvre la portière de la voiture, et l'invite à monter en orientant ma paume vers le haut.

— Quel est l'enjeu ? demandé-je. Tu sais que je suis toujours prêt à parier.

Camryn se glisse sur son siège, et je fais le tour de la voiture en trottinant avant de m'installer à mon tour. Les poignets posés sur le volant, j'attends patiemment qu'elle me réponde.

Elle se mordille la lèvre inférieure, le temps d'y réfléchir. Ses longs cheveux blonds lui tombent sur les épaules, et ses yeux bleus brillent d'excitation.

— Puisque tu es si sûr de toi, finit-elle par déclarer, tu n'as qu'à proposer un truc, je te dirai si je suis d'accord. (Elle affiche soudain une mine sévère et pointe sur moi un doigt accusateur.) Mais rien de sexuel. Je crois que tu as déjà à peu près fait le tour de la question. Trouve quelque chose de...

Elle se tortille les mains devant elle.

— Je ne sais pas... d'osé ou de significatif.

Mmm. Je sèche complètement. J'introduis la clé dans le démarreur, mais hésite un instant avant de la faire tourner.

— Très bien, alors si c'est une fille, c'est moi qui choisis son prénom, suggéré-je, fier de ma trouvaille.

Ses sourcils tressaillent légèrement, et elle affiche une moue contrariée.

— Ça ne me plaît pas trop. C'est une décision qu'on doit prendre à deux, tu ne trouves pas ?

— Bien sûr que si, mais tu ne me fais pas confiance ?

Elle hésite un instant.

— Si... si, je te fais confiance, mais...

— Mais pas pour choisir le prénom de notre enfant.

Je lui adresse une mine offusquée, pour le simple plaisir de la mettre en boîte. Gênée, elle n'ose plus me regarder en face.

— Alors ? la pressé-je.

Camryn croise les bras avant de répondre :

— Et à quel prénom tu penses, au juste ?

— Qu'est-ce qui te fait croire que j'en ai déjà un ?

Je tourne la clé et le moteur de la Chevelle se met à vrombir doucement.

Elle incline la tête de côté, souriant d'un air entendu.

— Oh, arrête ton char ! Si ça n'était pas le cas, tu ne serais pas aussi sûr du sexe et tu ne ferais pas de pari stupide juste avant une échographie.

Je me retourne, hilare, et passe la marche arrière.

— Lily, admets-je en l'observant du coin de l'œil tout en quittant ma place de parking. Lily Marybeth Parrish.

Un léger sourire lui éclaire peu à peu le visage.

— En fait, ça me plaît bien, dit-elle, de plus en plus radieuse. Je dois avouer que j'étais un peu inquiète. Pourquoi Lily ?

— Sans raison particulière. Je trouve ça joli, c'est tout.

Elle ne semble pas convaincue. Elle me considère, les yeux plissés.

— C'est vrai ! promets-je en riant doucement. Je n'ai pas arrêté de réfléchir à des prénoms depuis que tu me l'as annoncé.

Le visage de Camryn s'illumine, et si je n'étais pas un mec, un vrai, je me laisserais aller à rougir comme un idiot.

— Tu y réfléchis depuis le premier jour ?

Elle paraît agréablement surprise. Tant pis, je m'empourpre malgré tout.

— Ouais, avoué-je du bout des lèvres. Je n'ai pas encore trouvé de bon prénom de garçon, mais on a encore plusieurs mois pour y penser.

Camryn m'observe, aux anges. J'ignore ce qui lui passe par la tête à cet instant précis, mais je me rends compte que je rougis de plus en plus à mesure qu'elle me scrute.

— Quoi ? finis-je par demander avant d'éclater de rire.

Elle se penche vers moi et me tourne délicatement le menton avant de m'embrasser.

— Je t'aime tellement, chuchote-t-elle.

Je mets une bonne seconde à prendre conscience que j'ai des crampes aux zygomatiques à force de sourire.

— Je t'aime aussi. Maintenant, mets ta ceinture.

Elle s'installe correctement et s'exécute. Sur la route, nous ne cessons l'un et l'autre de consulter l'heure sur le tableau de bord. Plus que huit minutes. Cinq. Trois. Je crois que nous nous faisons la même réflexion en nous garant : dans quelques secondes, nous allons rencontrer notre fils ou notre fille pour la toute première fois. Et dire qu'il y a à peine quelques mois, je ne pensais pas vivre si longtemps…

— Je n'en peux plus d'attendre, me chuchote Camryn en se penchant vers moi.

C'est tellement bizarre. D'être assis en salle d'attente, entouré de femmes enceintes. Je n'ose pas les regarder. Certaines paraissent furieuses. Tous les magazines pour mecs semblent arborer en couverture une photo d'homme posant sur un bateau, le pouce dans la gueule d'un poisson. Je fais mine de lire un article.

— On est là depuis à peine dix minutes, murmuré-je en lui caressant la cuisse d'un geste réconfortant.

— Je sais, mais je suis si nerveuse…

Au moment où je lui saisis la main, une infirmière en rose émerge d'une porte latérale et appelle Camryn. Nous la suivons sans tarder.

Je m'assieds contre le mur tandis que Camryn se déshabille et enfile l'une de ces blouses d'hôpital. Je la taquine sur le fait qu'elle se retrouve ainsi cul nu, et elle fait mine de se vexer, mais son rougissement la trahit. Puis elle s'installe à côté de moi et nous attendons. Et attendons encore. Une autre infirmière finit par arriver. Elle se lave les mains au lavabo.

— Avez-vous bu assez d'eau avant votre rendez-vous ? demande-t-elle après nous avoir salués.

— Oui, madame, répond Camryn.

Je vois bien qu'elle redoute que le bébé aille mal et que l'échographie le révèle. J'ai essayé de lui dire que tout allait bien se passer, mais elle ne cesse de s'inquiéter.

Elle m'adresse un regard désespéré depuis son siège à l'autre bout de la pièce, mais je ne peux rien faire d'autre que de me rapprocher pour la réconforter. L'infirmière lui pose une série de questions avant d'enfiler une paire de gants en latex. Je contribue aux réponses aussi souvent que possible, car Camryn est de plus en plus tendue à chaque seconde qui s'écoule et peine à articuler. Je lui serre la main en signe d'encouragement.

Lorsque l'infirmière lui verse une giclée de ce liquide gluant sur le ventre, Camryn prend une profonde inspiration.

— Waouh, vous avez un sacré tatouage, commente l'infirmière. Ça n'a pas dû être une partie de plaisir, surtout sur les côtes.

— Non, c'est assez spécial, confirme Camryn en me souriant. C'est un Orphée. Andrew a l'autre moitié. Eurydice. C'est une longue histoire.

Je soulève fièrement mon tee-shirt pour montrer mon dessin à l'infirmière.

— C'est stupéfiant ! s'exclame-t-elle en nous observant tour à tour. On ne voit pas ça tous les jours.

Elle change alors de sujet en déplaçant sa sonde au-dessus de la tête du bébé, de son coude et d'autres membres. Plus l'infirmière sourit en nous expliquant que « tout est parfait », plus je sens que Camryn se détend. Ses traits se décrispent et le bonheur et le soulagement se lisent sur son visage. Je souris à mon tour.

— Vous êtes sûre qu'il n'y a pas lieu de s'inquiéter ? demande malgré tout Camryn. Certaine ?

Elle acquiesce et m'adresse un rapide coup d'œil.

— Oui. Jusqu'ici, je n'ai rien vu de problématique. Le fœtus se développe rapidement et a tout ce qu'il faut là où il faut. Il bouge bien, et les battements de son cœur sont normaux. Vous pouvez vous détendre.

Camryn lève la tête vers moi, et j'ai l'impression que nous pensons tous les deux à la même chose.

L'infirmière me conforte dans cette impression quand elle demande :

— Je crois comprendre que vous êtes curieux de connaître le sexe ?

Nous prenons une seconde pour nous interroger du regard. Elle est tellement belle. Je n'arrive pas à croire que nous soyons ensemble. Qu'elle porte mon bébé.

— Je tiens le pari, déclare subitement Camryn, me prenant complètement au dépourvu.

Elle se fend d'un large sourire et me serre doucement la main ; nous nous tournons vers l'infirmière.

— Oui, répond Camryn. Si vous le savez.

L'infirmière approche sa sonde de la zone concernée et semble s'adonner à une ultime vérification avant de donner son verdict.

— Eh bien, c'est encore un peu tôt, mais… il me semble que c'est une fille, révèle-t-elle enfin. Dans une vingtaine de semaines, lors de votre prochaine écho, je pourrai vous l'annoncer avec certitude.

2

Camryn

Honnêtement, je ne crois pas avoir déjà vu Andrew sourire comme ça. Peut-être la fois où j'ai chanté avec lui pour la première fois à La Nouvelle-Orléans, quand il avait été si fier de moi, mais je n'en suis même pas sûre. Mon cœur tambourine dans ma cage thoracique sous le coup de l'émotion, la réaction d'Andrew me touche. Je sais à quel point il voulait une petite fille, et je jurerais qu'il rassemble tout son courage pour ne pas fondre en larmes devant l'infirmière. Ou devant moi, d'ailleurs.

Personnellement, je n'ai jamais eu de préférence entre un garçon et une fille. Comme toutes les femmes enceintes, j'espère juste que le bébé est en bonne santé. Même Andrew ne fait évidemment pas passer le sexe en priorité. J'en ai conscience.

Il se penche pour m'embrasser délicatement sur les lèvres ; ses yeux verts lumineux trahissent sa joie.

— Alors ce sera Lily, dis-je, en plein accord, avant de l'embrasser de nouveau en passant les doigts dans ses cheveux châtains et courts.

— Très joli prénom, estima l'infirmière. Mais essayez tout de même d'en trouver un pour un garçon, on ne sait jamais.

Elle nettoie sa sonde et nous laisse un moment pour savourer notre joie.

Andrew lui lance alors :

— Eh bien, si à ce stade mon bébé n'a encore rien qui puisse clairement se voir entre les jambes, c'est que c'est incontestablement une fille.

Je réprime un éclat de rire et lève les yeux au ciel en observant l'infirmière. Le plus drôle est qu'il était sérieux. Il incline la tête de côté en remarquant mon air amusé.

Nous passons le reste de la journée à faire des courses. Ni lui ni moi n'avons pu résister. Jusqu'à présent, nous avions regardé de nombreux articles sans acheter grand-chose car, ne sachant pas s'il fallait opter pour du rose ou du bleu, nous ne voulions pas nous retrouver avec une chambre bourrée de jaune. Et même s'il se peut encore que ce soit un garçon, Andrew est plus convaincu que jamais qu'il s'agit d'une fille, je me prends donc au jeu et me mets à y croire également. Il me force malgré tout à rester raisonnable !

— Il vaut mieux attendre, insiste-t-il en me voyant loucher sur un nouvel ensemble pour fille au rayon des nouveau-nés. Tu sais que ma mère compte fêter dignement l'heureux événement, pas vrai ?

— Oui, mais on peut quand même acheter quelques trucs maintenant.

Je glisse donc cette tenue si mignonne dans le chariot.

Andrew contemple tour à tour le caddie et mon visage, une moue méditative aux lèvres.

— Je crois qu'on a dépassé le stade des quelques trucs, ma belle.

Il a raison. J'en ai déjà pour près de quatre-vingt-dix dollars de vêtements. Dans le pire des cas, si on découvre plus tard que c'est un garçon, je pourrai toujours les échanger.

La journée se déroule dans ce même esprit jusqu'à ce que nous nous arrêtions chez sa mère pour lui apprendre la nouvelle.

— Oh, c'est merveilleux ! s'exclame-t-elle en m'embrassant. J'étais sûre que ce serait un garçon !

Je laisse glisser mes mains le long des bras de Marna, puis m'installe à la table de la cuisine avec Andrew tandis qu'elle se dirige vers le frigo. Elle en sort un pichet de thé glacé et nous en sert un verre à chacun.

— La fête aura lieu en février, annonce-t-elle depuis derrière le comptoir. J'ai déjà tout organisé. Tu n'auras plus qu'à venir.

Elle a un sourire jusqu'aux oreilles quand elle repose le pichet.

— Merci, dis-je.

Elle nous apporte nos verres puis s'assied sur la chaise libre.

Ma maison me manque vraiment. Mais j'adore aussi cet endroit, et Marna est comme une deuxième maman. Je n'ai pas encore pu me résoudre à avouer à Andrew combien l'absence de ma mère et de Natalie me pèse ; je n'ai pas vraiment d'amie proche à qui me confier. On a beau être amoureuse du type le plus génial de la planète – ce qui est mon cas –, ça ne compense pas complètement l'absence de mes proches. J'ai rencontré une fille de mon âge, ici, une certaine Alana, qui habite à l'étage du dessus avec son mari, mais je crains qu'on n'ait pas tellement d'atomes crochus. Si je commence déjà à me trouver des excuses pour ne pas l'accompagner quand elle me propose des sorties, ça ne collera sans doute jamais entre nous.

Cependant, je crois vraiment que cette tristesse que je cache, ce mal du pays que je tais et tout le reste sont dus à la grossesse. J'ai les hormones en vrac. Je suppose aussi que c'est plus ou moins lié au stress. Un rien m'inquiète, désormais. Enfin, j'étais déjà angoissée avant de rencontrer Andrew, mais c'est mille fois pire depuis que je suis enceinte… Est-ce que le bébé va naître en bonne santé ? Serai-je une bonne mère ? Ai-je foutu ma vie en l'air en… Voilà que je recommence. Putain. Je suis vraiment un monstre. Chaque fois que cette pensée m'effleure l'esprit, je me sens atrocement coupable. J'aime notre bébé, et si c'était à refaire, je recommencerais sans hésiter, mais je ne peux m'empêcher de me demander si je… si nous n'avons pas déconné en faisant un enfant si tôt.

La voix d'Andrew me tire soudain de ma torpeur.

— Camryn ? Ça va ?

Je me compose un sourire crédible.

— Oui, tout va bien. J'étais dans la lune. Tu sais, je préfère le violet au rose.

— Tu m'as laissé choisir le prénom, réplique-t-il, je te laisse choisir les couleurs que tu veux.

Il referme sous la table sa main autour de la mienne. Le fait de savoir qu'il prend tout cela à cœur suffit à me remettre en joie.

Marna éloigne son verre de ses lèvres et le repose devant elle.

— Oh ? s'étonne-t-elle. Vous avez déjà trouvé le prénom ?

Andrew acquiesce.

— Lily Marybeth. Marybeth est le deuxième prénom de Camryn, précise-t-il. C'est normal qu'elle porte le nom de sa mère.

Il vient de me faire fondre. Je ne le mérite pas.

Marna, radieuse, me sourit. Elle n'a pas été épargnée par les émotions fortes. Non seulement son fils a vaincu la maladie alors qu'il était à l'article de la mort, mais voilà qu'il s'apprête à lui donner une petite-fille.

— C'est un très joli prénom, s'enthousiasme-t-elle. Je pensais qu'Aidan et Michelle seraient les premiers, mais la vie est pleine de surprises.

Sa phrase semble sous-entendre quelque chose. Andrew s'en rend compte lui aussi.

— Est-ce qu'il y a de l'eau dans le gaz, entre eux ? s'enquiert-il avant d'avaler une gorgée de thé.

— Rien que de très normal chez les couples mariés, répond-elle évasivement. Il y a toujours des hauts et des bas, et ils sont en couple depuis longtemps.

— Combien de temps ?

— Mariés depuis cinq ans seulement, me précise Marna. Mais ils doivent être ensemble depuis neuf ans, maintenant.

Elle hoche la tête en y réfléchissant, comme pour confirmer son intuition initiale.

— Ça doit être à cause d'Aidan, estime Andrew. Je n'aimerais pas être marié avec lui.

Il éclate de rire.

— Ouais, ça serait bizarre, admets-je en grimaçant.

— En tout cas, Michelle ne pourra pas venir à la fête que j'organise en ton honneur. Elle a plusieurs conférences en février, et ça ne colle pas avec son emploi du temps, surtout qu'elle habite loin. Mais elle enverra sans doute les plus beaux cadeaux.

Elle m'adresse un sourire tendre.

Je lui rends son sourire, prends une gorgée de thé. Mon esprit recommence déjà à divaguer sans que je puisse l'en empêcher. Je n'arrête pas de penser à son commentaire sur les mariages connaissant nécessairement des hauts et des bas. Et je me remets à angoisser.

— C'est le 8 décembre, ton anniversaire, pas vrai, Camryn ?

Je cligne des yeux pour reprendre mes esprits.

— Oh… oui. Vingt et un cette année.

— Ah, ça nous fait donc encore une chose à fêter.

— Oh, non, ne vous embêtez pas.

Elle balaie mon refus d'un geste de la main, et Andrew nous regarde avec un sourire béat.

Je capitule, sachant qu'avec Marna, il serait vain de discuter.

Nous rentrons chez nous environ une heure plus tard. La nuit est déjà tombée. La journée m'a épuisée, de même que l'excitation de notre première rencontre avec Lily.

Lily. Je n'arrive pas à croire que je vais être maman. Je souris malgré moi en entrant dans le salon. Je laisse tomber mon sac sur la table basse et m'affale au milieu du canapé, avant de me débarrasser de mes chaussures en battant des pieds.

Bientôt, Andrew, radieux, s'assied à côté de moi avec un sourire entendu.

J'ai pu duper Marna, mais j'aurais dû savoir qu'Andrew me percerait à jour.

3

Andrew

Je prends Camryn dans mes bras et l'installe en amazone sur mes genoux. Je l'enlace et enfouis mon visage dans le creux de son cou. Je sais que quelque chose l'attriste. Je le sens, mais une partie de moi rechigne à lui poser la question.

— Qu'est-ce qu'il y a ? demandé-je malgré tout, en retenant mon souffle.

Elle pivote la tête pour me regarder dans les yeux, et je la découvre rongée d'anxiété.

— J'ai seulement peur.

— Peur de quoi ?

Elle marque une pause, observe distraitement le reste de la pièce, puis se perd dans la contemplation d'un point invisible juste devant elle.

— De tout, répond-elle.

Je lui prends le menton pour la forcer à me faire face.

— Tu peux tout me dire, Camryn. Tu le sais, pas vrai ?

Ses prunelles bleues se troublent de larmes qu'elle ne laisse pas couler.

— Je… eh bien, je ne voudrais pas que l'on finisse comme… tu sais, plein d'autres couples.

Oh, je comprends mieux. Je la fais pivoter par les hanches, de sorte qu'elle soit vraiment face à moi, à califourchon sur mes cuisses.

— Regarde-moi, dis-je en lui prenant les mains. On ne va pas finir comme les autres couples. Tu veux que je te dise pourquoi ?

Elle n'acquiesce pas, mais c'est inutile. Je sais qu'elle attend que je poursuive. Une larme roule alors de son œil, mais je la rattrape avant que sa course ne s'achève.

— Parce que nous en sommes tous les deux conscients, expliqué-je. Parce que c'est le destin qui nous a jetés dans les bras l'un de l'autre, dans ce car, au fin fond du Kansas. Et parce que l'on sait l'un comme l'autre ce qu'on attend de la vie. On n'a pas encore clarifié tous les détails – et c'est inutile –, mais au moins on sait dans quelle direction aller.

Je m'interromps un instant avant d'ajouter :

— On peut encore faire le tour du monde. Il va juste falloir décaler un peu notre départ. Et en attendant, on vit notre vie comme on l'entend. On ne s'inflige pas une routine à la con.

Je parviens à lui arracher un léger sourire.

— Et comment fait-on pour éviter ça ? me demande-t-elle en croisant les bras, une moue suffisante lui déformant les lèvres.

Voilà la crâneuse espiègle que je connais et que j'aime.

Je lui frictionne vivement les cuisses avant de répliquer :

— Si tu veux travailler, tu peux. Je me fous que tu retournes des burgers ou que tu ramasses de la merde dans un zoo, tu peux faire ce qui te plaît. Mais dès que tu en as marre ou que tu commences à avoir l'impression que ça devient ta vie, donne ta démission. Et si tu préfères attendre sans rien faire, ça me va aussi, je te l'ai déjà dit. Tu sais que, quoi qu'il arrive, je m'occuperai de toi.

J'anticipe sa réaction, et m'y prépare donc. Ça ne manque pas : Camryn montre les dents et m'enguirlande.

— Pas question que je reste à me tourner les pouces pendant que tu m'entretiens.

Elle est tellement canon quand elle joue les femmes libérées.

Je lève les mains en signe de reddition.

— D'accord, comme tu veux. Ce qu'il faut que tu comprennes, c'est que je me fous complètement de ce que tu fais ou ne fais pas, tant que cela te rend heureuse.

— Et toi, Andrew ? Tu ne peux pas me dire de ne pas me soucier de la routine tandis que tu t'y précipites la tête la première sous prétexte qu'on a un enfant à charge. Ce n'est pas juste.

— C'est plus ou moins ce que tu as dit le premier soir où j'ai mis ma tête entre tes cuisses. Tu crois que ça m'a posé un problème, à l'époque ?

Elle rougit. Même après tout ce temps et tout ce que nous avons vécu ensemble, j'arrive encore à la mettre mal à l'aise.

Je prends son visage en coupe et l'embrasse.

— Tant que je vous aurai toi, Lily et ma musique, je serai comblé.

Une nouvelle larme dévale le long de sa joue délicate, mais cette fois elle sourit.

— Tu me le promets ? s'enquiert-elle.

— Oui, je te le promets, déclaré-je avec fermeté.

Je laisse s'écouler une seconde avant de lui sourire.

— Je suis désolée, dit-elle dans un souffle, la mine abattue. Je ne sais pas ce qui cloche chez moi ces derniers temps. Un jour, tout va bien, je suis tout sourires, et le lendemain, subitement, je me sens toute morose et déprimée.

Je ricane doucement.

— On s'habitue à tout, même aux sautes d'humeur.

Elle ouvre la bouche, offusquée, avant de se mettre à rire à son tour.

— C'est une façon de voir les choses.

Elle s'interrompt subitement avant de reprendre :

— Tu as entendu ?

Elle plisse les yeux en tendant l'oreille vers la source du bruit. Je l'entends également, mais fais comme si de rien n'était.

— Oh, génial ! commenté-je. Ne me dis pas que la grossesse provoque aussi des hallucinations.

Elle m'assène une légère claque sur la poitrine avant de se lever.

— Non, c'est ton portable, affirme-t-elle en faisant le tour du canapé. Je croyais que tu n'avais plus de batterie ?

Non… J'avais juste coupé la sonnerie avant de le cacher pour te le faire croire. Disons que je pensais l'avoir coupée.

— Je crois que tu es assis dessus, déclare-t-elle.

Je me mets debout à mon tour et fouille ostensiblement sous le coussin. Je finis par en extraire l'appareil, dont l'écran affiche le portrait de Natalie. Techniquement, il s'agit plutôt de la photo d'une hyène, mais je trouvais que ça lui ressemblait bien. Merde. Ça promet d'être bizarre.

Camryn tend la main en découvrant le nom de son amie.

— Depuis quand Natalie t'appelle directement ? s'exclame-t-elle en m'arrachant mon téléphone.

Ouais, vraiment bizarre, car elle ne semble pas jalouse : elle a un grand sourire aux lèvres !

Je me gratte nerveusement l'arrière du crâne, évitant de croiser son regard, puis essaie promptement de récupérer mon portable.

— Alors là, tu rêves ! s'esclaffe-t-elle en s'éloignant du canapé.

— Allez, rends-moi mon téléphone…

Elle me l'agite sous le nez avant que j'enjambe le dossier pour m'élancer à sa poursuite.

Elle brandit sa main vide dans ma direction.

— Attention ! Je suis enceinte, tu pourrais me faire mal !

Elle glousse.

Voilà qu'elle abat son atout « petite chose fragile ». Quelle peste !

Elle fait glisser son doigt sur la barre de réponse et porte l'écouteur à son oreille, sans cesser de sourire.

Je capitule. Je suis nul à ce genre de jeu.

— Eh bien, salut Natalie, dit Camryn sans me quitter de ses yeux taquins. Alors comme ça, tu vois mon mec en douce ?

Elle secoue la tête en entendant la réponse inaudible de Natalie. Elle sait manifestement ce qui se trame, ou s'en doute fortement, car elle sait que je ne la tromperai jamais, surtout pas avec sa meilleure amie. Celle-ci est certes jolie, mais elle se comporte comme une star de télé-réalité.

Camryn met le téléphone sur haut-parleur.

— Videz votre sac, tous les deux, ordonne-t-elle.

— Hum, euh…, bredouille Natalie de son côté.

— Pour la première fois de sa vie, Natalie n'a rien à raconter, se moque Camryn. J'en suis sur le cul.

Elle se tourne alors vers moi.

— Pardon Andrew ! s'exclame Natalie.

— Pas ta faute, réponds-je. J'ai oublié de l'éteindre.

Camryn se racle impatiemment la gorge.

— C'était censé être une surprise, avoué-je en fronçant les sourcils.

— Ouais ! Je te jure qu'il ne me saute pas !

Je grimace outrageusement au commentaire de Natalie, et Camryn fait de son mieux pour réprimer son éclat de rire. Cependant, elle ne manque jamais une occasion de torturer ceux qu'elle aime, même si elle le fait sans malveillance.

— Je ne te crois pas, Nat, affirme-t-elle le plus sérieusement du monde.

— Hein ?

Natalie semble complètement abasourdie.

— Ça dure depuis combien de temps ? insiste Camryn.

Elle est vraiment bonne comédienne. Elle va poser l'appareil sur la table basse et croise les bras.

— Cam… Je te jure devant Dieu que ce n'est pas ce que tu crois. Oh, bon sang, jamais de la vie je ne te ferais un truc pareil.

Enfin, ouais, Andrew est vraiment beau mec, je l'admets, et je lui sauterais dessus aussi volontiers que sur Joseph Morgan si vous n'étiez pas ensemble, mais…

— J'ai pigé, Nat.

Par bonheur, Camryn l'a interrompue avant que son amie ne se perde en digressions.

— Vraiment ? demande prudemment Natalie.

Elle ne sait plus trop sur quel pied danser, ce qui ne m'étonne guère.

Camryn récupère le téléphone et me le colle sous le nez en articulant silencieusement le mot « sérieux ? ». Je suppose qu'elle fait allusion à la hyène.

Je hausse les épaules.

— Alors, qu'est-ce qui se passe vraiment ? reprend-elle.

— Camryn, réponds-je, je sais que tu as le mal du pays. Ça fait un moment que je m'en doute, donc il y a une quinzaine de jours, j'ai récupéré en douce le numéro de Natalie sur ton téléphone et je l'ai appelée.

Elle plisse les yeux. Je la force à s'asseoir sur le canapé avec moi.

— Ouais, il m'a appelée pour me parler de votre rendez-vous chez l'échographiste, en se disant que je voudrais peut-être…

Sa voix déraille ; elle ne veut pas être celle qui révèle le pot aux roses.

— Je me suis dit qu'elle voudrait peut-être t'organiser une fête pour célébrer l'heureux événement quand nous saurions si c'est une fille ou un garçon. J'ai d'abord essayé d'appeler ta mère, mais elle devait être encore à Cozumel.

Camryn acquiesce.

— Ouais, c'était sans doute le cas.

— Mais elle est à fond dedans, maintenant, précise Nat d'une voix stridente. Elle et moi, on était en train de tout organiser en secret. Je n'en pouvais plus d'attendre que ton sex-toy me dise si c'est un garçon ou une fille, alors je lui ai téléphoné, et maintenant j'ai ruiné la surprise !

— Non, non, Nat, tu n'as rien gâché du tout, affirme Camryn penchée tout près du téléphone avant de se vautrer dans le canapé. En fait, c'est même mieux que je le sache, car je suis déjà tout excitée à l'idée de revenir bientôt en Caroline du Nord.

— Eh bien, tu n'auras pas à attendre longtemps, interviens-je. On part vendredi après-midi.

Camryn ouvre grand les yeux et son sourire s'élargit.

Je crois que c'était tout ce dont elle avait besoin. En deux secondes chrono, la petite fille complètement déprimée est devenue une jeune femme rayonnant de bonheur. J'adore la voir dans cet état. J'aurais dû le lui avouer plus tôt.

— Mais quatre mois, c'est encore un peu tôt pour fêter ça, non ? s'étonne Camryn. Ça ne me dérange pas, hein, mais...

— Peut-être bien, réplique Natalie, mais on s'en fout : tu rentres à la maison !

— Ouais, dis-je, on s'est dit qu'on pourrait faire d'une pierre deux coups.

— Eh bien, je suis ravie. Merci à tous les deux ! s'exclame-t-elle, radieuse.

— Bon, et alors..., reprend Natalie. C'est un gars ou une fille ?

Camryn fait durer le suspense quelques secondes de plus, prenant plaisir à torturer Natalie, puis elle annonce :

— Une fille !

Natalie glapit si fort que je ne peux réprimer un mouvement de recul.

— J'en étais sûre ! hurle-t-elle.

En temps normal, j'aurais jugé prudent de les laisser entre filles et d'aller me préparer un sandwich, prendre une douche ou autre chose, mais je sais que je ne peux pas m'éclipser cette fois. J'étais partie prenante du « grand complot », je suppose donc que je me dois d'attendre la fin de la conversation.

— Je suis tellement contente, Cam. Vraiment, tu n'as pas idée.

— En fait, euh… si, elle en a une petite idée, corrigé-je.

Camryn me décoche un regard menaçant.

— Merci, Nat. Moi aussi, je suis contente. Et on a déjà choisi le prénom. Enfin, techniquement, c'est plutôt Andrew qui a choisi.

— Quoi ? s'offusque Natalie d'un ton pince-sans-rire. Tu veux dire qu'il l'a… trouvé tout seul ?

Elle prononce ces derniers mots comme s'il s'agissait d'une maladie terrible.

Mais putain, c'est quoi cette manie qu'ont les femmes de penser que les mecs sont nuls pour choisir des prénoms ?

— Lily Marybeth Parrish, annonce fièrement Camryn.

Je suis tellement soulagé de savoir que ma copine aime ce prénom autant que moi, et qu'elle ne fait pas juste semblant pour ne pas me faire de peine.

— Oh punaise, le pire, c'est que j'aime bien. Andrew, tu as bon goût !

Je n'avais certainement pas besoin de l'approbation de Natalie, mais ça ne m'empêche pas de sourire comme un gamin à l'idée que même elle le trouve bien.

4

Camryn

La journée d'hier a été épuisante. Agréablement épuisante. Les bonnes nouvelles se sont accumulées, je ne suis pas encore remise de toutes ces émotions. Notre soirée à venir dans notre bar préféré de Houston n'en sera que plus excitante.

Andrew et moi avons commencé à jouer ici et là il y a un peu plus d'un mois, et j'adore ça. Avant de le rencontrer, je n'avais jamais imaginé me produire un jour dans un coin de pub. Ni nulle part ailleurs. Ça ne m'avait jamais effleuré l'esprit. Néanmoins, j'y ai pris goût à La Nouvelle-Orléans, et cela m'a ouvert d'incroyables perspectives par la suite. Bien sûr, une grande partie de mon bonheur venait alors du fait de partager ces moments avec Andrew, ce qui est encore vrai aujourd'hui. Je doute que je continuerais s'il ne m'accompagnait pas.

Ce n'est pas le fait de jouer en public qui me plaît tant, mais plutôt de le faire avec lui.

Je discute un moment avec ma mère de mon prochain séjour, et elle semble aussi impatiente que moi. Roger et elle se sont mariés au Mexique ! Ça m'a légèrement fait tiquer de ne pas avoir été invitée, mais plus j'y pense moins cela me dérange. Ils ont simplement fait preuve de spontanéité. Ils ont écouté leurs cœurs et foncé. Depuis que je suis avec Andrew, j'ai appris qu'être spontanée et savoir parfois sortir du moule sont deux choses très importantes. Après tout, nous ne serions pas ensemble tous les deux si je n'avais pas décidé de partir sur un coup de tête.

Concernant notre propre mariage, nous n'avons pour l'instant pas arrêté de date. Nous en avons discuté un soir et sommes tombés d'accord pour le faire dès que cela nous paraîtrait opportun. Pas de jour précis. Pas de préparatifs. Pas de robe à 5 000 dollars que je ne remettrais plus jamais. Pas de fleurs à associer à la décoration. Pas de garçons ni de demoiselles d'honneur. Tous ces trucs nous stressent rien que d'y penser.

Nous nous marierons quand nous serons prêts à franchir le pas, et nous savons tous deux que l'attente n'a rien à voir avec une quelconque incertitude. Nous le voulons l'un comme l'autre, ça ne fait aucun doute.

J'entends les clés d'Andrew tourner dans la serrure, et je le rejoins au niveau de la porte d'entrée. Je lui saute dans les bras, enroule mes jambes autour de sa taille et l'embrasse à pleine bouche. Il claque la porte d'un coup de pied et m'étreint à son tour sans desceller nos lèvres.

— Que me vaut cet honneur ? me demande-t-il quand nous nous écartons pour reprendre notre souffle.

— Je suis surexcitée.

Ses fossettes se creusent.

Comme je refuse de le lâcher, il me porte à travers le salon et jusque dans la cuisine.

— J'aurais dû te ramener chez toi plus tôt, déclare-t-il en m'asseyant sur le comptoir.

Il se plante entre mes jambes et pose ses clés à côté de moi.

— Ne va pas culpabiliser, lui dis-je en lui plantant un nouveau baiser sur les lèvres. Je suis sûre que le Texas me manquera si je reste trop longtemps en Caroline du Nord.

Il sourit, sans paraître convaincu.

— Ce n'est pas urgent, mais je tiens à ce que ce soit toi qui décides où nous allons vivre. Et je ne veux pas que tu choisisses le Texas pour me faire plaisir. J'adore ma mère, mais je n'aurai pas autant le mal du pays que toi.

— Qu'est-ce qui te fait penser ça ?

— J'ai vécu tout seul pendant un certain temps, me rappelle-t-il. Toi, tu ne l'avais jamais fait avant de quitter Raleigh.

Il sourit, prend un peu de recul et ajoute :

— En plus, tu es bourrée d'hormones et complètement dingue, alors j'ai plutôt intérêt à me plier à toutes tes exigences sans discuter.

Je lui balance un coup de pied, manquant volontairement ma cible.

Il se penche vers moi, soulève le bas de mon tee-shirt et appose ses lèvres chaudes sur mon ventre.

— Et Billy Frank ? m'enquiers-je tandis qu'il se redresse. Si tu le plantes une fois encore, il risque de ne jamais te réembaucher.

Andrew éclate de rire et contourne le bar pour accéder aux placards. Je pivote sur le comptoir pour continuer à lui faire face, laissant mes jambes pendre mollement de l'autre côté.

— Je bosse pour lui par intermittence depuis mes seize ans, dit-il en sortant une boîte de céréales. On forme comme une famille, ce n'est pas n'importe quel job de mécano. J'ai besoin de lui plus qu'il n'a besoin de moi.

— Pourquoi tu continues ? m'étonné-je.

— De plonger sous un capot ?

J'acquiesce.

Il verse du lait sur son bol de céréales, puis remet la bouteille au réfrigérateur.

— J'aime bien bosser sur les bagnoles, m'explique-t-il en enfournant une énorme cuillerée. C'est plus un hobby qu'autre chose, poursuit-il la bouche pleine. Et puis, ça permet de mettre du beurre dans les épinards.

Je me sens un peu mesquine de ne pas travailler. Il sait à quoi je pense, comme toujours. Il avale sa bouchée et brandit sa cuiller vers moi.

— Ne fais pas ça.

Je l'observe avec curiosité, faisant mine de ne pas comprendre à quoi il fait référence.

Il prend place sur le tabouret à côté de moi, reposant les pieds sur la barre prévue à cet effet.

— Tu as conscience que tu travailles, pas vrai ? me demande-t-il en m'étudiant du coin de l'œil. La semaine dernière, on s'est fait quatre cents dollars rien qu'en jouant au *Levy's*. Quatre cents en une soirée, c'est pas dégueu.

— Je sais, admets-je. C'est juste que je ne prends pas ça pour un boulot.

Il rit doucement en secouant la tête.

— Tu ne prends pas ça pour un boulot parce que tu adores ça. Et parce que tu ne pointes pas.

Il a raison, je tiens néanmoins à aller au bout de ma réflexion.

— Si on était sans arrêt sur la route, si on n'avait pas de loyer, de factures et de bébé en vue, ça ne serait pas pareil. (Je prends une profonde inspiration avant de cracher le morceau.) Moi aussi je voudrais trouver un travail qui me détende. Comme toi avec le garage.

Il acquiesce.

— Génial…

Il engloutit une nouvelle cuillerée, puis repose nonchalamment les bras de part et d'autre de son bol.

— Et qu'est-ce que tu aimerais faire ? Le mot-clé de la phrase est « aimerais ».

J'y réfléchis quelques secondes, pinçant les lèvres dans mon intense concentration.

— Eh bien, j'aime bien faire le ménage, je pourrais trouver un taf dans un hôtel, suggéré-je. Ou au *Starbucks*, un truc dans le genre.

Il secoue la tête.

— Je doute que ça te plaise, réplique-t-il. Ma mère faisait des ménages avant que mon père monte sa boîte. Tu n'as pas idée de ce que les gens laissent traîner derrière eux.

Je fais la grimace.

— Bon, je vais trouver autre chose. Dès qu'on arrivera à Raleigh, je commencerai à chercher du travail.

La cuiller d'Andrew s'immobilise juste au-dessus de son bol.

— Donc tu veux qu'on s'installe là-bas ?

5

Andrew

Je n'avais pas l'intention de la tétaniser de la sorte. J'écarte mon bol et la fais glisser vers moi sur le comptoir. Je pose les bras sur ses cuisses nues et l'observe avec le plus sincère des sourires.

— Ça me va très bien, ma belle.

— Tu en es sûr ?

Je me penche pour l'embrasser sur la jambe gauche, puis sur la droite.

— Oui. Certain. On ira à la fête ce week-end, et à notre retour on préparera nos cartons.

Elle prend mes mains entre les siennes.

— Mais après notre déménagement, il faudra revenir pour février et la fête que ta maman organise.

Je souris jusqu'aux oreilles.

— Très bon plan, répliqué-je, pas le moins du monde surpris qu'elle prenne également en compte les sentiments de ma mère. Bon, c'est réglé. Prochaine étape : Raleigh. Au moins jusqu'à ce qu'on s'en lasse.

Camryn, plus heureuse encore que lorsqu'elle est venue m'accueillir à la porte, me passe les bras autour du cou. Je me mets debout et la soulève, les mains glissées sous son joli petit cul.

— Pardon pour les céréales, dit-elle.

— Hein ?

Elle baisse les yeux, légèrement embarrassée.

— Je te parie que quand tu t'imaginais marié, tu te disais que ta femme te préparerait de bons petits plats à faire se trémousser d'envie les plus grands cuistots.

J'éclate de rire.

— Non, je n'ai jamais rien supposé de pareil, affirmé-je à quelques centimètres de son visage. Quant à faire se trémousser d'envie, crois-moi, tu sais t'y prendre.

Elle resserre ses cuisses autour de ma taille et rougit. Je l'embrasse sur le nez avant de plonger mon regard dans ses magnifiques yeux bleus. Je ferme les paupières et sens sa douce haleine mentholée flotter autour de moi. Sa langue vient délicatement titiller ma lèvre inférieure, m'implorant d'ouvrir la bouche pour l'accueillir. Je lui cède de bon cœur, et l'embrasse voracement en la serrant dans mes bras. Je la transporte jusqu'à notre chambre dans cette position et profite d'elle pendant toute l'heure qu'il nous reste avant de prendre la route pour Houston.

Nous arrivons en Caroline du Nord vers midi le vendredi, et je vois déjà les yeux de Camryn pétiller d'impatience. Ce n'est que la deuxième fois qu'elle revient ici en quatre mois. Nous récupérons nos bagages et allons retrouver Natalie et Blake, qui nous attendent au soleil pour nous ramener. Et, comme lors de notre première rencontre, j'appréhende de me retrouver face à face avec la hyène qui sert de meilleure amie à ma fiancée.

— Cam, tu m'as tellement manqué ! lui lance Natalie en l'embrassant.

Blake se dresse de toute sa hauteur derrière Natalie, les mains profondément enfouies dans ses poches, les épaules voûtées, un sourire niais plaqué sur son visage hâlé. Je vois tout de suite lequel des deux porte la culotte. Il doit vraiment être du mauvais côté du fouet. Je réprime un fou rire. Il devrait s'affirmer un peu plus. Putain, je ne peux rien dire…

— Andrew !

Natalie s'intéresse alors à mon cas, et je brandis mentalement mon bouclier anti-barjots, contraint de répondre à son étreinte.

Pour être honnête, je n'aime pas trop Natalie. Je ne la déteste pas, mais disons que je ne lui aurais sans doute jamais adressé la parole si elle n'avait pas été si proche de Camryn. Et le sort qu'elle lui a réservé et qui l'a poussée à grimper dans ce car me laisse un goût amer. Je suis pour le pardon, mais le simple fait qu'elle ait pu lui infliger un truc pareil m'incite à rester sur mes gardes. J'ai dû prendre sur moi pour lui téléphoner il y a deux semaines et lui parler de l'échographie et tout ça. Mais ça a fait plaisir à Camryn, c'est tout ce qui compte.

— Contente de te revoir, Blake, déclare Camryn en le prenant dans ses bras.

Je sais tout de lui, et je n'oublie pas qu'il louchait sur Camryn avant de se rabattre plus tard sur Natalie. Malgré ça, j'ai plutôt une bonne opinion de lui.

Nous nous serrons la main.

— Oh putain, fais-moi voir ! s'exclame Natalie en soulevant le haut de Camryn.

Avec mille précautions, elle place les deux mains sur son ventre et la contemple en souriant. Un léger glapissement naît dans sa gorge, et je me demande comment le corps humain peut produire des sons aussi étranges.

— Je pourrais être Tata Natalie, ou marraine Natalie !

Euh… Comment dire ? Je crois bien que non.

Camryn acquiesce rapidement tandis que je m'efforce de ne laisser filtrer aucune onde négative. Je ne voudrais pas foutre en l'air son retour aux sources en lui faisant comprendre que je ne tolère la présence de sa meilleure amie que par égard pour elle.

6

Camryn

Caroline du Nord

La fête que ma mère et Natalie ont organisée était vraiment géniale. J'ai eu des tonnes de cadeaux : un lit pour bébé flambant neuf, un trotteur, une balancelle, une chaise haute, deux baignoires – une rose et une bleue, juste au cas où –, environ neuf cent quatre-vingt-quatre couches – en tout cas une montagne de couches –, d'innombrables bouteilles de shampooing et de talc, ainsi que de la pommade anti-érythème fessier, ce qui était plutôt flippant, et… j'en oublie un certain nombre, y compris quelques-uns dont j'ignore encore l'utilité.

Après être restée si longtemps au centre de l'attention, je commence à me sentir légèrement oppressée ; j'aimerais que tout cela se termine, pour que je puisse m'immerger un long moment dans un bain bien chaud.

Deux autres heures s'écoulent, et tout le monde est parti en dehors de Natalie, qui me retrouve plongée dans la mousse jusqu'aux oreilles.

— Cam ? m'appelle-t-elle depuis la porte de la salle de bains.

Elle frappe doucement à plusieurs reprises.

— Entre, réponds-je.

Elle pousse la porte et jette un coup d'œil à l'intérieur. Ce n'est pas comme si elle ne m'avait jamais vue à poil.

Elle s'assied sur le couvercle des toilettes.

— Bon, c'est officiel, déclare-t-elle avec un sourire jusqu'aux oreilles, la grossesse fait gonfler les seins.

Comme toujours, elle exagère.

Je sors la main de l'eau et lui projette quelques gouttes à la figure.

— Tu te sens bien ? demande-t-elle en recouvrant son sérieux. Tu sembles épuisée.

— Je suis enceinte, déclaré-je platement.

— C'est vrai, mais Cam, tu as une sale gueule.

— Merci.

J'ajuste la barrette qui évite de me tremper les cheveux et repose le bras le long de la baignoire.

— Bah quoi, tu n'es pas censée être resplendissante ? Il paraît que toutes les femmes enceintes le sont.

Je hausse les épaules et secoue la tête.

Une douleur sourde m'élance le bas du dos, puis disparaît aussi vite qu'elle est venue. Je grimace en changeant de position.

— Tu es sûre que ça va ?

Elle semble plus inquiète que nécessaire.

— J'ai toujours un truc qui me tiraille. Rien d'inquiétant. Le pire reste encore à venir. Au niveau des tiraillements, je veux dire.

J'ignore ce qui m'a poussée à formuler cette dernière précision ; sans doute ai-je voulu m'assurer qu'elle n'interprète pas tout de travers.

— Toujours pas de nausées matinales ? J'opterais largement pour un petit mal de dos comparé au fait de vomir tripes et boyaux tous les matins.

— Non, réponds-je. Mais ne va pas me porter la poisse, Nat.

Je dois bien reconnaître que, si j'avais le choix, j'opterais moi aussi pour la douleur plutôt que pour les vomissements.

Et jusqu'à présent, je suis servie. J'imagine que je fais partie des chanceuses qui n'ont quasiment pas de nausées. Ni d'envies bizarres, d'ailleurs. J'en déduis que, soit je suis anormale, soit ces histoires de cornichons et de crèmes glacées sont un ramassis de conneries.

Je sors de la baignoire et m'enveloppe d'une serviette de bain avant d'embrasser Natalie pour lui dire au revoir.

Puis je vais m'allonger sur mon lit, me rappelant combien il est confortable. Pour autant, cette chambre ne me manque pas tellement, et je n'ai pas l'impression de regretter mon ancienne vie. Non. J'ai toujours envie de fuir cette « ancienne vie », c'est d'ailleurs la principale raison pour laquelle j'ai eu tant de mal à déterminer si je voulais ou non revenir vivre dans le coin. Ma mère et Natalie m'ont manqué, et je dois bien reconnaître que la Caroline du Nord aussi. Mais pas dans le sens où il me tarde de revenir m'échouer ici pour faire les mêmes choses qu'avant. Je n'ai pas abandonné ce mode de vie sans raison, et je ne suis pas prête à y retourner tête baissée.

Au lieu de sortir avec Natalie et Blake plus tard dans la soirée, je décide de rester à la maison et d'aller me coucher tôt. Je suis littéralement épuisée, comme si mon corps consommait plus d'énergie qu'à l'habitude ; et puis ma douleur aux reins n'a pas non plus complètement disparu. Voilà plusieurs heures qu'elle devient lancinante.

Andrew vient me rejoindre au lit et s'allonge sur le côté, la tête appuyée sur son poing.

— J'ai l'impression de faire quelque chose de mal, en me retrouvant avec toi dans ta chambre de petite fille.

Il est rayonnant.

Je me fends d'un léger sourire et m'enfonce plus profondément sous la couette. Il fait peut-être un peu frais dans la chambre, pourtant je meurs de froid. J'enroule les doigts autour du tissu duveteux pour le plaquer sous mon menton.

— Si mon père était là, répliqué-je en ricanant, tu dormirais dans la chambre de Cole.

Il se rapproche de moi et me passe un bras autour de la taille. J'ai d'abord l'impression qu'il s'apprête à tirer avantage du fait que nous nous retrouvons enfin seuls, mais ses traits se durcissent et sa main remonte jusqu'à mes cheveux.

— Tu sais, tu commences à m'inquiéter, dit-il. Tu te comportes bizarrement depuis qu'on est rentrés avec Blake. Qu'est-ce qui se passe ?

Je me rapproche de lui et réponds :

— Natalie m'a dit la même chose. Je te jure…

Je le contemple fixement.

— Oh, elle s'en est rendu compte aussi ?

J'acquiesce.

— J'ai juste un peu mal au dos, et je suis globalement mal fichue, mais vous ne manquez jamais une occasion de me rappeler que je suis enceinte.

Il me sourit à peine.

— Tu devrais peut-être aller voir le médecin pour t'assurer que tout va bien ?

Je secoue doucement la tête.

— Je ne vais pas commencer à psychoter et à me pointer à l'hôpital pour un oui ou pour un non. On a vu l'échographiste la semaine dernière. Tout va bien. Elle l'a dit elle-même.

Je me penche vers lui, l'embrasse délicatement sur les lèvres et me force à sourire davantage pour le rasséréner.

Il sourit à son tour et soulève légèrement la couette afin de pouvoir se blottir contre moi. Je me retourne pour me positionner dos à lui, et son corps épouse la forme du mien. Il est tellement brûlant que je pourrais me fondre contre lui ; je me sens sur le point de m'endormir profondément. Son souffle me caresse le cou, puis il y dépose de petits baisers. Je ferme les yeux et profite de sa présence, de son odeur naturelle qui me fait toujours vibrer, de la fermeté de ses bras et de ses jambes, de la chaleur émanant de sa peau. Je ne suis même pas certaine de pouvoir m'endormir sans lui un jour.

— Si ça empire, me murmure-t-il, tu as intérêt à m'en parler. Je ne voudrais pas non plus que tu t'obstines à n'aller voir personne tout en sachant qu'il pourrait y avoir quelque chose de bizarre.

Je me tourne vers lui, vaguement amusée.

— Oh, tu veux parler de ces gens qui refusent de voir le médecin pendant huit mois, convaincus que leur tumeur au cerveau est inopérable ?

Il pousse un soupir. J'avais espéré le faire rire, mais il n'a manifestement pas trouvé ça drôle.

Il m'étreint doucement.

— Promets-moi simplement qu'en cas de nouvelle douleur ou de symptôme suspect, tu m'en parleras et qu'on ira ensemble à l'hôpital.

Je capitule, non pas pour clore la conversation, mais parce qu'il a raison. Je n'ai encore jamais été enceinte, je ne sais donc pas différencier ce qui est normal de ce qui ne l'est pas.

7

Camryn

Nous sommes dimanche après-midi, et je pense que tout ce dont j'avais besoin hier était une bonne nuit de sommeil. Ça va un peu mieux aujourd'hui, et je n'ai plus mal au dos. Je m'habille et entreprends de rassembler mes affaires pour qu'Andrew et moi puissions repartir le soir sans encombre. Mais avant de reprendre l'avion, j'ai toute une journée entre filles à passer avec Natalie, et j'ai bien l'intention d'en profiter.

— Tu es sûr que ça ne te dérange pas de rester avec Blake ? demandé-je à Andrew tandis qu'il enfile sa marinière.

Il va se recoiffer devant le miroir, si tant est qu'on puisse le faire en se passant les doigts dans les cheveux. Il s'est toujours un peu fichu de sa coiffure, tant qu'elle ne part pas dans tous les sens.

Il pivote vers moi.

— Ça me va. Il est sympa. On va aller à la salle de billard se faire quelques parties, dit-il en me prenant par la taille. Ne t'en fais pas pour moi. Amuse-toi bien avec Natalie.

Je pars d'un rire léger.

— Tu sais, elle te tuerait si elle découvrait la photo qui la représente sur ton téléphone.

Son sourire s'accentue.

Il m'attrape par les épaules et secoue la tête de façon théâtrale.

— Tu es très courageuse, Camryn Bennett. Je mourrais écrasé par la personnalité de cette fille si je devais passer plus d'une heure dans une pièce avec elle. Sauf si je me crève d'abord les tympans avec un crayon.

Je réprime un éclat de rire et le repousse sans ménagement.

— Tu es trop méchant !

— Eh bien, oui, je l'avoue.

Il se penche vers moi et me plante un baiser sur le front. Je renchéris en l'attrapant par le col pour plaquer sa bouche contre la mienne.

— Pour info, il n'est pas trop tard pour un coup rapide.

Il scrute mon visage et mes lèvres, puis m'embrasse de plus belle, me mordillant la lèvre inférieure.

— Bien sûr que si, entends-je dire Natalie depuis l'embrasure de ma porte.

Nous interrompons notre baiser et nous retournons en même temps pour la découvrir les bras croisés avec un sourire de travers. Ses longs cheveux bruns lui tombent sur les épaules. Je me demande ce qu'elle a surpris de notre conversation.

Andrew lève discrètement les yeux au ciel à son intrusion. Le pauvre. Ce qu'il ne ferait pas pour moi...

Natalie entre dans la chambre d'un pas nonchalant et se laisse tomber sur le bout du lit. Elle n'a manifestement rien entendu de compromettant, sans quoi elle se serait déjà fendue d'une remarque bien sentie. Elle claque subitement des mains et lance :

— Allez, en route ! On a des manucures, des pédicures, et plein d'autres cures qui nous attendent.

En voyant l'air d'Andrew, je devine qu'il se mord les joues pour ne pas sortir une repartie cinglante. Je lui lance un regard d'avertissement, et il se contente de sourire en pinçant les lèvres.

— Tu te sens mieux, aujourd'hui ? s'enquiert Natalie.

J'enfile mes Rocket Dog – « les chaussures les plus laides que j'aie jamais vues », selon Andrew – et entreprends de me brosser les cheveux.

— Ouais, beaucoup mieux, réponds-je en me tournant vers son reflet. Encore un peu patraque, mais rien à voir avec hier.

— Fais-moi le plaisir de veiller sur elle, demande Andrew à Natalie. Si elle commence à se plaindre de douleurs ou de n'importe quoi, appelle-moi, d'accord ?

Elle acquiesce.

— Bien sûr. Ce ne serait pas la première fois qu'elle se laisserait souffrir en attendant que ça passe. L'année dernière, elle a passé deux jours au lit à râler et à gémir à cause d'un mal de dents avant d'aller chez le dentiste. C'était insupportable.

— Youhou, je suis juste là, leur rappelé-je en cessant de me coiffer.

Natalie balaie mon intervention d'un revers de main et se retourne vers Andrew.

— Je t'appelle si elle éternue plus de quatre fois de suite.

— Bien, dit Andrew avant de s'adresser à moi. Tu as entendu ? s'exclame-t-il d'un ton sévère. J'ai des renforts, maintenant.

Depuis quand Andrew et Natalie font-ils cause commune ? Il y a encore quelques secondes, il ne pouvait pas la voir en peinture. Je secoue la tête et me tresse les cheveux avant d'en attacher le bout d'un élastique.

Andrew nous embrasse, Lily et moi, puis sort rejoindre Blake. Peu après, Natalie et moi franchissons la porte à notre tour ; j'espère que cette journée s'écoulera sans nouvelle douleur qui pousserait Natalie à appeler Andrew pour qu'ils m'amènent de force aux urgences les plus proches.

Nous commençons par traîner un peu dans notre *Starbucks* habituel, puis nous faisons un crochet par le petit centre commercial pour aller voir la boutique de produits de beauté où Natalie travaille depuis un mois. Elle me présente à sa manageuse et à ses deux collègues, dont j'oublie immédiatement le prénom. Sa chef est sympa, et me propose même de revenir postuler si le cœur m'en dit. Natalie intervient pour lui expliquer que je retourne bientôt au Texas, et, comme je ne confirme pas assez vite son affirmation, elle devine que je lui cache quelque chose et se met à trépigner d'impatience. Je remercie la manageuse en souriant et, dans la seconde qui suit, Natalie m'entraîne de force hors du magasin pour commencer son interrogatoire.

— Crache le morceau ! s'exclame-t-elle, les yeux exorbités.

Je vais m'appuyer à la balustrade. Elle m'y rejoint immédiatement, laissant tomber son sac à main et un sac de courses à ses pieds.

Je réfléchis à ma réponse, ne sachant trop quoi dire. Je ne peux pas lui affirmer que oui, je reviens m'installer à Raleigh, car elle comprendrait : « J'emménage ici et tout redeviendra exactement comme avant. » Alors que la réalité est que Natalie et ma mère me manquent, et que je ne suis pas faite pour le Texas.

Soudain, la vérité m'apparaît tandis que je scrute le centre commercial avec intensité. Tous ces jours passés au lit à contempler le plafond, alors qu'Andrew partait bosser avec Billy Frank ; toutes ces journées à m'interroger sur l'origine de mon problème, à essayer de comprendre pourquoi j'avais le mal du pays sans pour autant avoir envie de retourner m'y installer. Je me souviens de notre arrivée au Texas avec Andrew. Ça remonte même aux quelques kilomètres avant que nous franchissions la frontière de l'État. Putain, je n'avais aucune envie d'être là. J'avais peur que tout se termine abruptement, que l'existence si excitante que nous partagions sur la route ne devienne rien d'autre qu'une agréable réminiscence une fois notre destination atteinte.

Et d'une certaine manière… ç'a été le cas.

Je ravale la grosse boule qui s'est formée dans ma gorge et m'efforce de garder une respiration stable.

Ce n'est pas à cause de Lily. Je l'aime tellement que je ne pourrai jamais lui reprocher quoi que ce soit. La vérité est que la vie ne s'achève pas à la grossesse. De nombreuses personnes semblent le penser, mais je crois au plus profond de moi que tout dépend de la manière dont on veut vivre les choses. Bien sûr, avoir un enfant est l'une des épreuves les plus ardues qui soient, mais ça n'est pas la fin du monde. Il n'y a aucune raison que cela réduise à néant les rêves d'une personne. C'est ce qu'Andrew et moi avons fait progressivement, sans vraiment nous en rendre compte, qui a fait voler nos projets en éclats : nous nous sommes installés trop confortablement. Le genre de confort qui finit par vous rattraper subrepticement des années plus tard, par vous frapper sur l'arrière du crâne en s'exclamant : *Eh, les crétins ! Vous vous rendez compte que ça fait dix ans que vous êtes prisonniers de votre routine ?*

Je garde les yeux dans le vague.

— Je ne sais pas trop ce qu'on va faire, Nat, finis-je par admettre avant de me tourner vers elle. Je veux dire, oui, je reviens à la maison, mais…

Elle fronce ses sourcils sombres d'un air interrogateur.

— Mais quoi ?

Je détourne la tête et, comme ma réponse tarde à venir, elle ajoute :

— Oh non, ne me dis pas qu'Andrew ne vient pas avec toi ? Bon sang, ça ne va plus entre vous ?

Je fais brusquement volte-face.

— Non, Nat, ça n'a rien à voir. Il m'accompagne, c'est sûr. C'est juste… je ne sais pas. C'est dur à expliquer.

Elle m'observe avec une moue songeuse, puis m'attrape par le coude.

— On a tout l'après-midi pour essayer de comprendre, alors allons au salon de beauté et tâche d'y réfléchir en chemin.

Elle se penche pour ramasser ses sacs, puis les fait glisser sur son poignet vide tout en m'entraînant vers la sortie la plus proche.

Nous arrivons à l'institut quelques minutes plus tard ; il est plein à craquer, comme toujours le week-end. Natalie et moi sommes juchées sur de hauts tabourets tandis que des filles s'occupent de nos pieds nus. Ma dernière pédicure remonte à des siècles en arrière, j'espère que mes orteils ne sont pas trop horribles à voir.

— Tu sais, Cam, tu ne m'as jamais vraiment expliqué pourquoi tu étais partie. (Natalie se tourne vers moi.) Par pitié, dis-moi que ça n'était pas ma faute.

— Ce n'était la faute de personne en particulier. J'avais juste besoin de prendre un peu le large. J'étouffais.

— Perso, je ne ferai jamais un truc aussi dingue, mais avec du recul, force est de reconnaître que c'était vraiment génial.

Cela me fait sourire.

— Oui, hein ?

Son visage s'illumine, ses yeux marron pétillent.

— Carrément. Tu as fini avec un pénis sur pattes (la fille en charge de sa pédicure relève brièvement la tête), une bague de fiançailles et un bébé trop canon en route. (Natalie s'esclaffe.) Putain, je suis trop jalouse !

Cela me fait rire aussi, mais pas aussi fort.

— D'abord, tu n'as aucune raison de l'être, vu que tu sors avec Blake. Ensuite, comment peux-tu savoir si le bébé sera canon ?

Natalie pince les lèvres et me dévisage comme si j'étais la dernière des imbéciles.

— Sérieux ? À vous deux, vous auriez du mal à faire un bébé moche. (La fille qui me tripote les orteils lève les yeux au ciel en se tournant vers sa collègue.) Et je ne suis pas jalouse de toi à cause d'Andrew, mais parce que je vais sans doute finir comme ma mère, sans n'avoir jamais rien vu d'autre que la Caroline du Nord. Ça ne me dérange pas. Je ne suis pas fan des transports, et je deviens claustro dès que quelqu'un respire trop près de moi, mais d'une certaine manière, je t'envie.

Je réfléchis à ce qu'elle vient de dire, sans toutefois émettre le moindre commentaire.

Je recommence à avoir mal au dos, et je tâche de changer de position sans trop remuer les pieds. J'ai aussi comme un point de côté, mais je suis sûre que c'est à cause de toute la marche que nous avons faite.

— Alors, tu as trouvé ? demande Natalie.

— Quoi ?

Elle cille, surprise que j'aie pu oublier si vite notre conversation du centre commercial. La vérité est que je n'ai pas oublié, simplement essayé d'éviter le sujet.

— Pour tout te dire, commencé-je en regardant dans le vide pour m'imaginer Andrew, je ne veux ni revenir ici, ni rester au Texas. Enfin, si, j'ai envie d'être ici, mais je suis moi aussi terrifiée à l'idée de finir comme ta mère.

En temps normal, je ne me serais jamais servie de sa mère comme exemple, mais c'est vraiment le moyen le plus simple de lui faire comprendre ce que je ressens, surtout qu'elle vient d'utiliser la même comparaison.

— Ouais, je vois ce que tu veux dire, dit-elle en hochant la tête. Qu'est-ce que tu envisages, alors ? Il n'y a pas grand-chose d'autre à faire, surtout avec le bébé qui arrive.

Bon Dieu, pourquoi a-t-il fallu qu'elle remette ça sur le tapis ? Je pousse un soupir silencieux et évite de me tourner vers elle pour qu'elle ne puisse pas lire la déception sur mon visage. Natalie est ma meilleure amie, mais j'ai toujours su qu'elle ferait partie de ces gens qui vivent leur existence tout entière dans une bulle incolore et qui finissent par se réveiller pleins de regrets quand il est trop tard pour y remédier. Elle vient de me donner raison avec son commentaire sur l'arrivée d'un bébé signifiant la fin d'une période drôle et enrichissante. Et puisqu'elle ne comprendra jamais, je me dispense de relever une fois encore.

— Cam ? Tu es sûre que ça va ?

Je retiens mon souffle et lui jette un coup d'œil. Je ressens un vif élancement au côté, et j'ai soudain l'impression que je me mets à dégouliner de sueur. Ne faisant aucun cas de l'employée en charge de ma pédicure, je retire mon pied et attrape les accoudoirs pour me hisser hors de mon fauteuil.

— Il faut que j'aille aux toilettes.

— Camryn ?

— Tout va bien, Nat. Désolée, dis-je à la fille avant d'emprunter l'étroit couloir désigné par la pancarte indiquant les petits coins.

Je m'efforce de ne pas donner l'impression de souffrir, car je ne veux pas que Natalie m'accompagne ; je sais néanmoins qu'elle va le faire quoi qu'il arrive.

Je pousse la porte battante et m'enferme à l'intérieur ; je peux enfin me laisser aller à ma douleur. De grosses gouttes de sueur perlent sur mon front et sous mes narines. Cette fois, il y a vraiment un truc qui cloche. Il s'agit peut-être de ma première grossesse, mais ça ne m'empêche pas de savoir que ce que j'éprouve à cet instant n'a rien de normal. Je sors rapidement de la petite cabine qui ne fait qu'accroître mon malaise et m'approche du grand lavabo.

Ce n'est pas possible…

Je suis incapable de réprimer le tremblement de mes doigts. De mon corps tout entier. Je prends une dose de savon pour me laver les mains, et alors que je m'apprête à aller les sécher, je ressens une pointe plus fulgurante que jamais. J'éclate en sanglots, pliée en deux sur le bord du comptoir. La douleur physique a momentanément disparu, mais… Je me fais sans doute des idées. Oui, ça doit être ça. Je psychote. Si je n'ai plus mal, c'est forcément que je vais bien.

J'inspire profondément, expire, répète la même séquence plusieurs fois avant de relever la tête pour m'observer dans le miroir. Je m'essuie le visage d'une main humide, faisant disparaître les dernières larmes. J'ai recouvré suffisamment de lucidité pour me sentir écœurée en me rendant compte que je suis pieds nus dans des toilettes publiques.

La porte s'ouvre alors sur Natalie.

— Sérieux, tu vas bien ? Non, question idiote, ça se voit direct. Qu'est-ce qui se passe ? J'appelle Andrew.

Elle tourne les talons et va chercher son téléphone, mais je la retiens *in extremis*.

— Non, Nat, attends.

— Tu fais chier. Je te laisse soixante secondes pour m'expliquer.

Je capitule, car même si je meurs d'envie de me convaincre que je vais bien, j'ai conscience que ce n'est pas le cas. Surtout depuis que j'ai vu ce que j'ai vu avant de quitter la cabine.

— J'ai mal au dos et au côté, et j'ai des pertes.

— Des pertes ?

Elle a une moue légèrement dégoûtée, qu'elle parvient tant bien que mal à dissimuler. Mais ce n'est rien à côté de son inquiétude.

— Tu veux dire, genre… du sang ?

Elle me décoche un regard suspect et garde les yeux rivés sur moi jusqu'à ce que je lui réponde.

— Oui.

Sans rien ajouter, elle disparaît dans le couloir.

L'existence vous oblige parfois à faire face à un événement si terrible qu'on sait qu'on ne sera plus jamais la même personne. Comme si une vague noire déferlait subitement, engloutissant sur son passage toute trace de bonheur sans qu'on puisse rien faire pour l'en empêcher. Tout le monde vit ce genre de tragédie au moins une fois. Nul n'est à l'abri. Ce que je ne pige pas, c'est comment une seule personne peut l'endurer cinq fois d'affilée en si peu de temps.

Je suis allongée sur un lit des urgences, blottie sous une couverture. Natalie est assise sur la chaise à ma gauche. Je ne peux pas parler. J'ai bien trop peur.

— Putain, qu'est-ce qui leur prend tant de temps ? peste Nat au sujet des médecins.

Elle se lève et se met à tourner tel un lion en cage, ses talons hauts cliquetant doucement sur le carrelage blanc et lumineux.

Puis elle change de ton.

Elle s'immobilise et se tourne vers moi, avant de déclarer d'une voix remplie d'espoir :

— Peut-être que, s'ils prennent tout leur temps pour venir t'examiner, c'est qu'ils estiment qu'il n'y a rien d'inquiétant.

Je n'y crois pas un seul instant, mais ne peux me résoudre à l'avouer. Ce n'est que la deuxième fois que je me retrouve aux urgences ; la première, c'était lorsque j'avais failli me noyer en sautant depuis des promontoires en bord de lac, et j'y avais passé presque six heures. Tout ça pour recoudre la plaie que je m'étais faite à la hanche en m'écorchant contre les rochers.

Je roule de côté et contemple le mur. Quelques secondes plus tard, la porte vitrée coulisse. Je m'attends à voir enfin un docteur, mais mon cœur s'emballe quand Andrew pénètre dans la pièce. Natalie et lui échangent à voix basse quelques phrases que je fais semblant de ne pas entendre.

— Ils ne sont même pas venus la voir, sauf pour lui poser quelques questions et lui donner une couverture.

Le regard d'Andrew croise brièvement le mien, et je remarque l'anxiété qui le ronge, même s'il s'efforce de ne rien laisser transparaître. Il sait aussi bien que moi ce qui se passe, mais, comme moi, il se refusera à le dire ou à le croire tant qu'un médecin ne l'aura pas d'abord confirmé.

Ils discutent encore quelques secondes, puis Natalie vient se pencher sur moi pour m'embrasser.

— Les visites sont limitées à une personne en même temps, m'explique-t-elle en se redressant. Je vais rejoindre Blake en salle d'attente, dit-elle en s'efforçant de sourire. Ça va aller. Et s'ils ne se magnent pas un peu, je te jure de foutre un gros bordel.

Sa véhémence m'arrache un sourire, et je lui sais gré de toujours trouver les mots pour me réconforter, même dans les situations les plus sombres.

Elle s'arrête à la porte et souffle à Andrew :

— S'il te plaît, tiens-moi au courant dès que tu en sais plus.

Puis elle s'éclipse en refermant derrière elle.

Quand Andrew m'observe de nouveau, mon cœur fond complètement, car je sais que j'ai son attention pleine et entière. Il va chercher la chaise laissée vacante et la rapproche du lit. Il me presse délicatement la main.

— Je sais que tu te sens mal, je t'épargne donc la question.

Cette fois, je ne parviens pas à sourire.

Nous nous considérons longuement sans un mot. C'est comme si nous connaissions d'avance la sentence. Nous ne nous avisons pas un instant de penser que peut-être, peut-être, tout ira bien. Car ce ne sera pas le cas. Cependant, Andrew fait de son mieux pour me réconforter et ne s'autorise ni à pleurer ni à paraître trop inquiet. J'ai conscience qu'il cherche simplement à me préserver. Je sais combien il souffre.

Enfin, un médecin et une infirmière viennent m'examiner. Dans un état second, j'entends le premier expliquer que le cœur de mon bébé a cessé de battre. J'ai le sentiment que le monde s'écroule autour de moi, sans en être tout à fait certaine. Je croise le regard d'Andrew, plein de larmes ; il ne quitte pas le docteur des yeux tandis que celui-ci prononce des paroles qui se perdent au fond de mon esprit.

Le cœur de Lily s'est arrêté.

Et je me dis… tiens, le mien aussi…

8

Andrew

Voilà maintenant quinze jours que nous sommes à Raleigh. Je n'entrerai pas dans le détail de toutes les saloperies que nous – Camryn, surtout – avons subies. Je m'y refuse. Lily est partie, et Camryn et moi sommes dévastés. Quoi que nous fassions, nous ne pourrons pas la ramener à la vie, et j'essaie de toutes mes forces de garder la tête hors de l'eau ; en revanche, depuis ce jour-là, Camryn n'est plus elle-même, et je commence à douter qu'elle le redevienne un jour. Elle refuse de parler à qui que ce soit. Ni à sa mère, ni à Natalie, ni à moi. Elle discute, mais jamais de ce sujet. Je ne supporte pas de la voir dans cet état, car il est évident que, sous son masque de façade, elle vit un vrai calvaire. Et je me sens complètement impuissant à l'aider.

Je suis allongé sur son lit à contempler le plafond, en attendant qu'elle sorte enfin de la douche. Mon téléphone se met à sonner sur la table de nuit.

—Allô ?

C'est Natalie.

—J'ai besoin de te parler. Tu es seul ?

Pris de court, il me faut une seconde pour réagir.

—Oui, Camryn est sous la douche. Que se passe-t-il ?

Je jette un coup d'œil vers la porte pour m'assurer que personne ne nous écoute. L'eau coule toujours.

— Est-ce que sa mère t'a dit quelque chose sur… quelque chose ? me demande Natalie de manière suspecte.

J'ai un pressentiment étrange.

— Il va falloir que tu développes un peu, répliqué-je.

Cette conversation commence déjà à me faire chier.

Elle pousse un profond soupir qui ne fait qu'accroître mon impatience.

— Bon d'accord, écoute : Cam n'est visiblement pas dans son état normal. *(Sans déconner ?)* Tu dois essayer de la convaincre de retourner voir sa psy. Bientôt.

Sa psy ?

La douche cesse de couler, et je lance un nouveau coup d'œil vers la porte encore fermée.

— De quelle psy tu parles ? demandé-je à mi-voix.

— Ouais, elle en voyait une, et…

— Attends, chuchoté-je durement.

La porte de la salle de bains s'ouvre, et j'entends Camryn se rapprocher de la chambre.

— Elle arrive, m'empressé-je d'ajouter. Je te rappelle plus tard.

Je raccroche et repose mon téléphone à sa place à l'instant même où Camryn ouvre la porte de la chambre, enturbannée d'une serviette et vêtue d'une robe de chambre rose.

— Coucou, lui dis-je en croisant les mains derrière la tête.

Je meurs d'envie de rappeler Natalie pour connaître le fin mot de l'histoire, mais je décide de me renseigner directement à la source. En outre, je ne tiens pas à cacher quoi que ce soit à Camryn. Je l'ai déjà fait et je ne suis pas près de recommencer.

Elle me sourit en se frictionnant les cheveux à l'aide de la serviette.

— Je peux te poser une question ?

— Bien sûr, répond-elle en laissant sa tignasse blonde retomber dans son dos.

— Est-ce que tu étais suivie par un psy ?

Son sourire s'estompe pour être instantanément remplacé par une expression neutre. Elle s'approche du placard.

— Pourquoi ?

— Parce que Natalie vient d'appeler pour te conseiller d'y retourner.

Elle secoue la tête et se met à farfouiller dans la penderie, sans un regard pour moi.

— Libre à elle de me prendre pour une folle.

Je sors du lit, tout juste paré d'un boxer, et vais me poster derrière elle, les mains sur ses hanches.

— Ce n'est pas parce qu'on voit un psy qu'on est fou, répliqué-je. Elle n'a peut-être pas tort. Ça te ferait du bien de pouvoir te confier à quelqu'un.

Cela m'embête de ne pouvoir être ce quelqu'un, mais là n'est pas le problème.

— Andrew, ça va aller…

Elle fait volte-face et m'adresse un sourire tendre, me caressant le menton du bout des doigts. Puis elle m'embrasse sur les lèvres.

— Promis. Je sais que vous vous faites tous du souci pour moi, et je ne vous le reproche pas, mais je n'irai pas voir un psy. C'est ridicule.

Elle replonge dans sa penderie et arrache un chemisier à un cintre avant d'ajouter :

— Tout ce qu'ils veulent, c'est me faire une ordonnance et me renvoyer chez moi. Je refuse de prendre des cachets.

— Sans aller jusque-là, le fait de pouvoir discuter avec une personne extérieure pourrait t'aider à mieux accepter ce qui s'est passé.

Elle s'immobilise brutalement, les bras le long du corps, froissant le chemisier dans son poing serré. Elle pousse un soupir, et ses épaules se détendent enfin. Elle finit par tourner la tête pour me regarder droit dans les yeux.

— Le meilleur moyen de digérer ça est d'oublier que ça s'est passé.

Cette phrase me fend le cœur.

— Ça ira mieux dès qu'on ne m'obligera plus à y penser tous les jours, reprend Camryn. Plus vous essaierez de me pousser à « en parler » (elle mime des guillemets pour accentuer ces mots), plus vous me considérerez avec des têtes d'enterrement chaque fois que j'entre dans une pièce, plus j'aurai de mal à l'oublier.

Ce n'est pas le genre de chose que l'on peut oublier, mais je ne trouve pas le courage de lui rétorquer ça.

— OK, dis-je en retournant distraitement vers le lit. Au fait... combien de temps veux-tu rester ici ? Même si je ne suis pas particulièrement pressé de rentrer.

Ce n'est que l'une des innombrables questions que je veux lui poser, mais je suis tout aussi hésitant sur les autres. Depuis deux semaines, j'ai l'impression de devoir marcher sur des œufs chaque fois que je m'adresse à elle.

— Je ne retournerai pas au Texas, déclare-t-elle nonchalamment avant d'enfiler un jean.

Sur des œufs. Ils sont partout.

Mal à l'aise, je me frotte alors l'arrière de la tête.

— D'accord, dis-je. Dans ce cas, j'irai tout seul, dis-moi quelles affaires tu veux que je te rapporte. Et pendant mon absence, Natalie et toi pourriez nous chercher un appart. C'est toi qui choisis. On prend ce que tu veux.

Je me fends d'un sourire prudent. Je ne désire que son bonheur, et je ferai tout pour qu'elle le retrouve.

Son visage s'illumine, et je me laisse volontiers convaincre que sa réaction est sincère. À moins qu'elle le soit réellement. À ce stade, je ne sais plus.

Elle s'approche de moi, et me fait reculer vers le pied du lit en apposant les mains à plat sur mon torse. Puis elle me force à m'y asseoir. Je la contemple par en dessous. En temps normal, je lui aurais déjà sauté dessus, mais le moment semble mal choisi. Je sais qu'elle en a envie. Enfin, je crois… mais j'ai peur de la toucher, comme toujours depuis la fausse couche.

Elle se place à califourchon sur moi, serre les jambes autour de ma taille et, même si je redoute le moindre contact, je ne peux m'empêcher de me tendre vers elle. Elle pose les mains sur mes épaules et plonge son regard dans le mien. Je me mords les joues et ferme les yeux quand elle se penche pour m'embrasser. Je lui rends son baiser, sentant la douceur de ses lèvres, inspirant son haleine. Mais je m'écarte alors et la maintiens par les hanches pour me préserver d'un nouvel assaut.

— Ma belle, je ne crois pas que ce soit…

Ébahie, elle incline la tête de côté.

— Tu ne crois pas que quoi ?

Ne sachant comment le formuler, je dis simplement ce qui me vient à l'esprit.

— Ça ne fait que deux semaines. Est-ce que ça…

— Saigne encore ? complète-t-elle. Non. Est-ce que c'est douloureux ? Non plus. Je te le répète, je vais bien.

Elle va tout sauf bien. Néanmoins, j'ai le sentiment que si je m'obstine à tenter de l'en convaincre, cela se retournera contre moi.

Merde… Je vais finalement peut-être devoir prendre le taureau par les cornes et aller parler à Natalie.

Camryn descend de mon giron, mais je me lève en même temps qu'elle et la serre contre moi. Je pose la joue sur ses cheveux encore mouillés.

— Tu as raison, dit-elle en se reculant afin de pouvoir me regarder. Je devrais, euh… reprendre la pilule, avant. Ce serait con de reprendre le risque.

Elle s'éloigne.

Ce n'était pas le but de la manœuvre. Bien sûr, après ce qu'elle vient de vivre, il vaut sans doute mieux que nous fassions plus attention cette fois. Mais pour être complètement honnête, je l'allongerais sans hésiter sur le lit dans le seul but de la remettre enceinte si c'était ce qu'elle voulait vraiment. Si elle me le demandait. Je ne regrette pas de l'avoir fait la première fois, et je suis prêt à recommencer. Mais il faut qu'elle en ait envie, et je crains qu'en en parlant le premier, elle prenne ça pour une suggestion, s'en veuille d'avoir perdu ma Lily, et soit prête à réessayer dans le seul but de me permettre de me sentir mieux.

Camryn retire sa robe de chambre, la jette au pied du lit et entreprend d'enfiler son chemisier.

— Si c'est ce que tu veux, alors va pour la pilule.

— Est-ce que c'est ce que toi, tu veux ? lance-t-elle en me regardant droit dans les yeux.

Cela ressemble à une question piège. Fais gaffe, Andrew.

Je hoche la tête.

— Si c'est ce que tu désires. Pour l'heure, je pense que c'est sans doute ce qu'il y a de mieux pour toi.

Ses yeux ne trahissent aucune espèce d'émotion, ce qui m'angoisse légèrement.

Elle finit par acquiescer et se détourne. Elle va farfouiller dans un tiroir en quête d'une paire de chaussettes.

— J'appellerai le gynéco dans la journée, pour voir s'il peut me donner un rendez-vous.

— D'accord.

Puis, comme si nous ne venions pas d'avoir une conversation aussi sérieuse que déprimante, elle s'approche de moi, tout sourires, et se met à me bécoter.

— Peut-être qu'ensuite tu recommenceras à te conduire normalement, ajoute-t-elle.

— Comment ça ?

— Oh, arrête… Tu n'as pas essayé une seule fois de coucher avec moi depuis que c'est arrivé. (Son sourire s'élargit et son regard s'attarde sur mon torse nu.) Je dois avouer que mon obsédé d'Andrew Parrish me manque. Durant ces trois derniers jours, je me suis occupée de moi toute seule.

Elle se penche vers moi, me mordille délicatement l'oreille et précise :

— Je l'ai encore fait sous la douche il y a quelques minutes. Dommage que tu n'aies pas été là.

Des frissons me parcourent le corps, de la nuque jusqu'aux pieds. Merde, pourquoi ne m'a-t-elle pas demandé de m'en charger ? Je me serais volontiers exécuté. Elle devrait le savoir, à présent.

Je prends son visage entre mes mains et l'embrasse à pleine bouche tandis qu'elle s'empare de ma verge. L'instant suivant, elle me chevauche. Ses doigts s'attardent autour de l'élastique de mon boxer, tandis qu'elle considère mon corps avec un air délicieusement concupiscent.

Merde, si elle s'apprête à me prendre dans sa bouche…

Je ne me rends compte que j'ai fermé les yeux qu'en sentant ses doigts s'immiscer entre mon boxer et ma peau. Quand elle fait glisser mon sous-vêtement, je ne vois que l'intérieur de mes paupières.

Puis ma bonne conscience resurgit d'un coup et je l'interromps, me relève à moitié, m'appuyant sur mes coudes.

— Ma belle, pas maintenant.

Elle boude. Elle boude vraiment, les lèvres en avant, et ça me fait le même effet que ses yeux de chien battu ; je suis à deux doigts de céder à son caprice tant elle me fait craquer.

— J'en ai envie. Crois-moi… très envie, dis-je dans un ricanement nerveux. Mais attends un peu. Ta mère va rentrer d'une minute à l'autre, et je…

Elle bascule la tête de côté et me contemple, rayonnante.

— Ce n'est pas grave, m'assure-t-elle avant de m'embrasser une nouvelle fois puis de sauter du lit. Tu as raison. Je ne voudrais surtout pas que ma mère me surprenne en train de te tailler une pipe.

Viendrais-je de décliner une offre de fellation ? Cette fille ignore à quel point elle me tient par les couilles. Je préfère ne pas le lui dire, sans quoi elle pourrait abuser de son pouvoir. Putain, qu'est-ce que je raconte ? Je crève d'envie qu'elle en abuse. Je l'aime plus que tout.

Camryn s'en va avec sa mère plus tard dans la matinée, après qu'elle a réussi à obtenir un rendez-vous de dernière minute avec son gynécologue. J'ai voulu m'entretenir discrètement avec sa mère évoquer les choses dont Natalie a essayé de me parler mais je n'en ai pas eu l'occasion. Elles devaient partir dans l'heure pour ne pas manquer la consultation, et cela aurait semblé étrange que je m'enferme avec elle dans une chambre. Camryn aurait tout de suite compris que l'on parlait d'elle.

9

ANDREW

CAMRYN M'A LAISSÉ SA VOITURE. JE LUI AI UNE FOIS demandé pourquoi elle ne l'avait pas prise plutôt que de grimper dans un car en juillet dernier, et elle m'a simplement répondu : « Et toi ? » Je dus prendre sur moi pour me glisser derrière le volant de sa Prius rouge, mais je finis par m'y résoudre pour me rendre au *Starbucks*, où Natalie m'avait donné rendez-vous.

Tout dans cette rencontre me semble dangereux et tordu. Quand ce sera terminé, j'aurai envie de me frictionner au savon de Marseille pour me laver de cette trahison. Natalie entre sans Blake, et se dirige droit vers moi, ses longs cheveux bruns noués en queue-de-cheval. J'ai pris soin de choisir la table la plus éloignée de la vitrine, de peur que quelqu'un ne m'aperçoive avec elle. Peu m'importe que personne ici ne me connaisse, là n'est pas la question. J'ai essayé de lui tirer les vers du nez au téléphone, mais elle a insisté pour qu'on se voie.

Elle s'assied en face de moi, posant son sac sur la table.

— Je ne mords pas, me lance-t-elle avec un sourire en coin.

Peut-être pas, mais je parie que ta…

— Tu n'as pas à faire semblant de m'apprécier, reprend-elle en interrompant le cours de mes pensées. Cam n'est pas là. Et je ne suis pas aussi bouchée que tu le penses.

Je dois bien reconnaître qu'elle me surprend. Je pensais sincèrement qu'elle ne se doutait pas de l'antipathie que j'éprouve pour elle. Elle a beau être la meilleure amie de ma fiancée, elle lui a fait beaucoup de mal il y a quelques mois, en refusant de croire que son ex, Damon, lui avait avoué être amoureux d'elle. C'est trop débile.

Je m'écarte de la table et croise les bras.

— Eh bien, puisqu'on en est à se parler franchement, dis-moi : c'est quoi, ton problème ?

Cette fois, c'est elle qui est prise de court. Elle écarquille les yeux de surprise, puis fronce les sourcils. J'ai l'impression qu'elle se mord l'intérieur des joues pour dissimuler son exaspération.

— Comment ça ?

Elle croise à son tour les bras et incline la tête, faisant basculer sa queue-de-cheval de côté.

— Je crois que tu sais très bien ce que je veux dire, rétorqué-je. Et dans le cas contraire, tu es peut-être aussi bouchée que je l'imaginais.

Je ne peux pas m'empêcher de me comporter comme un connard avec elle. J'aurais pu continuer à la tolérer sans jamais rien balancer de négatif à son sujet, mais c'est elle qui a ouvert les hostilités. C'est donc sa faute.

Elle semble soudain comprendre où je veux en venir, et son regard s'assombrit. Elle sait précisément de quoi je veux parler.

— Je sais, c'est mérité, dit-elle en détournant la tête. Je regretterai toute ma vie ce que j'ai fait subir à Camryn, mais elle m'a pardonné, alors je ne vois pas pourquoi tu m'en voudrais pour ça. Tu ne me connaissais même pas, à l'époque. Tu ne me connais toujours pas, d'ailleurs.

Non, en effet, je le lui accorde bien volontiers, mais j'en sais suffisamment sur elle pour me forger mon opinion. Au moins, l'occasion m'est donnée d'affronter Natalie. Concernant Damon, ou quel que soit le nom de cet enfoiré, c'est une autre histoire.

J'adorerais l'avoir assis en face de moi. Je meurs d'envie de lui casser les dents.

— De toute façon, il n'est pas question de moi, reprend-elle, toujours avec son sourire en coin. Alors, laisse-moi t'expliquer pourquoi je t'ai fait venir.

J'acquiesce silencieusement.

— Cam et moi sommes meilleures amies depuis une éternité. J'étais là pour elle à la mort de sa grand-mère, puis à celle de Ian, et encore quand son frère Cole a tué ce mec et atterri en prison. Et évidemment quand son père a trompé sa mère et qu'ils ont divorcé. (Elle se penche par-dessus la petite table qui nous sépare.) Tout cela s'est passé au cours des trois dernières années. (Elle secoue la tête et s'adosse de nouveau à son siège en croisant les bras.) Et ce ne sont là que les principaux événements qui ont mis sa vie sens dessus dessous, Andrew. Honnêtement, cette fille n'est pas née sous la bonne étoile. (Elle lève les mains au ciel et poursuit d'un ton théâtral.) Oooh, mais évidemment, je ne peux pas lui dire une chose pareille. La dernière fois que j'ai essayé de vanter ses mérites, elle a failli m'arracher la tête. Crois-moi, elle n'aime pas qu'on la prenne en pitié. Elle déteste ça, même. Elle est dans cet état d'esprit où, quoi qu'il puisse lui tomber sur le coin de la gueule, elle estimera toujours que des tas de gens endurent bien pire.

Elle lève les yeux au ciel.

Je vois exactement de quoi elle parle. Quand on était sur la route ensemble, Camryn a longtemps essayé d'éviter d'évoquer ses problèmes ; en revanche, ce que Natalie semble ignorer, c'est que j'ai aidé Camryn à sortir un peu de sa coquille. Cela me fait doucement rigoler d'avoir réussi en deux semaines ce que Natalie, sa soi-disant meilleure amie, n'est jamais parvenue à accomplir en plusieurs années.

— Et donc, elle l'accepte, poursuit-elle. C'est ce qu'elle a toujours fait. Crois-moi, elle réprime tant de chagrin, de colère, de déception et de je ne sais quoi d'autre qu'elle ne pourra jamais régler tous ses problèmes. Et avec ce qui s'est passé avec le bébé... (Elle avale sa salive, et je devine son malaise à la façon dont elle baisse les yeux.) Je me fais beaucoup de souci pour elle, Andrew.

Je ne m'attendais pas à ce que ma rencontre avec Natalie accentue l'inquiétude que j'éprouvais pour Camryn. J'en ressentais déjà avant, mais plus elle parle, plus ça empire.

— Explique-moi cette histoire de psychiatre, reprends-je. Je lui ai posé la question tout à l'heure, mais elle l'a esquivée.

Natalie croise les jambes et pousse un profond soupir.

— Eh bien, son père l'a convaincue d'aller en voir un peu après la mort de Ian. Cam s'y rendait chaque semaine, et ça semblait lui faire du bien, mais je crois qu'elle s'est foutue de nous. On ne plante pas tout le monde sans rien dire à personne pour grimper dans le premier car à destination de nulle part alors que « ça va de mieux en mieux ».

— C'est son père qui l'a convaincue ?

Elle confirme.

— Ouaip. Elle a toujours été plus proche de lui que de sa mère ; Nancy est géniale, mais un peu à l'ouest, parfois. Quand, après le divorce, son père a emménagé à New York avec sa nouvelle copine, je pense que ça l'a encore plus bouleversée que le reste. Même si, bien sûr, elle refusera toujours de l'admettre.

Je prends ma respiration et me passe les deux mains sur le crâne. Je me sens tellement coupable d'apprendre ça, surtout de la bouche de Natalie ; d'un autre côté, Camryn ne me l'aurait manifestement jamais révélé.

— Elle a aussi parlé de cachets, dis-je. Elle ne veut pas retourner voir de psy parce qu'ils...

Natalie m'interrompt en hochant la tête.

— Ouais, elle était sous antidépresseurs pendant un moment. Et puis un jour, elle m'a avoué avoir arrêté de les prendre depuis des mois. Je n'en savais rien.

Je vais alors droit au but.

— Bon, et pour quelle raison précisément m'as-tu fait venir ici ? J'espère que ce n'était pas uniquement pour me dévoiler tous ses secrets ?

Je suis content d'avoir appris ces informations, mais je me demande si elle me les a transmises pour le simple plaisir de faire des commérages.

Sans doute pas. Je crois qu'elle s'inquiète sincèrement pour son amie, mais étant donné ce que je sais de sa personnalité, je me dois d'être prudent.

— Je pense qu'il faut que tu la surveilles, m'avoue-t-elle alors, captant toute mon attention. Elle a fait une grosse dépression après la mort de Ian. J'avais du mal à la reconnaître. Elle ne passait pas son temps à pleurer ni à se comporter comme les dépressifs sont censés le faire, non. Cam est… (Elle lève brièvement les yeux pour réfléchir, puis les repose sur moi.) Elle est restée stoïque, je ne sais pas si c'est le bon terme. Elle a arrêté de sortir. Elle a commencé à se foutre de l'école. Elle ne voulait plus s'inscrire à la fac. Pourtant, on avait tout planifié depuis le début du lycée, mais, avec sa dépression, les études ne l'intéressaient plus du tout.

— Qu'est-ce qui l'intéressait, alors ?

Natalie secoue légèrement la tête.

— Je ne sais pas trop, elle n'en parlait que rarement. Mais parfois, elle partait dans des délires trop bizarres, super profonds : elle voulait faire le tour du monde le sac au dos, ce genre de trucs. Je ne sais plus exactement quoi, mais une chose est sûre : elle n'avait plus vraiment les pieds sur terre. Oh, et elle m'a aussi dit une fois qu'elle ne pouvait plus ressentir la moindre émotion. Ça me paraît étrange, mais bref.

Elle agite les mains pour faire signe que cela n'a guère d'importance. Puis elle me sourit, et je ne sais pas trop ce que cela signifie avant qu'elle reprenne la parole.

— Et quand elle t'a rencontré, elle est redevenue elle-même. Mais genre en cent fois mieux. Je me suis rendu compte, le soir où elle m'a appelée depuis La Nouvelle-Orléans, que quelque chose avait changé. Honnêtement, je ne l'avais jamais vue aussi comblée qu'avec toi.

Elle marque une pause, puis ajoute :

— Je crois que tu es la meilleure chose qui lui soit jamais arrivée. Ne m'en veux pas de remettre ça sur la table, mais si tu étais mort…

J'attends impatiemment qu'elle achève sa phrase, mais elle n'en fait rien. Elle se détourne et semble sur le point de passer à autre chose.

— Si j'étais mort, quoi ?

— Je ne sais pas, dit-elle. (Elle ment.) Je crois juste qu'il faut que tu la surveilles. Inutile de te dire qu'elle a plus que jamais besoin de toi.

Sur ce point, elle ne m'apprend rien, mais après tout ce qu'elle m'a raconté, je ne peux pas m'empêcher de penser que je dois désormais impérativement rester avec Camryn chaque minute de chaque jour. J'en veux presque à Natalie de m'avoir révélé tout ça, mais il fallait que je le sache.

Je me lève et enfile ma veste noire, puis repousse ma chaise sous la table.

— Tu pars comme ça ?

Je m'interromps pour la dévisager.

— En fait, oui, réponds-je. (Elle se lève à son tour.) Je crois que j'en sais assez.

— Je t'en prie, ne lui dis pas…

Je lève la main.

— Écoute, ne le prends pas mal, j'apprécie que tu m'aies révélé tout ça, mais si Camryn me pose la question, je lui dirai que nous nous sommes vus ici tous les deux et que tu m'as raconté tout ce que je sais. Ne t'attends pas à ce que je lui cache quoi que ce soit.

Elle pousse un soupir théâtral.

—Très bien, dit-elle en récupérant son sac. Mais ce qui m'inquiète, c'est qu'elle se sente mal en apprenant que je suis venue te trouver, pas qu'elle m'en veuille de t'avoir parlé.

J'acquiesce. Je l'admets : cette fois, je la crois.

Je traîne à la baraque devant la télé quand Camryn et sa mère rentrent de chez le gynéco. Je me redresse, mal à l'aise d'être ainsi vautré alors que je ne suis pas chez moi. Je pose la télécommande sur la table basse en chêne et me lève pour accueillir Camryn.

—Alors, comment ça s'est passé ?

Situation étrange. Question étrange. Tout est étrange. Je déteste l'étrangeté. Il faut vraiment qu'on trouve très vite un appart. Ou une chambre d'hôtel.

Le regard de Camryn s'adoucit quand elle s'approche de moi.

—Très bien, me répond-elle en me plantant un baiser sur la joue. Il m'a prescrit une nouvelle pilule. Et toi, tu as fait quoi aujourd'hui ? Je parie que tu étais trop sexy, à rouler toutes vitres ouvertes dans cette voiture pour fille New Age.

Elle esquisse un rictus moqueur.

Je me sens rougir un peu.

Sa mère m'adresse un sourire timide en passant derrière Camryn pour se diriger vers la cuisine. Exactement le genre de mine contrite dont Cam parlait ce matin, celle qui signifie : « Elle est si fragile et j'ai tellement de peine pour vous deux. » Je commence à comprendre pourquoi elle déteste ça.

—Eh bien, je n'ai pas fait grand-chose, mais j'ai tout de même subi un face-à-face d'un quart d'heure avec Shenzi au *Starbucks*.

—Shenzi ?

Je secoue la tête en souriant et ajoute :

—Laisse tomber. Natalie. Elle voulait qu'on se voie pour parler de toi. Elle est vraiment inquiète.

Camryn, agacée, se dirige vers le couloir menant à la chambre. Je lui emboîte le pas.

— J'imagine ce qu'elle a pu te raconter, dit-elle en entrant dans la pièce.

Elle pose son sac à main et un sac de courses sur le lit avant d'ajouter :

— Et ça me fout vraiment en rogne qu'elle t'appelle quand j'ai le dos tourné.

— Je n'aurais sans doute pas dû aller la voir, admets-je, debout dans l'embrasure de la porte. Mais elle a vachement insisté et, honnêtement, j'avais envie d'entendre ce qu'elle avait à me dire.

Elle se tourne vers moi.

— Et qu'est-ce que tu as découvert ?

La pointe de mécontentement que je perçois dans son ton m'aiguillonne légèrement.

— Que tu avais traversé des jours sombres et…

Camryn lève la main pour m'interrompre et secoue la tête d'un air réprobateur.

— Andrew, sérieusement. Écoute-moi, d'accord ? dit-elle en me prenant les mains. Pour l'instant, la seule chose qui ajoute à mon malheur est que tout le monde s'inquiète pour moi en permanence. Réfléchis-y : on en a déjà parlé ce matin. Regarde-moi.

Je m'exécute ; ce n'est pas comme si elle n'était pas juste en face de moi.

— Est-ce que je passe mon temps à me morfondre ? *(Non, c'est vrai.)* Combien de fois m'as-tu vue sourire cette semaine ? *(Un paquet de fois, à vrai dire.)* Tu m'as déjà entendue dire quelque chose indiquant que je souffre plus que j'en ai l'air ? *(Non, sans doute pas.)*

Elle incline son beau visage et lève la main pour me caresser la joue de ses doigts délicats.

— Promets-moi quelque chose.

En temps normal, j'aurais répondu : « Tout ce que tu veux » sans l'ombre d'une hésitation, mais, cette fois, je tergiverse.

Elle penche la tête de l'autre côté puis laisse retomber sa main.

Je finis par répondre à contrecœur :

— Ça dépend quoi.

Elle ne discute pas, mais je me rends bien compte qu'elle est déçue.

— Promets-moi que les choses redeviendront normales entre nous. C'est tout ce que je te demande, Andrew. Ça me manque. Nos délires, nos parties de jambes en l'air déjantées, tes fossettes, ton amour débordant et démesuré pour la vie.

— Et prendre la route ? suggéré-je.

Tout engouement la déserte, comme si je venais de dire une grosse connerie.

Ses yeux dérivent lentement et elle semble perdue dans quelque pensée sombre et profonde.

— Camryn… est-ce que ça te manque de ne plus être sur la route ?

J'ai plus que jamais besoin de connaître sa réponse, surtout à cause de la réaction inattendue qu'elle vient d'avoir.

Après un long moment de silence, elle se retourne vers moi, et j'ai l'impression de me perdre dans son regard insondable, ce qui provoque en moi un certain malaise.

Elle reste coite, exactement comme si… elle était incapable de répondre.

Ne sachant pas ce qui lui traverse l'esprit, je finis par déclarer :

— On pourrait recommencer tout de suite. C'est peut-être précisément ce dont tu… ce dont on a besoin, ajouté-je en la prenant par les épaules.

Le simple fait de verbaliser cette idée la rend de plus en plus excitante. Camryn et moi. Prenant le large. Vivant sans attaches, profitant de l'instant présent, exactement comme nous l'avions prévu. Je me rends soudain compte que je rayonne littéralement, le sourire jusqu'aux oreilles. Bon sang ! Ouais, c'est exactement ce qu'il nous faut. Pourquoi n'y ai-je pas pensé plus tôt ?

— Non, répond-elle platement.

Sa réplique m'arrache à ce délicieux état second dans lequel j'étais plongé.

— Non ?

J'ai du mal à y croire, ou même à comprendre le sens de ce mot.

— Non.

Elle s'éloigne nonchalamment de moi.

— Mais… pourquoi pas ? Plus rien ne nous oblige à attendre.

Je comprends alors la raison même de son refus. Je n'ai toutefois pas à mettre le sujet sur la table, car elle le fait sans tarder.

— Andrew, dit-elle d'un air plein de regret, si on faisait ça maintenant, j'aurais toujours dans un coin de ma tête le fait que l'on repoussait l'échéance à cause du bébé. Ça ne me semble pas être une bonne idée. Pas pour l'instant. J'ai besoin de temps.

— D'accord, dis-je en allant la rejoindre.

Je hoche la tête et me force à sourire, espérant lui faire comprendre que, quelles que soient ses décisions, je serai toujours là pour elle.

— Bon, et de quel niveau de folie Natalie m'a-t-elle affublée aujourd'hui ? demande-t-elle en ricanant.

Elle plonge la main dans son sac de courses.

Je m'esclaffe à mon tour et m'allonge sur le lit tout en gardant les pieds par terre.

— Niveau jaune, répliqué-je. Le plus bas qui soit. Mais elle s'est comportée comme un niveau rouge, dis-je en penchant la tête dans sa direction. Même si je suis sûr que tu t'en doutais déjà.

Elle me sourit et sort de son sac une pile de culottes, qu'elle entreprend de dépouiller de leurs étiquettes.

— Eh bien, je me doute qu'elle t'a bourré le mou au sujet de ma phase dépressive et du fait que je ne sois pas née sous la « bonne étoile ».

Elle trace les guillemets du bout des doigts avant d'agiter l'index dans ma direction, un air de défi dans le regard.

— Mais ce n'était rien de plus qu'une phase. Je m'en suis remise. Et puis, qui ne subit jamais de pertes, de divorces ou de ruptures difficiles ? C'est ridicule de…

— Ma belle, tu te souviens de ce que je t'ai dit ? Quand on était à La Nouvelle-Orléans ?

— Tu m'as dit des tas de choses.

Elle jette les étiquettes dans la corbeille à papier.

— Que le chagrin n'est pas un putain de concours.

— Oui, je m'en souviens, admet-elle.

Elle entreprend de ranger ses culottes, mais j'en attrape quelques-unes au passage. Je brandis devant moi l'une d'entre elles, en dentelle rose, laissant reposer les autres sur mon torse.

— Putain, j'adore celle-là, dis-je avant qu'elle me l'arrache des mains.

— Bref, reprend-elle tandis que j'examine de la même manière celles qu'elle n'a pas encore récupérées, je n'ai plus envie de parler de ça, d'accord ?

Après m'avoir dépouillé des deux culottes restantes, elle reforme sa pile, qu'elle range dans le tiroir supérieur de sa commode.

Elle revient vers le lit et se place à califourchon sur moi, un genou planté dans la couverture de part et d'autre de mon corps. Je lui frictionne brièvement les cuisses.

— J'ai envie de sortir ce soir, déclare-t-elle. Qu'est-ce que tu en dis ?

Je me mordille la lèvre inférieure avant de répondre :

— Ça me tente bien. Tu veux aller où ?

Elle m'adresse un sourire entendu, comme si elle y avait déjà mûrement réfléchi. J'adore la voir sourire de la sorte. C'est tellement sincère, tellement réel. Finalement, peut-être que Natalie en fait des tonnes pour pas grand-chose.

— Eh bien, je me disais qu'on pourrait aller à *L'Underground* avec Nat et Blake.

— Attends, ce n'est pas là que l'autre connard t'a embrassée sur le toit ?

— Si, si, chantonne-t-elle. (Bon sang, si elle n'arrête pas de se trémousser comme ça...) Mais ce « connard » est en prison pour un an. Et Natalie a vraiment envie qu'on y aille. Elle m'a envoyé un texto juste avant qu'on rentre.

— Tu es sûre qu'elle n'essaie pas de te cirer les pompes parce qu'elle a mauvaise conscience ?

Camryn hausse les épaules.

— Peut-être bien, mais ce serait quand même sympa d'y aller. Et pour une fois, on pourrait écouter un groupe jouer plutôt que de monter nous-mêmes sur scène.

Elle s'allonge sur moi, et je glisse les mains sur ses fesses parfaitement galbées pour les tripoter. Elle m'embrasse et nous nous étreignons.

— D'accord, dis-je doucement quand elle écarte ses lèvres des miennes.

Je lui passe les doigts dans les cheveux, puis lui enserre le visage de mes paumes.

— Va pour *L'Underground*. Et demain, je prends l'avion pour le Texas pour commencer à faire nos bagages.

— Ça ne te dérange pas que je reste ici ?

— Non, ça me va très bien. Au fait, tu ne devais pas chercher un appart pendant mon absence ? ajouté-je après l'avoir embrassée sur le front.

Elle se redresse, s'étire de tout son long, puis entremêle ses doigts aux miens.

— Je vais y venir, déclare-t-elle. Chaque chose en son temps. Pour l'heure, le plus important est de nous préparer pour ce soir.

J'acquiesce en lui souriant, puis lui serre les mains et la force à se pencher vers moi.

— Tu es tout pour moi, murmuré-je contre sa bouche. J'espère que tu ne l'oublieras jamais.

— Je ne l'oublierai pas, m'assure-t-elle en ondulant délicatement des hanches.

Puis elle me mordille la lèvre et ajoute :

— Mais s'il m'arrive de l'oublier, pour une raison ou pour une autre, j'espère que tu trouveras toujours un moyen de me le rappeler.

J'étudie un instant sa bouche, puis ses joues que je caresse du bout des pouces.

— Toujours, affirmé-je avant de l'embrasser voracement.

10

Andrew

Cela fait un bail que je ne suis plus sorti dans une boîte comme *L'Underground*. Putain, j'ai vingt-cinq ans, et ici je me sens comme un vieux. Le fait d'avoir surtout fréquenté des bars ou discothèques reculés comme le *Old Point* a sans doute contribué à me faire oublier l'existence du heavy metal. Bon, j'aime bien ce genre de musique, mais merde, faites-moi écouter quelques classiques du rock. Camryn et moi avons passé la soirée avec Blake et Natalie à subir un groupe nommé les Soixante-Neuf – comme c'est original ! – grattant fausse note sur fausse note, tandis que le chanteur braillait tel un orignal en rut.

Pourtant, ça semblait plaire au public. Peut-être parce que la plupart des clients étaient bourrés ou défoncés. Sans doute les deux.

J'aurais bien aimé boire, moi aussi, mais j'avais accepté de servir de chauffeur. Ça ne me gêne pas. Au moins, Camryn a pu s'éclater sans retenue. Elle en avait besoin. Et je suis fier d'elle : je m'attendais à moitié à la voir refuser toute activité pendant des mois. Je souffre moi aussi de la perte de Lily, mais Camryn est encore là, et c'est tout ce qui importe aujourd'hui.

L'air froid de novembre nous fait du bien, après que nous sommes restés enfermés pendant trois heures dans cet entrepôt aussi enfumé qu'étouffant.

— Tu peux marcher ? demandé-je à Camryn en la maintenant fermement par la taille.

Elle repose la tête sur mon épaule et fait disparaître ses mains à l'intérieur des manches de son manteau.

— Ça va, me répond-elle. Tu m'as arrêtée à temps, cette fois, tu n'as pas à t'inquiéter de me porter jusqu'à la maison comme tu l'as fait à La Nouvelle-Orléans.

Je la sens qui redresse le menton pour m'observer, et je louche brièvement sur elle tout en m'efforçant de regarder où on met les pieds sur ce trottoir enténébré.

— Tu te souviens de cette soirée, pas vrai ?

— Bien sûr que oui, dis-je en la serrant contre moi. C'était il n'y a pas si longtemps et, de toute façon, je ne pourrai jamais l'oublier. Pas plus, d'ailleurs, qu'aucune autre minute passée en ta compagnie.

Elle me sourit avant de regarder droit devant elle.

— Tu es du genre inoubliable, ajouté-je avec une moue moqueuse.

— Je me suis réveillée une fois, cette nuit-là, m'apprend-elle en se blottissant contre mon bras. J'étais à côté des toilettes, et je me suis demandé comment j'avais atterri là. Puis j'ai senti ton corps derrière moi, ton bras sur ma taille, et mon envie de me lever s'est volatilisée. Pas parce que j'étais ivre morte et que j'avais la tête dans un étau, mais parce que tu étais avec moi.

— Ouais, je m'en souviens…

Je m'égare un instant dans mes pensées.

Nous marchons l'un contre l'autre pendant une dizaine de minutes, jusqu'à atteindre la station-service près de laquelle nous avons garé la Prius dans un parking abandonné. Je mets le chauffage à fond et prends le volant pour nous ramener sans heurts à la maison, regrettant une fois encore que nous n'ayons pas réservé de chambre d'hôtel en découvrant la voiture de ma belle-mère dans l'allée. Je n'ai rien contre Nancy, mais j'avoue que j'aime bien pouvoir me promener chez moi en boxer, ou à poil, sans risquer de la croiser.

J'aide une Camryn titubante à descendre et l'accompagne à l'intérieur, tout en la maintenant par la taille. Mais elle va bien. Un peu pompette, mais rien de grave. Je verrouille l'entrée derrière nous, et Camryn se dépouille immédiatement de son blouson qu'elle jette sur le porte-manteau. Je l'imite.

La maison est parfaitement silencieuse, et la seule lumière émane des veilleuses branchées pour l'une dans le couloir, pour l'autre au-dessus du comptoir de la cuisine.

Camryn me surprend en laissant glisser ses mains sur ma poitrine avant de redescendre jusqu'à mes abdos. Elle me pousse sans ménagement contre le mur du vestibule. Elle introduit sa langue dans ma bouche et je la mordille gentiment avant de l'embrasser. Elle déboutonne mon jean d'un geste expert, en abaissant la braguette dans la foulée. Je l'embrasse de plus belle et laisse échapper un gémissement quand elle passe les doigts sous l'élastique de mon boxer pour me saisir à pleines mains.

Ça fait tellement longtemps…

Elle se plaque contre moi.

J'écarte la tête juste assez longtemps pour dire :

— J'ai super envie de toi, mais on pourrait au moins attendre d'arriver dans ta chambre.

Ses mouvements de langue s'enhardissent, et elle rétorque en recollant ses lèvres aux miennes :

— Ma mère n'est pas là.

Elle me mord la lèvre juste assez fort pour que cela soit douloureux, ce qui ne fait qu'accroître mon excitation.

— Elle est partie bosser avec la voiture de Roger.

Je l'embrasse alors sans retenue et la soulève pour la porter jusqu'à sa chambre. Nous n'y arrivons pas assez vite à son goût, et elle m'a arraché mon tee-shirt avant même que nous franchissions la porte et que je la jette à plat sur le matelas. Je lui enlève tout, sauf sa culotte. Elle s'assied au bord du lit et abaisse d'un geste sec mon boxer et mon jean. Je me mets à califourchon sur elle, plantant un poing dans les couvertures pour ne pas l'écraser, et me servant de mon autre main pour titiller ses lèvres humides à travers le tissu de sa lingerie. Elle se tortille sous mes caresses et se cambre, frottant ses seins contre mon torse.

Je descends du lit, retire sa culotte en me servant de mes deux majeurs. Je l'embrasse à l'intérieur des cuisses et ne peux m'empêcher de fondre sur son entrejambe, dont je suis privé depuis si longtemps. Je cesse de la faire languir, car c'est moi que je torture.

Je la lèche furieusement, et elle tente de se dérober à ma bouche. Elle agrippe les draps au-dessus de sa tête, et se retrouve bientôt à moitié dans le vide. Je la maintiens en place en lui tenant fermement les cuisses, enfonçant mes ongles dans sa peau. J'aspire son clitoris jusqu'à ce qu'elle n'en puisse plus et qu'elle tente de m'étrangler entre ses jambes.

Je sais qu'elle s'apprête à jouir quand elle m'attrape par les cheveux pour me forcer à reculer.

Je la contemple par en dessous et nos regards se croisent. Elle me caresse le crâne. J'attends, me demandant à quoi elle pense, sans comprendre pourquoi elle m'a forcé à m'arrêter.

Elle semble espérer quelque chose, mais je ne saisis pas quoi. Je n'ai pour l'heure qu'une chose à l'esprit : m'enfouir en elle. Je résiste de toutes mes forces à la tentation de la faire rouler sur le ventre pour la mettre à quatre pattes, de lui tirer si fort les cheveux que…

Elle penche la tête et m'étudie, comme pour tenter d'anticiper mon prochain mouvement. Je suis hypnotisé par son visage, d'où émane un air fragile et énigmatique que je ne lui avais encore jamais vu. Elle me fait remonter sur le lit et, instinctivement, je m'y allonge sur le dos. Elle rampe sur moi, m'embrassant le ventre, les côtes, le torse pour venir se positionner à ma hauteur.

Un léger grognement m'échappe quand je sens sa chaleur moite se rapprocher. Elle m'adresse un sourire tendre et innocent qui n'a rien à voir avec son comportement. Elle me prend dans sa main, et mes yeux se révulsent de plaisir quand elle me positionne dans le bon angle pour pouvoir aller et venir sur moi avec une lenteur insupportable.

Je la laisse me chevaucher aussi longtemps qu'elle le souhaite, mais je dois faire preuve d'une concentration extrême pour ne pas atteindre l'extase avant elle. Puis, au dernier moment, il se passe une chose à laquelle je n'avais jamais réfléchi ; je me mets alors à paniquer en espérant qu'elle ne se rende compte de rien, et je ne dispose que d'une fraction de seconde pour décider de me retirer ou non.

Camryn

Mon cœur bat la chamade. J'ai le souffle court et je suis en nage, malgré la fraîcheur de la pièce. Alors que je suis au bord de l'orgasme, Andrew, manifestement paniqué, se retire. Cela m'étonne un peu, mais je fais comme si de rien n'était. Au lieu de quoi, je me penche sur lui, le bout de mes seins effleurant son torse, et j'effectue quelques va-et-vient avec la main.

Puis je m'affale, la joue contre sa poitrine, les genoux ployés de part et d'autre de ses hanches. J'entends son cœur tambouriner contre mon oreille. Il ouvre grand les bras et s'efforce de reprendre sa respiration avant de les refermer sur moi. Je sens ses lèvres se poser sur mon crâne.

Je reste ainsi allongée à réfléchir. Je pense à ce qui vient de se passer, et à ce qui ne s'est pas passé. Je pense à son odeur et à la chaleur de sa peau. Je constate à quel point il est devenu docile. Tout ça parce qu'il s'inquiète de me faire mal, physiquement, émotionnellement, sans doute même spirituellement, si tant est que ce soit possible. Et je ne l'en aime que davantage. Je l'aime pour tout l'amour qu'il m'accorde en retour, mais j'espère qu'il ne restera pas éternellement si protecteur.

Pour l'heure, j'aime mieux ne pas l'embêter avec ça. Avant qu'il accepte de baisser sa garde, je vais devoir lui prouver que je suis toujours moi-même. Ses attentes me semblent parfaitement légitimes.

Je me redresse et lui souris.

Je me demande s'il va tenter de se justifier, de m'expliquer pourquoi il s'est retiré ; il va probablement me dire qu'il ne savait pas s'il devait rester ou non. Pourtant, il reste muet. Il attend peut-être que j'aborde le sujet. Je n'en fais rien non plus.

Pour rompre le silence qui se prolonge et lever un peu du doute qui pèse sur la chambre, j'ondule des hanches de façon provocante tout en gloussant un peu.

— Attends, laisse-moi récupérer, ma belle.

Il sourit lui aussi, puis me fesse des deux mains.

Je pousse un glapissement exagéré, feignant de souffrir réellement, puis reprends de plus belle ma danse lascive.

— Tu ferais mieux d'arrêter, m'avertit-il.

Ses fossettes se creusent.

Je remue de nouveau.

— Tu crois que je plaisante ? Recommence, et tu vas le regretter.

Naturellement, je m'exécute, tout en me préparant mentalement à subir l'assaut qu'il me réserve.

Il m'attrape les tétons et pince juste assez fort pour que je m'immobilise, de peur qu'il me les arrache.

— Aïe, ouille !

J'éclate de rire et lui saisis les mains, mais il serre un peu plus fort quand j'essaie de les retirer.

Il secoue la tête et arbore un air si sérieux que je suis impressionnée par son jeu d'acteur.

— Je t'avais prévenue. Tu aurais dû m'écouter.

— Arrête, s'il te plaît, s'il te plaît, s'il te plaît !

Il s'humecte les lèvres et déclare d'un ton nonchalant :

— Tu promets d'être une gentille fille, pas vrai ?

Je hoche la tête frénétiquement.

Il plisse ses yeux cruels sans relâcher son étreinte.

— Tu le jures ?

— Je te le jure sur la tombe de mon chien Beebop !

Il me pince une dernière fois, me faisant grimacer et serrer les dents, puis me lâche enfin. Il s'assied alors sur le lit et enroule mes jambes autour de sa taille. Il se penche en avant et apaise mes seins douloureux du bout de la langue avant de les suçoter.

— Ça va mieux ? me demande-t-il en me regardant droit dans les yeux.

— Beaucoup mieux, chuchoté-je.

Puis il m'embrasse sur la bouche et me fait tendrement l'amour. Nous nous endormons ensuite, lovés l'un contre l'autre, peu après 3 heures du matin.

11

Camryn

Je pensais hériter d'une gueule de bois dix fois pire que celle qui me tiraille ce matin. Avant hier soir, je n'avais plus bu depuis des mois, mais je ne m'en plains pas. Je roule sur le côté et, en découvrant sur le réveil qu'Andrew devrait être à l'aéroport depuis une bonne heure et demie, j'ouvre des yeux comme des soucoupes et me redresse comme un diable dans sa boîte.

—Andrew ! dis-je en le secouant.

Il grogne en se mettant sur le dos, entrouvrant à peine les paupières. Il tend le bras et essaie de me forcer à me rallonger pour pouvoir se rendormir, mais je le repousse.

—Lève-toi. Tu as raté ton avion.

Son seul réflexe est d'ouvrir des yeux aussi ronds que les miens ; puis, à mesure que la réalité s'insinue dans son esprit, le reste de son corps se met en action.

—Merde ! Merde ! Merde !

Il bondit hors du lit et se retrouve, nu, au milieu de la pièce.

Je ne me lasserai jamais de le regarder – à poil ou habillé, même combat. Je n'arrive toujours pas à comprendre par quel miracle je partage sa vie. Il se frotte le visage des deux mains, puis se les passe dans les cheveux avant de se gratter la nuque, mettant en évidence ses muscles bien dessinés. Puis il pousse un long soupir résigné.

— Je vais devoir changer de vol.

Je sors du lit et ramasse ma robe de chambre qui traîne par terre pour pouvoir me rendre à la salle de bains.

— Même si ça ne me gêne pas de rester ici quelques heures de plus, précise-t-il en s'approchant derrière moi.

— Je ne sais pas, Andrew. (Je noue le cordon de mon peignoir.) J'avais un peu hâte d'être tranquille.

Comme je suis dos à lui, il ne peut pas voir mon large sourire.

Un profond silence s'abat sur la chambre.

— Tu es sérieuse ?

En entendant sa stupeur, je ne peux m'empêcher d'éclater de rire. Je fais volte-face et l'embrasse sur la bouche.

— Bien sûr que non. D'ailleurs, c'est peut-être moi qui ai éteint le réveil. Peut-être que tout était prémédité.

Manifestement soulagé, il m'embrasse à son tour et contourne le lit pour retrouver son boxer.

— Tu as vraiment fait ça ? me demande-t-il en l'enfilant.

— Non. Mais j'aurais dû y penser. Je m'en souviendrai la prochaine fois. Tu veux prendre ta douche avec moi ?

Précisément à cet instant, on frappe à ma porte. Sachant qu'il s'agit sans doute de ma mère, Andrew se raidit légèrement et s'empresse de s'asseoir sur le lit pour se couvrir.

J'ouvre la porte sur ma mère dans toute sa splendeur de blonde décolorée. Elle porte un chemisier rose pâle et un peu de fard à joues assorti.

— Tu es debout ? demande-t-elle.

Non, maman, je suis somnambule.

Elle en a de bonnes, parfois.

Je remarque immédiatement le regard qu'elle adresse à Andrew. Elle nous a déjà fait part de son inquiétude quant au fait de me voir retomber enceinte trop tôt, mais elle ne s'attend tout de même pas à ce qu'on cesse de faire l'amour ? C'est peut-être ce qu'elle espère, mais ça ne risque pas d'arriver !

Elle m'adresse un sourire timide puis demande :

— Tu veux m'accompagner chez Brenda, aujourd'hui ?

Carrément pas.

J'adore ma tante Brenda, mais j'apprécie beaucoup moins de mourir asphyxiée dans sa maison saturée de fumée de cigarette.

— Non, j'ai des trucs prévus avec Natalie.

En réalité, je n'ai rien prévu du tout, mais passons.

— Ah bon, d'accord. Eh bien… (Elle se tourne de nouveau vers Andrew, puis vers moi.) Je croyais qu'il repartait pour le Texas dans la matinée ?

Je resserre la ceinture de mon peignoir et croise les bras.

— Ouais, on ne s'est pas réveillés, mais il va prendre un vol plus tard.

Ma mère hoche la tête, puis lui adresse un dernier coup d'œil. Elle se fend d'un léger sourire, qu'il lui retourne. Bizarre. Elle aime vraiment bien Andrew, mais n'a pas l'habitude qu'un garçon dorme dans ma chambre, même s'il est là depuis deux semaines. Si je n'allais pas bientôt avoir vingt et un ans et si nous n'étions pas fiancés, il n'aurait jamais eu le droit de mettre les pieds ici. D'un autre côté, elle sait que nous nous aimons, et après ce qui s'est passé avec le bébé, elle est soulagée qu'il soit là pour moi. Néanmoins, cela reste bizarre. Pour nous tous. Ouais, Andrew et moi allons vraiment devoir nous trouver un appart.

Un appart à nous… ici, à Raleigh. J'ai soudain l'impression qu'un poids colossal m'écrase la poitrine.

Ma mère finit par sortir de la pièce, et je me tourne vers Andrew, qui semble toujours aussi mal à l'aise avec son drap sur les genoux.

Même si je me rends bien compte que l'envie lui est passée, je propose à tout hasard :

— Tu veux prendre ta douche avec moi ?

Il tressaille.

— Non, j'irai après.

Sa gêne adolescente me fait pouffer. Puis je me radoucis.

— Je vais chercher un appart pendant le week-end. C'est promis.

Il se lève.

— Dis-moi, si tu veux que je fasse les visites avec toi. Je t'ai proposé de les faire avec Natalie pour que tu ne te retrouves pas toute seule pendant mon absence. Tu sais, histoire de lui demander son avis sur la couleur des voilages et tout ça.

J'éclate de rire.

— Je ne vais pas acheter de voilages, affirmé-je. Des rideaux, à la rigueur, mais les voilages sont pour les décorateurs d'intérieur ou les riches couguars.

Il secoue la tête en me regardant quitter la chambre tandis que je prends la direction de la salle de bains.

Je suis partagée entre Jekyll et Hyde. En permanence. Quand je suis avec Andrew, je suis toute souriante, sans avoir à me forcer. Je suis heureuse. Je crois. Mais dès que je me retrouve seule, c'est comme si je me transformais en une autre personne. J'ai l'impression qu'un être invisible se tient derrière moi en permanence, et joue avec une saloperie d'interrupteur qui me dérègle le cerveau. Off. On. Off. On. O… Non, On.

Je m'assieds dans la baignoire, les genoux ramenés contre la poitrine, et je laisse couler l'eau brûlante pendant de longues minutes. Je pense à cet inévitable appartement que je suis obligée de trouver, à la bonne soirée passée hier à *L'Underground*, à la tonne de linge sale que je dois commencer à laver, et au logo qui s'efface sur le dessus du savon. Quand l'eau refroidit tout à coup, le brusque changement de température me tire de ma rêverie et je prends conscience que je suis là depuis une éternité. Je ne prends même pas la peine de me raser les jambes avant de sortir, évitant volontairement le tapis de bain dont je déteste le contact sous les pieds. Je laisse tomber dessus une serviette propre et me plante là pour me contempler dans le miroir. J'entreprends machinalement de compter le nombre de taches de dentifrice qui constellent la glace. Je m'arrête à quatorze.

J'ouvre l'armoire à pharmacie, farfouille parmi les flacons et les emballages en quête d'une boîte d'Advil. Par chance, deux cachets devraient suffire à me libérer de ma pseudo-gueule de bois. Je trouve enfin mon bonheur derrière des tubes orange portant les consignes du médecin. Je déchiffre une étiquette.

Oxycodone 7.5 – Une pilule toutes les six heures en cas de douleur – Nancy Lillard.

J'ignore pourquoi ma mère s'est fait prescrire des analgésiques, qu'elle n'a manifestement pas pris, mais je sais qu'elle a des problèmes de dos depuis quelque temps, alors peut-être qu'elle s'est enfin résolue à aller voir un médecin. Ou qu'elle s'est transformée en criminelle et profite de son statut d'infirmière libérale pour acheter des médocs par des moyens détournés.

C'est peu probable, étant donné que ce flacon a été acheté il y a un mois et qu'il est encore plein. C'est toujours la même maman que j'ai connue toute ma vie et qui rechigne à avaler autre chose que les produits inoffensifs qu'on trouve en parapharmacie.

Je m'apprête à reposer le flacon, mais me ravise. Ça ne peut pas faire de mal. J'ai mal à la tête, on peut bien qualifier ça de *douleur*, non ? Si. Je pousse le capuchon et le fais tourner pour l'ouvrir, puis incline le tube pour me faire tomber un cachet dans le creux de la main. Je l'avale avec une gorgée d'eau, m'essuie le corps et enroule mes cheveux dans une serviette. J'enfile alors mon peignoir, en noue la ceinture et retourne dans la chambre pour m'habiller. J'entends Andrew discuter dans la cuisine, mais son ton décontracté m'indique qu'il ne parle pas avec ma mère. Il doit être au téléphone. L'entendre évoquer son frère Asher me conforte dans mon opinion.

J'aurais encore dû passer un savon à Natalie si c'était elle qui l'avait appelé. Il faut vraiment qu'elle arrête de s'inquiéter pour moi et de contacter Andrew dans mon dos.

Après m'être peignée, je vais le rejoindre dans la cuisine.

— Je sais, frérot, mais je ne pense pas que ce soit une bonne idée pour l'instant. (Je ralentis le pas pour ne pas l'interrompre trop tôt.) Ouais. Ouais. Non, elle va mieux. Elle n'est clairement plus aussi bouleversée qu'après la première semaine. Mmm, mmm.

Je jette un coup d'œil par la porte et le découvre debout devant le bar, le téléphone à l'oreille, sa main libre reposant sur le comptoir. Il hoche la tête de temps à autre, écoutant patiemment son interlocuteur, que je devine être Aidan. Encore une fois, mon intuition s'avère :

— Remercie bien Michelle pour sa proposition. On viendra peut-être vous rendre visite dans un mois ou deux, quand Camryn aura eu le temps de… Non, plutôt au printemps. Il fait vraiment trop froid pour moi à Chicago durant l'hiver.

Il éclate de rire avant d'ajouter :

— Putain, non ! À ton avis, pourquoi je préfère le Texas ?

Il s'esclaffe de nouveau.

Je finis par entrer pour de bon dans la pièce, et il m'aperçoit.

— J'aimerais bien y aller, annoncé-je.

Andrew me contemple sans rien dire pendant un instant, puis interrompt son frère :

— Une seconde, Aidan. (Il couvre le micro du téléphone pour s'adresser à moi.) Tu veux aller à Chicago ?

Cela semble le surprendre.

— Bien sûr, réponds-je en souriant. Ça serait sympa.

Il semble tout d'abord réfléchir à quelque chose. Peut-être qu'il ne me croit pas, ou peut-être qu'il essaie d'envisager la chose et ne voit que bourrasques de vent et de neige. Puis son visage s'illumine, et il hoche lentement la tête.

— D'accord, dit-il. (Après une courte hésitation, il reprend le téléphone.) Aidan, je te rappelle plus tard, d'accord ? Ouais. OK. À plus.

Il fait glisser ses doigts sur l'écran pour raccrocher. Puis il m'observe de nouveau.

— Tu es sûre ? Je croyais que tu voulais rester ici quelque temps ?

J'approche du frigo pour en sortir une petite bouteille de jus d'orange.

— Oui, je suis sûre, dis-je en en avalant une gorgée. C'était une idée de Michelle ?

Il acquiesce.

— Ouais. Aidan m'a dit qu'elle s'inquiétait pour toi. Elle a proposé de nous accueillir quelques jours si on voulait.

Je bois une nouvelle gorgée et pose la bouteille sur le comptoir.

— Elle s'inquiète pour moi ? Eh bien, c'est gentil de sa part, mais j'espère que si on y va, je ne me retrouverai pas dans la même situation qu'ici avec Natalie.

Andrew secoue la tête.

— Nan, ce n'est pas le genre de Michelle. Elle n'a rien à voir avec Natalie, insiste-t-il pour bien marquer la différence entre les deux.

— Ce n'est pas ce que je voulais dire, Andrew.

— Je sais, je sais. Mais franchement, c'est une fille bien.

Je la connais suffisamment pour savoir qu'il a raison.

Puis l'effet du cachet se fait brusquement sentir, et j'ai l'impression de ne plus avoir la tête sur les épaules. Je suis parcourue de fourmillements des pieds jusqu'au sommet du crâne. Il me faut une seconde pour y voir clair. Je m'accroche instinctivement au comptoir pour me retenir.

— Waouh.

J'avale bruyamment ma salive et me force à cligner plusieurs fois des paupières.

Andrew m'observe d'un air méfiant.

— Ça va ?

J'ouvre si grand la bouche pour sourire que je sens la fraîcheur de l'air sur mes dents.

— Ouais, ça va carrément bien.

Il incline la tête de côté.

— Parce que je ne t'ai plus vue sourire de la sorte depuis que je t'ai passé la bague au doigt.

Lui aussi sourit plus ou moins, mais la curiosité l'emporte sur l'amusement.

Je mets ma bague de fiançailles bien en vue pour pouvoir l'admirer, même si elle a coûté moins de 100 dollars et qu'elle aurait paru insignifiante à la plupart des fiancées de ce pays. Je l'avais repérée un jour dans un petit magasin au Texas, et je m'étais fendue d'un commentaire innocent sur le fait que je la trouvais jolie.

— Je l'adore, avais-je déclaré en l'inclinant de manière que le soleil se reflète dessus. Elle est toute simple, et pourtant elle n'est pas comme les autres.

Je l'avais rendue à la femme du magasin, qui l'avait remise dans sa vitrine.

— Quoi, tu n'es pas le genre de fille à adorer les diamants ? m'avait interrogée Andrew. Tu ne veux pas d'un caillou si gros qu'il te faudrait une brouette pour le transporter ?

— Pas question ! m'étais-je esclaffée. Ce ne sont que des coquilles vides. Le seul truc qui compte, avec ces bagues, c'est le nombre de zéros sur l'étiquette. (Nous étions sortis de la bijouterie tout en devisant.) Non, je suis complètement d'accord avec ce que tu m'as dit un jour.

— Qu'est-ce que je t'ai dit ?

Je l'avais pris par la main en tournant à gauche au coin de la rue pour rejoindre le café.

— Plus c'est simple, plus c'est sexy. (J'avais posé la tête sur son épaule.) Tu m'as dit ça chez ton père, pour m'expliquer pourquoi je ne devais pas passer une heure à me maquiller ou me coiffer.

Il avait souri en repensant à cette journée, puis m'avait serrée contre lui.

— Ah ouais, j'ai dit ça ? « Plus c'est simple, plus c'est sexy. » Eh bien, j'avais raison.

— Et en plus, elle est belle.

Le lendemain, Andrew était rentré à la maison avec la même bague et me l'avait tendue. Puis, faisant ça dans les règles, bien que de façon un peu théâtrale, il avait mis un genou à terre et avait déclaré :

— Camryn Marybeth Bennett, la plus belle femme de cette planète et future mère de mon bébé, me ferais-tu l'honneur de m'épouser ?

J'avais souri et l'avais gratifié d'un regard circonspect avant de répliquer :

— De cette planète seulement ?

Il avait cillé avant de répondre, le plus sérieusement du monde :

— Eh bien, je n'ai encore jamais rencontré les femmes des autres planètes…

Ni lui ni moi n'avions pu réprimer notre fou rire. Puis il avait soudain recouvré son calme, ce qui m'avait immédiatement dégrisée.

— Veux-tu m'épouser ?

Je m'étais mise à pleurer comme une Madeleine. Le long baiser que je lui avais donné, et qui nous avait étrangement fait basculer tous deux sur la moquette, était plus explicite qu'un million de « oui ».

Bien sûr, il m'avait déjà demandée en mariage le jour où je lui avais annoncé que j'étais enceinte, mais il y avait mis les formes, cette fois, et jamais je n'oublierai cet instant.

— Allô, il y a quelqu'un là-dedans ?

Andrew m'agite une main devant la figure.

Je suis brusquement happée dans le présent, planant plus haut qu'un cerf-volant à cause de mon cacheton. Et je me rends brusquement compte que je dois me reprendre si je ne veux pas qu'il se doute de quelque chose.

12

Andrew

J'imagine que les sautes d'humeur perdurent même après... eh bien, après la grossesse. En moins d'une heure, Camryn est passée de traîner les savates dans un monde maussade à gambader gaiement au pays des Bisounours. Mais au moins, elle paraît heureuse, et loin de moi l'idée de vouloir juger sa façon de l'exprimer.

Cependant, le fait qu'elle veuille subitement quitter Raleigh pour se rendre dans un tout autre endroit, ne serait-ce que pour un week-end, me semble étrange. Je ne peux m'empêcher de demander :

— Pourquoi si tôt ? Enfin, je suis pour qu'on y aille si tu en as vraiment envie, mais je pensais que tu voulais rester ici, trouver un appart et tout ça ?

— Eh bien, oui..., répond-elle de manière peu convaincante. (Elle arbore toujours ce sourire distrait si bizarre.) Mais je me disais qu'il valait mieux y aller tant qu'on en avait l'occasion, parce que quand j'aurai trouvé un boulot ici, je ne sais pas si j'aurai encore beaucoup de temps libre les week-ends.

Elle croise les mains devant son ventre, ses doigts tapotant nerveusement sur ses jointures, comme si elle avait la bougeotte.

— Est-ce que tu...

Je m'interromps. Je ne vais pas faire ce qu'elle affirme vouloir nous voir tous cesser de faire : m'inquiéter pour elle en permanence et lui demander si elle va bien toutes les cinq minutes. Je me contente donc de sourire avant de déclarer :

— Je vais rappeler Aidan pour leur dire qu'on passera les voir ce week-end.

J'attends qu'elle valide le planning, ou qu'elle s'y oppose, et comme elle ne fait ni l'un ni l'autre, j'ajoute :

— Donc ça ne sert à rien que je rentre chercher nos affaires au Texas avant le retour de Chicago.

Il s'agit en réalité d'une question. Je dois bien avouer que ne pas savoir où je me trouverai demain commence à me faire tourner la tête. Ça n'a rien à voir avec notre temps passé sur la route, à profiter du moment présent et à redéfinir quotidiennement le mot « spontanéité ». Au moins, notre but de l'époque était justement de ne pas savoir de quoi le lendemain serait fait. Alors qu'aujourd'hui, je ne suis pas certain de comprendre ce qui se trame.

Elle finit par acquiescer et tire une chaise de cuisine, où elle ne s'assied habituellement jamais, sauf pour prendre son petit déjeuner. Là, elle donne juste l'impression d'avoir besoin de se poser.

— Attends, lui dis-je soudain. Tu es sûre que c'est bien un appart que tu veux ? On peut aussi se trouver une petite maison quelque part.

J'imagine que c'est ma façon d'aller à la pêche aux infos, sans avoir à lui demander : « Qu'est-ce qu'il y a ? »

Elle secoue la tête.

— Non, Andrew, ça ne me dérange pas du tout d'habiter en appartement. Je n'ai aucun problème avec ça. Et puis, je ne vais pas te laisser dilapider ton héritage pour acheter une baraque dans un coin où tu n'as pas choisi d'élire domicile.

Je m'installe sur la chaise voisine et pose les bras sur la table. Je la contemple d'un air qui en dit long.

— Je te suivrais n'importe où. Tu le sais. Tant que tu ne me demandes pas d'acheter un igloo dans l'Arctique ou d'emménager à Détroit, tout me va. Et ce que je fais de mon héritage ne concerne que moi. De toute façon, où veux-tu que je claque une telle somme d'argent, si ce n'est dans une maison ? C'est ce que tout le monde fait. La mort profite toujours aux promoteurs immobiliers.

Nous disposons d'un matelas de 550 000 $ que mon père m'a légué en disparaissant. Mes frères en ont eu autant. Ça fait beaucoup d'argent, et j'ai des goûts très simples. À quoi d'autre pourrait me servir tout ce pognon ? Si Camryn n'était pas entrée dans ma vie, je vivrais dans une modeste bicoque à Galveston et me ferais des plateaux-télé à base de nouilles chinoises. Je continuerais à payer mes factures et à bosser pour Billy Frank, parce que j'adore l'odeur du cambouis. Camryn est aussi peu dispendieuse que moi, ce qui rend notre relation si parfaite. En revanche, cela m'agace parfois qu'elle n'arrive pas à accepter le fait que mon argent soit aussi son argent. Elle n'a même pas voulu me laisser renflouer le compte qu'elle a utilisé lors de notre road-trip : six cents dollars sur un livret que son père lui avait ouvert en cas d'urgence. Elle s'est obstinée à tout compenser elle-même. Et ce sur sa part des cachets que nous avons touchés en jouant au *Levy's*.

S'il y a un truc qui me gêne, chez elle, c'est bien ça. Je m'occuperai d'elle quoi qu'il advienne, qu'elle le veuille ou non. Il va bien falloir qu'elle s'y fasse.

— Allons passer quelques jours à Chicago et, à notre retour, on ira voir des maisons. Ensemble.

Je me lève et repousse ma chaise sous la table, comme pour indiquer que le débat est clos.

Elle semble surprise, mais pas dans le bon sens du terme. Son sourire s'estompe.

— Non, si tu veux qu'on achète une maison, il faut d'abord que j'économise...

Je l'interromps d'un geste impatient.

— Arrête donc d'être aussi têtue. Si « ta moitié » de nos dépenses t'importe tant, tu n'auras qu'à me payer en nature et en me faisant un striptease de temps en temps.

Elle ouvre grand la bouche et écarquille les yeux.

— Quoi ?! (Son éclat de rire trahit bientôt sa mine faussement offusquée.) Je ne suis pas une pute !

Elle se lève et abat doucement sa paume sur la table, mais je soupçonne que ce soit davantage pour garder l'équilibre que pour protester.

Je souris et tourne les talons.

— Celle-là, tu l'as bien cherchée.

Une fois à la porte, je lui adresse un rapide coup d'œil pour m'assurer qu'elle n'a pas bougé, toujours sous l'effet de la surprise.

— Et tu seras ce que je te dis ! lui lancé-je en m'éloignant. Il n'y a rien de mal à être ma pute !

Je l'entends qui se rue sur moi. Je m'élance à travers le salon, bondis par-dessus le dossier du canapé comme un putain de ninja, puis sors par la porte du fond sans parvenir à la semer. Ses rires et ses hurlements perçants sont toujours dans mon sillage.

Notre avion atterrit à O'Hare le vendredi en fin d'après-midi. Par chance, il n'y a pas un mètre de neige au sol. Quand j'ai dit à Camryn que je la suivrais n'importe où, ça n'était pas tout à fait vrai : je plaiderais farouchement ma cause si elle décidait de s'installer dans un endroit où les hivers sont habituellement froids et neigeux. Je déteste ça. Du fond du cœur. Cette fois, c'est moi qui suis en pleine extase, en découvrant un paysage dépourvu de neige et une température extérieure de douze degrés. C'est assez doux pour la saison, à Chicago, et ce n'est pas moi qui vais m'en plaindre. Le réchauffement climatique ? Ça n'a pas que des mauvais côtés.

Aidan nous attend dans le terminal.

— Ça fait un bail, frangin, lui dis-je en lui serrant la main avant de le prendre dans mes bras.

Il me tape dans le dos à plusieurs reprises avant de se tourner vers Camryn.

— Content de te revoir, lui dit-il.

Elle l'étreint fermement.

— Moi aussi. Merci de nous avoir invités.

— Eh bien, tout le mérite en revient à la ténacité de mon épouse, réplique-t-il avant de hausser un sourcil. Ce qui ne veut pas dire que je ne voulais pas vous voir, hein ?

Il lui adresse un clin d'œil.

Elle rougit légèrement, et je lui prends la main.

Michelle nous a préparé à dîner. C'est une cuisinière hors pair. Et elle a les mêmes goûts culinaires qu'Aidan et moi, je ne suis donc pas surpris de découvrir de gros cheeseburgers bien gras avec supplément fromage pour les gourmets. Et de la bière. Me voilà au paradis.

Nous mangeons tous les quatre devant l'écran géant du téléviseur de mon frangin, et nous discutons de tout et de rien durant les séquences les plus ennuyeuses du film. À notre arrivée, j'étais légèrement inquiet d'entendre Aidan ou Michelle aborder un sujet lié de près ou de loin à la fausse couche de Camryn. Même si je savais au fond de moi qu'ils ne commettraient pas pareille maladresse. En les regardant, je me demande même si la question leur trotte dans un coin de la tête. Connaissant Aidan, j'en doute. Il évite autant que faire se peut les sujets trop sérieux. Quant à Michelle, elle joue son rôle à la perfection, s'assurant de mettre Camryn complètement à l'aise sans lui donner la moindre raison de penser à ce qu'elle voudrait oublier.

En outre, je n'ai jamais vu Camryn aussi bien avec Natalie qu'avec Michelle en cet instant, je n'ai donc pas à me plaindre. Finalement, ce petit voyage improvisé pourrait se révéler plus positif que je n'avais osé l'imaginer.

Au cours de l'une de nos conversations, Aidan bascule la tête en arrière et éclate de rire. Je ne me lasserai jamais de ce genre de moment avec l'un de mes frères.

— Ouais, Andrew était fin bourré quand ce recruteur de mannequins est venu le trouver dans mon bar ce soir-là, explique-t-il à Camryn alors que je ne cesse de lever les yeux au ciel.

Et voilà, Aidan s'apprête une fois de plus à exagérer considérablement l'événement. Camryn arbore un sourire jusqu'aux oreilles, et je me doute qu'elle jubile de me voir me dandiner ainsi à côté d'elle.

— Ce type s'est installé sur le tabouret voisin du sien et lui a dit qu'il avait « le look ». (Aidan secoue la tête, hilare.) Et sans même lui laisser le temps de finir sa phrase, Andrew se tourne vers lui et lui balance avec un air de Charles Manson : « Eh mec, je rêve, ou tu viens de bouffer mes cacahouètes ? » Si tu avais vu sa tronche... Il était complètement paniqué, et s'est même reculé comme s'il pensait qu'Andrew allait le frapper.

Camryn et Michelle s'esclaffent en chœur.

— Puis il a sorti sa carte de visite et la lui a tendue en disant : « Tu as déjà pensé à faire du mannequinat ? » Andrew l'a regardée sans la prendre.

— Si, je l'ai prise, interviens-je.

Aidan m'adresse un sourire narquois.

— Ouais, mais pas avant de lui avoir rétorqué avec beaucoup d'éloquence que tu ne pourrais jamais être mannequin, parce que « c'est pour les mecs qui n'ont pas de couilles ».

— Oh, arrête un peu, Aidan, l'interromps-je avant de boire une gorgée de bière.

— Pourquoi je ne t'ai encore jamais vu aussi bourré ? m'interroge Camryn.

Elle n'arrête pas de se fendre la poire, se délectant de chaque instant ; sa bonne humeur est communicative. Je caresse du bout des doigts sa longue tresse blonde.

—Eh bien, commencé-je, tout simplement parce que j'ai mûri depuis ce jour-là.

Michelle étouffe un ricanement.

—Eh ! m'exclamé-je en me tournant vers elle. Tu peux parler, Michelle ! La dernière fois que je suis venu ici, je t'ai vue danser au bar comme une stripteaseuse avec un coup dans le nez.

Elle en reste bouche bée.

—Je ne fais pas de strip, Andrew !

Aidan éclate de rire et avale une bonne rasade de bière.

—Je ne sais pas, mais si je n'avais pas été là ce soir-là, on serait peut-être divorcés à l'heure qu'il est.

Michelle lui assène un grand coup de coussin sur le crâne.

—Je ne me suis pas déshabillée ! insiste-t-elle en gloussant.

Aidan, que l'assaut n'a manifestement pas calmé, se marre toujours autant.

Camryn aussi. Je me perds un moment dans la contemplation de son sourire, ravi de constater qu'elle passe un si bon moment.

Michelle ajoute :

—Vous êtes vraiment intenables quand vous êtes ensemble.

—Eh, le fait que tu sois mariée au crétin du groupe fait de toi la proie idéale.

—Ouais, renchérit Aidan. Mais estime-toi heureuse qu'Asher ne soit pas là, parce qu'il cache bien son jeu.

Oh que oui ! Ce petit merdeux peut être sacrément retors quand il est en forme.

Michelle décroise les jambes et se lève pour débarrasser la table basse. Camryn l'imite aussitôt.

—Crois-moi, je suis une Parrish depuis suffisamment longtemps pour m'en être rendu compte.

Elle empile les assiettes tandis que Camryn récupère les serviettes et les bouteilles de bière vides.

—Pourquoi tu ne dis rien, Camryn ? reprend Aidan depuis le canapé. Tu n'es certes pas encore mariée à mon frère, mais tu le seras peut-être bientôt, ce qui fait aussi de toi une victime potentielle.

Il tend sa bière vers elle comme pour porter un toast, puis la porte à ses lèvres avec un sourire taquin.

Mon frère est brillant. S'il n'était pas si moche, je l'embrasserais sur la bouche. Je ne voudrais surtout pas que Camryn se sente exclue de la conversation.

—Alors, je suis contente que tu n'aies pas encore de dossier sur moi, réplique-t-elle avec un sourire en coin.

—Pas encore, répète-t-il en insistant lourdement sur le caractère inéluctable de ce dernier mot. Mais prépare-toi à un sacré bizutage !

Camryn fait une adorable moue et suit Michelle jusque dans la cuisine.

13

Camryn

— C'est vraiment sympa de nous avoir invités, dis-je à Michelle tout en jetant les bouteilles vides.

Elle pose sur le comptoir la petite pile d'assiettes et entreprend de les rincer avant de les mettre dans le lave-vaisselle.

— C'est normal, m'assure-t-elle avec un sourire. Pour être honnête, j'avais besoin d'un peu de compagnie. Je suis assez stressée, en ce moment.

Elle continue à remplir le compartiment du bas. Je me rapproche d'elle et viens m'adosser contre le plan de travail, les bras croisés. Me dit-elle ça pour m'encourager à l'interroger ? Je n'en suis pas certaine, mais me sens suffisamment à l'aise avec elle pour tenter le coup.

— C'est ton job qui te préoccupe ?

La vraie question est : « Tout va bien entre Aidan et toi ? », surtout après ce que Marna nous a raconté sur leurs problèmes de ménage, mais je préfère prendre des pincettes.

Son sourire s'étire tandis qu'elle rince la dernière assiette.

— Non, au contraire, je crois que travailler à la clinique me sert de thérapie.

Je reste silencieuse, à l'écoute.

— C'est le bar qui pompe beaucoup d'énergie à Aidan, ces derniers temps, reprend-elle. Mais c'est uniquement sa faute. Il a plus d'employés qu'il n'en faut pour faire tourner la machine, mais il passe un temps fou à gérer des choses qu'il devrait confier à ses équipes.

Je l'observe avec curiosité.

— Pourquoi ?

Elle referme la machine et jette un coup d'œil vers la porte en plein cintre qui mène au salon, où Aidan et Andrew discutent et s'esclaffent en ponctuant nombre de leurs phrases par « merde, frérot, j'y crois pas ». Elle se retourne alors vers moi avant de se confier à mi-voix :

— Il m'en veut.

Elle détourne alors la tête et se sèche les mains sur le torchon suspendu à la porte de placard surplombant le plan de travail.

C'est tout ? Je ne dis rien pendant quelques secondes, au cas où elle marque une pause particulièrement prolongée, mais elle ne poursuit pas. Ce qui me contrarie un peu. Puis, soudain, elle déclare :

— Je ne devrais pas t'embêter avec ça. Pas après tout ce qu'Andrew et toi avez enduré. Je suis navrée.

— Non, Michelle, dis-je pour la rassurer. Je suis là pour t'écouter.

Pour une raison qui m'échappe, le fait qu'elle évoque « tout ce qu'Andrew et moi avons enduré » me dérange moins que quand cela vient de quelqu'un d'autre. Peut-être parce que je sais qu'elle ne cherche pas à me tirer les vers du nez, et qu'elle n'a pas peur de se comporter normalement avec moi. Pour l'heure, il n'est question que de Michelle, et je tiens à être là pour elle.

Elle hésite, lance un nouveau coup d'œil vers le salon, puis pousse un soupir.

— Il veut des enfants, m'avoue-t-elle. (Je ressens comme un pincement au cœur, mais n'en laisse rien transparaître.) Et moi aussi, mais… pas maintenant.

— Oh, je vois. (J'acquiesce et prends le temps de réfléchir à la situation.) Eh bien, ça pourrait être pire. Ce n'est pas comme s'il avait une liaison, ou comme s'il s'était mis à fabriquer de la méthamphétamine au sous-sol.

Michelle éclate d'un rire discret et raccroche le torchon à sa poignée.

— Tu as raison, admet-elle, légèrement déridée. Je n'y avais jamais réfléchi sous cet angle. J'aurais au moins aimé avoir trois ans de plus. En tant que pédiatre, je passe mes journées avec des enfants. J'adore ça. C'est indispensable pour exercer ce métier ; cela dit, j'ai aussi une conscience accrue de la responsabilité que c'est d'en élever un. Pour Aidan, ça se limite à l'inscrire au foot et à l'emmener camper, tu vois le genre ?

Je pouffe doucement.

— Ouais.

Je me demande si elle ne me raconte pas tout ça pour tâcher d'apaiser ma peine, en me rappelant combien il est difficile d'avoir un bébé. Je pense que je me fais des idées. Étant donné la nature des problèmes qu'elle rencontre avec Aidan, elle pourrait difficilement s'ouvrir à moi sans entrer dans ces considérations.

— Alors, dis-moi : comment se passe la rééducation d'Andrew ?

L'atmosphère se détend immédiatement dans la pièce, comme si nous respirions toutes deux beaucoup mieux maintenant que le sujet sensible a été traité.

— Il a eu quelques faiblesses musculaires au début, mais il se porte comme un charme. Il ne retourne presque plus chez le kiné.

Michelle hoche la tête. Elle m'offre une chaise et s'installe sur une autre.

— Tant mieux, dit-elle avant qu'un silence gêné s'installe.

Aidan et Andrew y mettent un terme en débarquant tous deux dans la cuisine. Aidan fonce droit vers le frigo, tandis qu'Andrew se laisse lourdement tomber sur mes genoux.

— An-drew ! gémis-je dans un éclat de rire tout en tentant en vain de le repousser. Il faut vraiment que tu perdes du poids. Arrête, chéri, tu m'écrases !

Il pivote de profil et me jette un regard en coin avant de me serrer le visage entre ses mains et de me planter un baiser bruyant entre les deux yeux.

— Bouge de là ! crié-je. (Il obtempère enfin.) Tu as les os du cul pointus.

Je me masse les cuisses pour en chasser la douleur. Bien sûr, son cul est loin d'être osseux, mais son regard outré valait bien ce petit mensonge.

— De vrais gamins ! déplore Michelle depuis l'évier.

Je ne l'ai même pas vue se relever.

Aidan ferme le frigo, une bière à la main, et s'assied sur la chaise laissée vacante par son épouse. Andrew me soulève comme un sac de plumes pour me voler ma place, puis il me repose dans son giron.

— C'est mieux comme ça, déclaré-je.

Il referme les bras autour de ma taille.

— Bon, on a discuté avec Aidan.

Oh, oh, ça commence mal.

— Ah ouais ? m'enquiers-je d'un air méfiant, en scrutant Aidan puisque Andrew se trouve derrière moi.

— Ça promet, se moque Michelle, une hanche appuyée contre le plan de travail.

Aidan pose sa bouteille sur la table et s'explique :

— Est-ce que ça vous dirait de jouer dans mon bar demain soir ? C'est la soirée la plus chargée de la semaine. Et les morceaux que vous reprenez collent parfaitement avec ce qu'aiment mes clients.

Je n'ai jamais été aussi nerveuse depuis qu'Andrew m'a fait monter sur scène pour la première fois au *Old Point*, à La Nouvelle-Orléans. Sans doute le fait de nous produire devant sa famille. C'est quand même moins flippant de se lancer devant une foule d'inconnus qu'on ne reverra sans doute jamais. Là, j'ai des nœuds au ventre rien que d'y penser.

— Je ne sais pas…

Andrew m'étreint légèrement plus fort.

— Oh, allez, dit-il pour m'encourager sans paraître trop insistant.

Insiste, Andrew ! Arrête de prendre des pincettes ! Comporte-toi comme tu l'as fait quand tu m'as poussée à changer cette putain de roue ou à grimper sur le toit de ta voiture sous l'averse !

— Allez, reprend Aidan en écho. Andrew m'a dit que tu chantais super bien.

Je m'empourpre et grimace en même temps.

— Eh bien, il n'est pas tout à fait objectif, tu ne devrais pas le croire sur parole.

— Je trouve que c'est une idée géniale, intervient Michelle en venant s'installer sur les genoux d'Aidan.

Il lui tape joyeusement les cuisses des deux mains, comme Andrew le fait si souvent avec moi. Aidan ne lui ressemble pas autant qu'Asher, mais vu tous leurs points communs, il n'est pas difficile de deviner qu'ils sont frères.

J'y réfléchis un instant, puis me tourne vers Andrew et croise les doigts derrière sa nuque. Son sourire s'étire d'une oreille à l'autre. Comment lui résister ?

— Bon, d'accord, cédé-je. Je vais le faire. Mais c'est moi qui choisis les chansons.

Aidan acquiesce.

— Tout ce que tu voudras, me promet Andrew.

— Combien de temps on joue ?

— Aussi longtemps que vous voudrez, me répond Aidan. Une seule chanson s'il faut. C'est vraiment comme vous le sentez.

Andrew et moi nous couchons tard, après plusieurs parties serrées d'Atout Pique. Et même si la chambre d'amis se situe juste en face de la leur, nous ne sommes pas aussi mal à l'aise que chez ma mère. Sauf qu'aucun son ne provient de leur chambre, contrairement à ce qui s'est passé dans la nôtre durant la dernière demi-heure. J'ai pourtant essayé de garder mes gémissements en sourdine, mais ça n'est pas toujours facile quand Andrew est aux manettes.

Ça doit maintenant faire trois heures qu'il est endormi. J'entends les bruits de la rue et son souffle régulier. De temps à autre, les phares d'une voiture viennent glisser le long d'un pan de mur avant de disparaître.

Je n'arrive pas à dormir. J'ai tendance à faire des insomnies ou à me réveiller en pleine nuit depuis… eh bien, deux grosses semaines. J'essaie de ne pas trop m'agiter pour ne pas déranger Andrew. Il semble si paisible, ainsi allongé.

Je finis par me lever discrètement et vais farfouiller dans mon sac en quête d'une pilule. Elles m'aident à trouver le sommeil. Et j'aime bien l'état dans lequel elles me mettent. Elles me permettent de ressentir autre chose que la douleur. Je fais toutefois très attention. Je n'ai aucune tendance à l'addiction, et je n'ai jamais pris de drogues de ma vie. Même si j'ai tiré sur quelques joints en fin de lycée, comme tout le monde.

Je dois néanmoins reconnaître que je ne sais pas comment je ferai quand je n'en aurai plus…

J'en fais tomber une dans le creux de ma main et l'observe longuement. Je devrais peut-être en prendre deux, pour une fois, histoire de bien dormir. J'ai besoin de sommeil si je veux être d'attaque demain soir, au bar d'Aidan. Ouais, mieux vaut en prendre une seconde.

Je fais couler mes cachets avec la bouteille d'eau qui repose à côté du lit, puis je me rallonge à côté d'Andrew et scrute le plafond en attendant que les médicaments fassent effet.

Me sentant remuer, Andrew roule instinctivement sur le côté et me pose la main sur le ventre. Je me blottis contre lui, traçant doucement les contours de l'Eurydice tatouée sur son torse. Bientôt, je me sens plus légère, et mes yeux s'emplissent de centaines de papillons qui se mettent à battre des ailes derrière mes paupières et autour de mes tempes.

Et je…

Andrew

Camryn s'est levée bien après midi. Quand j'ai fini par la réveiller, elle était de très mauvais poil, peut-être à cause de sa migraine. Mignonne, mais de mauvais poil. Elle a à peine bu deux bières hier soir, mais à la voir ainsi allongée, la tête enfouie sous l'oreiller, on dirait qu'elle s'est sifflé une bouteille entière de tord-boyaux.

—Je t'ai apporté de l'Advil, lui dis-je en m'asseyant près d'elle. Tu as peut-être une tumeur au cerveau.

Elle me balance un coup de genou dans la cuisse.

—Ce n'est pas drôle, Andrew, geint-elle.

Je trouvais ça marrant, pourtant.

—Allez, avale ça, insisté-je en retirant l'oreiller.

Elle proteste quelques secondes avant de capituler.

Elle se redresse le temps d'avaler les cachets avec une gorgée d'eau, puis se laisse retomber sur le matelas, serrant fermement les paupières et se massant les tempes du bout des doigts. Je lui rends son coussin, sous lequel elle s'abrite sans tarder.

—Tu sais, il ne faut pas boire quand on n'y est pas habitué.

—Je n'ai bu que deux bières, réplique-t-elle d'une voix étouffée. J'ai juste mal au crâne, ça n'a rien à voir avec l'alcool.

Je me penche pour l'embrasser sur le ventre. La dernière fois que j'ai fait ça, elle était encore enceinte ; cela me rend triste un instant, mais, comme depuis que la tragédie a eu lieu, je réprime ces sentiments et ravale la boule qui se forme dans ma gorge.

—Je peux rester ici avec toi, si tu veux, proposé-je.

— Non, ça va aller.

Sa main émerge de sous son oreiller. Elle la pose à l'aveugle sur mon entrejambe, se rend compte de ce qu'elle touche et s'empresse de la déplacer sur mon genou. Je la taquinerais bien à ce sujet, mais je la laisse tranquille pour cette fois.

— Bon, je vais aider Aidan pendant une heure ou deux, lui dis-je en me relevant. J'espère que tu te sentiras mieux ce soir, j'ai vraiment envie qu'on joue.

— Moi aussi, dit-elle en me tendant la main.

Je lui embrasse les doigts avant d'aller rejoindre mon frère. Quand nous rentrons en début de soirée, Camryn est habillée et n'a plus mal au crâne, nous nous dirigeons donc tous les quatre vers le royaume d'Aidan, peuplé de bière, de cacahuètes et de concerts.

À en croire Aidan, les affaires vont bien ; il n'est même pas 19 heures quand nous franchissons la porte de son bar, et je constate qu'il n'exagérait pas. Je n'avais encore jamais vu autant de monde ici, et pourtant j'y ai passé un sacré paquet de vendredis et de samedis depuis qu'il en est devenu propriétaire il y a six ans. Les innombrables haut-parleurs fixés aux murs et au plafond diffusent une sorte de folk rock ressemblant beaucoup aux morceaux dont Camryn et moi avons malgré nous fait notre marque de fabrique. Si on m'avait demandé, il y a quelque temps, ce que je jouerais si je devais monter mon groupe, je n'aurais jamais répondu ça. Je reprenais des classiques du rock comme les Stones ou Led Zeppelin depuis un bail, mais cela a changé depuis ma rencontre avec Camryn. Aujourd'hui, notre principale référence reste les Civil Wars, parce que les duos nous sont venus naturellement. Cela dit, nous nous éclatons aussi parfois sur de vieux morceaux.

Notre préféré : « Hotel California », des Eagles. La toute première chanson que nous ayons entonnée ensemble. Certes, c'était dans la voiture, et uniquement pour nous amuser, mais ça nous est resté. Camryn a aussi insisté pour apprendre « Laugh, I Nearly Died » des Rolling Stones.

Toutefois, elle préfère les trucs plus modernes, et par-dessus tout les Civil Wars, c'est donc généralement ce que nous jouons.

Ce soir ne fera pas exception.

J'avais pressenti qu'elle choisirait « Tip of My Tongue » et « Birds of a Feather », car c'est sur ces deux titres qu'elle s'amuse le plus. J'adore la regarder pendant que nous sommes sur scène, car cela la transcende littéralement et la rend plus canon que jamais. Quand elle chante, j'ai l'impression que les qualités qu'elle a au quotidien se démultiplient. Elle ne se contente d'ailleurs pas de chanter : elle interprète. Elle a un vrai don d'actrice. Elle m'a dit qu'elle faisait du théâtre à l'école, et ça ne me surprend pas du tout.

Chanter à mon côté semble aussi la rendre heureuse, ce qui rend cette soirée d'autant plus importante. C'est la première fois que nous nous produisons depuis qu'elle a perdu le bébé, et j'espère que cela lui fera du bien.

Nous nous frayons un passage à travers la foule compacte et arrivons enfin sur la scène, où nous prenons tout notre temps pour nous installer. Il n'y a pas grand-chose à préparer, avec une seule guitare – malheureusement, pas l'une des miennes – et deux micros, mais nous ne commencerons pas avant un bon quart d'heure.

— Je suis tellement nerveuse, me glisse Camryn à l'oreille, suffisamment fort pour couvrir la musique ambiante.

Je pousse un petit *pff* du bout des lèvres.

— Oh, arrête. Il y a un bail que tu n'as plus le trac. On a fait ça des dizaines de fois.

— Je sais, mais là, on chante devant Aidan et Michelle.

— Il chante comme une casserole, on se fout un peu de son avis.

Elle sourit.

—Au moins, je ne suis pas stressée au point de ne plus vouloir jouer. Au contraire, c'est même plutôt excitant.

—Je te reconnais bien là.

Je lui dépose un baiser sur les lèvres.

—Ces deux filles, à la première table à ta gauche, me lance Camryn sans les regarder. Elles sont en train de fantasmer sur toi, ça se voit comme le nez au milieu de la figure.

Je pouffe discrètement en secouant la tête.

—Et le mec à côté de la femme en violet, répliqué-je en le désignant du menton, n'a cessé de s'imaginer avec sa bouche entre tes cuisses depuis que tu es montée sur scène.

—Ce soir, c'est donc eux, hein ?

J'acquiesce d'un hochement de tête.

—Alors, faisons-les grimper aux rideaux, conclut-elle avec un sourire espiègle.

—J'y compte bien, rétorqué-je sur le même ton.

Nous avons commencé ce petit jeu dès notre deuxième soir au *Levy's* : nous choisissons un garçon et une fille dans le public, et nous cherchons à leur transmettre des vibrations érotiques en les faisant se sentir uniques le temps de l'une de nos chansons. Nous veillons toujours à leur accorder quelques attentions discrètes, bien avant de leur sortir le grand jeu. D'abord un regard prolongé, trois bonnes secondes durant lesquelles nous leur faisons comprendre que nous les avons remarqués un peu plus que n'importe qui d'autre dans la salle. Camryn a entamé son numéro de charme. Le type arbore déjà un grand sourire niais. Elle se tourne vers moi et me décoche un clin d'œil. Je passe sur mon épaule la sangle de ma guitare, puis observe les deux filles. Force est de constater qu'elles sont plutôt canon. Je capte d'abord l'attention de la brunette, soutiens son regard pendant quelques secondes, puis m'intéresse à son amie pendant le même laps de temps. Dès que je détourne la tête, je les surveille du coin de l'œil et les surprends à glousser en se faisant des confidences. Je souris et commence à gratter quelques notes pour accorder mon instrument. Camryn tapote sur son micro, puis va chercher deux tabourets sur lesquels nous ne resterons de toute façon assis que le temps d'une chanson. Elle se hisse sur le sien et croise les jambes ; ses talons noirs vertigineux lui donnent l'air de savoir parfaitement ce qu'elle fait dans le métier. Ils sont ornés de petits clous argentés. Bon sang, les fringues qu'elle porte suffisent parfois à me rendre dingue.

Un jeune homme grimpe sur la scène pour annoncer notre concert. De nombreuses voix se taisent alors, imitées par d'autres dès les premières notes de guitare. Quand Camryn entonne la première chanson, son timbre est tellement suave qu'il suffit à capter l'attention de chacun.

Nous jouons quatre morceaux devant un public particulièrement réceptif, prompt à danser, à boire et à chanter avec nous. L'ambiance est électrique, et j'adore ça.

Le micro à la main, Camryn descend les trois petites marches qui mènent à la scène et s'approche de sa victime. Avant la fin du morceau, il prend son pied en se trémoussant avec elle. Quand ses mains se rapprochent un peu trop des parties de son corps que moi seul suis autorisé à toucher, Camryn sourit, en bonne professionnelle, et continue à chanter tout en le repoussant.

Nous prenons bientôt une courte pause.

Camryn m'attire à l'arrière de la scène tandis que les conversations vont bon train dans la salle.

— Il faut que j'aille aux toilettes, me dit-elle.

Je pose ma guitare contre le mur.

— Pendant ce temps, je vais nous chercher à boire. Qu'est-ce que tu prends ?

Elle hoche la tête en souriant.

— N'importe quoi, peu m'importe.

— Avec de l'alcool ? demandé-je.

Elle acquiesce de nouveau et m'embrasse brièvement, manifestement pressée d'aller se soulager.

— Oh, et si tu faisais la prochaine en solo pour une fois ? propose-t-elle.

— Vraiment ? Pourquoi ?

— Parce que tu la joues mieux tout seul, déclare-t-elle, les mains sur mon torse. Et puis j'ai assez chanté ce soir, j'ai envie de te regarder.

Elle m'embrasse. Ses escarpins la grandissent tellement que nous faisons la même taille.

Ses désirs sont des ordres. Je ne veux pas la brusquer.

— D'accord, je vais chanter tout seul, accepté-je. Ça sera d'autant plus facile de draguer ces deux filles.

Elle réplique avec un petit rire :

— N'en fais pas trop, Andrew. Souviens-toi de ce qui s'est passé la dernière fois.

— Je sais, je sais, assuré-je en lui faisant signe de partir.

Elle tourne les talons et je lui assène une petite claque sur les fesses pour lui faire accélérer le mouvement.

14

Camryn

Quand j'arrive aux toilettes, je me retrouve au bout d'une file de femmes attendant qu'une cabine se libère. L'air est saturé d'haleines éthyliques, de parfums et d'odeur de cigarette. À intervalles réguliers, une porte s'ouvre et se referme dans un odieux claquement, à mesure que les gens entrent et sortent. Je commence par me laver les mains, me faufilant entre deux filles éméchées juchées sur le comptoir de part et d'autre du lavabo. Par chance, elles n'ont pas l'alcool mauvais, car je ne suis pas d'humeur à m'adonner au crêpage de chignon ce soir. Elles s'excusent de prendre toute la place et se décalent aimablement.

— Merci, leur dis-je en allumant l'eau.

— Eh, t'es la chanteuse, fait remarquer celle à ma gauche, tout sourires.

Son regard navigue entre son amie et moi-même.

— On dirait bien que oui, admets-je.

Je ne suis pas non plus franchement d'humeur à badiner dans des toilettes publiques. Plus je m'éternise dans ce genre d'endroit, plus je me sens dégueulasse.

— Vous êtes géniaux, tous les deux, reprend-elle en rayonnant.

— Ouais, franchement, renchérit sa copine. Comment ça se fait que vous chantiez dans des bars ?

Je me contente de hausser les épaules tout en faisant gicler un peu plus de savon dans ma paume. Je m'efforce de les éviter le plus gentiment possible.

—Ouais, sérieux, reprend la première. J's'rais prête à payer pour vous voir jouer.

Même dans mon état, je ne suis pas complètement insensible aux compliments. Je lui souris et la remercie.

Lorsque deux nouvelles cabines s'ouvrent simultanément, elles sautent sur l'occasion et foncent s'enfermer à l'intérieur. Bientôt, elles sortent des toilettes en m'adressant un petit signe de la main et me souhaitent bonne chance pour la suite de ma « carrière musicale ». Alors qu'il ne reste presque plus que moi, je me tourne vers le miroir, mais je ne me regarde pas. Au lieu de quoi, je plonge la main dans ma poche et en extrais un cachet, que je fais couler avec un peu d'eau.

Juste histoire de me calmer un peu.

Puis je m'observe, repoussant dans le fond de mon esprit la prise du comprimé et la culpabilité qui s'ensuit invariablement. Je me trouve chaque fois une excuse pour les prendre, et parviens presque à me convaincre qu'il n'y a pas de mal à cela. Je sais cependant que ma conscience ne me tiraille pas sans raison.

En moins de onze minutes, la culpabilité, les excuses ou le stress ne m'importent plus, car la partie de mon cerveau gérant ces émotions est complètement engourdie.

Je me frotte les yeux pour effacer les traînées de mascara, puis essuie la sueur qui perle sur mon visage à l'aide de papier hygiénique. Je dois faire bonne figure en retournant dans la salle. Je me sens super bien, et mon allure doit être à l'image de mon état d'esprit.

Je joue des coudes pour rejoindre Aidan et Michelle, debout derrière le gigantesque comptoir. Puis je me rappelle qu'Andrew devait aller me chercher à boire, mais il est hors de question que je retourne jusqu'à la scène pour récupérer mon verre.

— Vous êtes vraiment géniaux ! me hurle Michelle pour couvrir le bruit de la foule.

Elle me prend dans ses bras et je lui rends son étreinte, sentant un sourire médicamenteux m'étirer les lèvres.

Je me tourne vers Aidan.

— Qu'est-ce que tu en as pensé ?

— Je suis d'accord avec Michelle ! s'exclame-t-il. Vous devriez écrire vos propres morceaux et revenir jouer ici plus souvent. Il y a souvent des dénicheurs de talents qui viennent traîner au bar. Et des célébrités. (Il me désigne le mur du fond où sont alignées des photos autographiées de musiciens et de stars du cinéma.) Avec vos compos, je suis sûr que vous décrocheriez un contrat dans l'année.

Je plane désormais si haut qu'il pourrait me dire que nous sommes nuls à chier et que nous n'avons absolument aucun avenir dans la musique que je continuerais à lui sourire de la sorte, laissant ses mots me rentrer par une oreille pour ressortir par l'autre.

Je pivote alors vers la scène et remarque qu'Andrew et le groupe maison s'apprêtent à entamer sa chanson fétiche : « Laugh, I Nearly Died ». Je doute qu'il me voie à travers la foule, mais il sait que je l'observe. J'adore le regarder quand il est sur scène, dans son élément. Je sais que même si nous formons un bon duo, il est encore meilleur quand il est seul. J'adore repenser à la première fois que je l'ai vu dans ces conditions. Car ce soir-là, à La Nouvelle-Orléans, je savais qu'il jouait pour moi, et je m'étais sentie comme la fille la plus heureuse du monde.

Je ferais n'importe quoi pour éprouver cela de nouveau. N'importe quoi…

Peu après avoir gratté les premières notes, Andrew a, comme à son habitude, déjà capté l'attention de la salle entière. Les deux filles du devant sont désormais debout, dansant ensemble de façon provocante ; je sais qu'elles ne font ça que pour Andrew, j'ai déjà assisté à des scènes similaires. Elles ont envie de lui et il leur laisse croire, juste pour un soir, que la réciproque est vraie. C'est parfaitement innocent. Andrew et moi sommes d'accord là-dessus : c'est une façon comme une autre de soigner l'ego des autres. Flirter à droite, à gauche, faire d'un petit veinard ou d'une petite chanceuse le centre de l'attention, juste assez longtemps pour les faire rougir et sourire. On ne sait jamais ce qui peut se passer dans la vie de ces personnes, et un peu d'énergie positive de temps à autre ne peut pas faire de mal.

Quand nous rentrons chez Aidan et Michelle peu après minuit, je vais me coucher avant tout le monde. Je reste allongée pendant une bonne heure, à les entendre discuter au salon. Andrew était prêt à venir dans la chambre en même temps que moi, mais j'ai insisté pour qu'il passe un peu de temps avec son frère. Il s'inquiète beaucoup trop pour moi depuis quelque temps. Nous repartons pour Raleigh dès demain, et je tiens à ce qu'il profite d'Aidan au maximum.

Une deuxième heure s'écoule, et je ne dors toujours pas.

Agacée, je plonge la main dans mon sac, dont je sors à tâtons le flacon de médicaments. Sans même m'en rendre compte, je l'ai déjà quasiment vidé.

Cette fois, je sombre vers 3 heures.

15

Andrew

— Camryn ? Ma belle, je t'en prie, réveille-toi.

Je la secoue par l'épaule, de plus en plus violemment.

Désormais, ma principale émotion est l'inquiétude. Suivie de près par la colère et le chagrin. Pourtant, étrangement, le doute l'emporte sur toutes les autres.

Je la secoue derechef.

— Lève-toi.

J'ignore combien de pilules elle a pu avaler, mais à en juger par le flacon presque vide, l'éventualité d'une overdose me provoque un accès de panique. Néanmoins, elle respire de façon régulière, et les battements de son cœur semblent normaux. Si elle ne se réveille pas…

Elle entrouvre les yeux, et, soulagé, je respire un grand coup.

— Camryn. Regarde-moi.

Elle parvient à se concentrer suffisamment pour river ses yeux aux miens.

— Quoi ? gémit-elle doucement avant de refermer les paupières.

Je la saisis sans ménagement par les épaules et la force à s'asseoir.

— Je t'ai dit de te réveiller. Garde les yeux ouverts.

Elle obtempère mollement, comme s'il n'y avait rien que de très ordinaire à se faire réveiller et redresser de force.

— Combien en as-tu pris ?

Michelle se tient derrière moi, dans l'embrasure de la porte.

— Tu veux que j'appelle une ambulance ?

Soudain, Camryn redevient parfaitement cohérente. Je ne sais pas si ma question a fini par atteindre son cerveau, ou si la référence à l'ambulance lui a remis les idées en place, mais elle me scrute d'un air terrifié, les yeux agrandis par la peur.

— Combien de ces foutus cachets as-tu pris ?

Elle se tourne vers le flacon, posé sur la table de chevet. Quand je suis venu prendre de ses nouvelles, jugeant qu'il ne lui ressemblait pas de dormir jusqu'à 14 heures, je l'ai trouvé par terre.

— Camryn ?

Je la secoue encore pour attirer son attention.

Elle m'observe longuement. Je découvre tant d'émotions dans ses prunelles que je ne sais que choisir entre l'humiliation, le regret, la douleur, la colère ou le renoncement. Puis les premières larmes apparaissent. Je sens son corps trembler entre mes mains. Elle s'écroule alors contre moi et éclate en sanglots déchirants.

— Andrew ? m'appelle Michelle depuis la porte.

Sans me retourner, je réponds :

— Non, ça va aller.

Et je ravale mes propres pleurs et mon propre chagrin, luttant contre l'étau qui se referme sur ma poitrine.

Michelle quitte la pièce en refermant doucement derrière elle.

J'étreins Camryn pendant de longues minutes, la laissant inonder mon tee-shirt de ses larmes. Je ne prononce pas un mot. Pas encore. D'une part parce que je sais qu'elle a besoin de ça, de tout évacuer. D'autre part parce que je suis si furieux et blessé que je me dois de prendre du recul pour éviter de dire des choses que je pourrais regretter. Je la serre donc puissamment contre moi, en attendant que ses tressautements se tarissent. Je l'embrasse sur le sommet du crâne en m'efforçant de ne pas craquer à mon tour. La partie de moi qui fulmine m'y aide grandement.

— Je suis désolée ! s'exclame-t-elle.

Et dès l'instant où je perçois la douleur dans sa voix, j'en oublie presque complètement ma colère et l'enlace plus fort encore.

— C'est toi qui t'excuses ? m'étonné-je, incrédule.

Je l'écarte légèrement de moi pour pouvoir la regarder. Je secoue furieusement la tête, de retour au pic de ma colère.

— Dis-moi combien tu en as pris.

Je plante mon regard dans le sien.

— Hier soir ? Seulement trois, répond-elle.

— Et combien il y en avait, à l'origine ?

— Je ne sais pas. Peut-être une vingtaine.

— Depuis combien de temps tu en prends ?

Elle marque une pause avant de répondre.

— Seulement depuis mardi. Ils sont à ma mère. J'en ai pris un pour faire passer ma migraine, et puis…

De nouvelles larmes lui montent aux yeux. Je tends la main pour les lui essuyer.

— Bon sang, Camryn, dis-je en la plaquant de nouveau contre mon torse. Qu'est-ce qui t'est passé par la tête, bordel ?

— Je n'en sais rien ! s'écrie-t-elle. Je ne sais pas ce qui cloche chez moi.

Je mets mes mains en coupe autour de ses joues.

— Tu sais très bien ce qui cloche. Tu es perturbée par le fait d'avoir perdu Lily, et tu n'arrives pas à gérer. Tu aurais dû m'en parler.

Elle baisse alors les yeux, sans bouger la tête. Le silence sinistre qui s'ensuit me frappe de la plus étrange des manières.

J'essaie de la convaincre de me regarder, mais elle s'y refuse.

— Camryn ? Parle-moi. Il faut que tu me parles. Écoute, tu n'as commis aucune erreur, et tu n'aurais pas pu empêcher ce qui est arrivé. Il faut que tu le saches. Tu dois comp…

Elle se libère brusquement de mon étreinte, me dévisage avec un mélange de douleur et… d'autre chose.

— Tout est ma faute ! s'exclame-t-elle en reculant sur le lit.

Elle finit par en descendre de l'autre côté et croise les bras en me tournant le dos.

— Ce n'est pas ta faute, Camryn.

Je m'approche d'elle, mais dès qu'elle me sent arriver, elle fait volte-face.

— Si, tout est ma faute, Andrew ! répète-t-elle, des larmes plein les yeux. Je n'arrêtais pas de penser que ma grossesse allait tout gâcher ! J'étais furieuse qu'on habite toujours à Galveston au bout de quatre mois ! Je me demandais comment on allait pouvoir réaliser nos rêves avec un bébé ! Alors si, c'est à cause de moi qu'on l'a perdu, et je me hais tous les jours pour ça !

Elle s'enfouit le visage dans les mains.

Je comble la distance qui nous sépare et la serre dans mes bras.

— Putain, Camryn, ce n'est pas ta faute !

Je ne pense pas avoir jamais dit quelque chose à quelqu'un avec une telle émotion. Ma poitrine tremble de façon incontrôlable contre la sienne.

— Regarde-moi ! lui dis-je encore en me reculant. C'est tout à fait normal. Et si jamais tu étais coupable, je le serais aussi : ça m'est aussi arrivé de penser à des trucs pareils, mais, comme toi, je n'aurais jamais volontairement provoqué ça.

Je n'ai nul besoin d'attendre qu'elle confirme mon assertion, car je sais qu'elle ne désirait pas perdre Lily. Néanmoins, elle prend la peine de préciser :

— Je n'ai jamais regretté d'être enceinte. Et je… je veux qu'elle revienne !

— Je sais. Je sais.

Je l'étreins puissamment et la fais marcher jusqu'au pied du lit, où je l'encourage à s'asseoir. Je m'accroupis entre ses jambes, les coudes posés sur ses cuisses, et lui saisis les deux mains. Je la regarde bien en face et déclare, une fois encore :

— Ce n'est pas ta faute.

Elle essuie quelques larmes, et nous restons dans cette position pendant ce qui me paraît une éternité. Je pense qu'elle me croit – à moins qu'elle donne le change simplement pour mettre un terme à la conversation. Puis elle contemple le mur derrière moi et demande d'une toute petite voix :

— Est-ce que ça fait de moi une toxicomane ?

J'ai envie de rire, mais je m'abstiens. Je me contente plutôt de secouer la tête en lui souriant tendrement, serrant délicatement mes doigts autour des siens.

— Tu as eu un moment de faiblesse, et même les personnes les plus fortes ne sont pas immunisées contre ça. Quatre jours et un flacon de calmants ne font pas de toi une droguée. Tu as pris une mauvaise décision, voilà tout.

— Ce n'est pas ce que Michelle et Aidan vont penser.

Je secoue la tête.

— Bien sûr que si. Et tous les autres aussi. (Je me redresse pour m'asseoir à côté d'elle.) Et puis, ça ne concerne personne. C'est entre toi et moi.

— Je n'avais encore jamais rien fait de pareil, déclare-t-elle en scrutant le vide. Je n'arrive pas à croire…

— Tu n'étais pas toi-même. Tu es bouleversée depuis la mort de Lily.

La pièce se retrouve étrangement plongée dans le silence. Je l'observe du coin de l'œil, mais préfère ne pas interrompre cet instant. Elle semble perdue dans ses pensées.

— Andrew, finit-elle par reprendre, on ne devrait peut-être pas rester ensemble.

Ses mots m'atteignent avec une telle force que j'en ai le souffle coupé.

Je suis tellement sous le choc que je n'arrive plus à parler. Mon cœur bat à toute allure.

Enfin, comme elle ne développe pas, je parviens à répliquer :

— Pourquoi tu dis une chose pareille ?

Et je redoute profondément sa réponse.

Elle regarde toujours droit devant elle, les joues baignées de larmes. Puis elle se tourne vers moi, et je reconnais dans ses yeux la douleur qui se trouve certainement dans les miens.

— Parce que tous ceux que j'aime finissent par m'abandonner ou par mourir.

Je suis parcouru d'une vague de soulagement, que sa détresse éclipse aussitôt.

C'est à cet instant précis que je me rends compte que c'est la première fois que Camryn s'ouvre à moi, ou à qui que ce soit d'autre, à ce sujet. Je repense aux choses que Natalie m'a dites, aux conversations que Camryn et moi avons eues sur la route, et je sais qu'elle admet enfin sa douleur. Elle est désormais capable de se l'avouer à elle-même et de l'assumer aux yeux des autres.

— Ça me semble tellement égoïste de dire ça, poursuit-elle. (Je me garde bien de l'interrompre.) Mon père nous a quittés. Ma mère a changé. Ma grand-mère, la seule personne au monde qui soit restée la même et ait toujours été là pour moi, est morte. Ian aussi. Cole est allé en prison. Natalie m'a poignardée dans le dos. Lily… (Son visage est de plus en plus marqué par l'affliction.) Et toi.

— Moi ? Mais je suis là, Camryn. Je serai toujours là, dis-je en lui prenant les mains. Peu m'importe ce que tu fais, ou ce qui se passe entre nous. Je ne te quitterai jamais. Je resterai toujours auprès de toi, ajouté-je en serrant si fort que je lui tords les doigts. Tu te souviens quand je t'ai dit que tu étais tout pour moi ? Tu m'as demandé de te le rappeler si toutefois tu oubliais. Eh bien, je te le rappelle maintenant.

Les sanglots la font tressaillir.

— Mais tu aurais pu mourir, déclare-t-elle, en pleurs. Chaque fois que je venais te voir à l'hôpital, je me disais que ce serait ton dernier jour. Et quand tu t'en es tiré, je me suis surprise à me le répéter, encore et encore. Pendant des semaines, pendant des mois, car j'avais besoin de m'habituer à l'idée de te voir disparaître. Un jour. Parce que, d'une manière ou d'une autre, je savais que tu allais finir par partir tôt ou tard. Comme tout le monde.

— Pourtant je suis resté, dis-je avec un sourire terni de désespoir. (Je m'assieds par terre et l'invite à me rejoindre.) Je ne suis pas mort. J'ai survécu, parce que je savais que tu étais là, avec moi, pendant tout ce temps. Parce que je savais que nous étions faits pour être ensemble, et que si tu devais vivre, alors moi aussi.

— Et si ça arrive quand même ? insiste-t-elle. (Sa question me prend de court.) Si la tumeur revient ?

— Cela n'arrivera pas, affirmé-je. Et même dans le cas contraire, je la vaincrai de nouveau. J'ai laissé s'écouler huit mois sans aller voir le docteur, et pourtant je l'ai quand même vaincue. Avec toi qui me bottes le cul régulièrement pour aller passer des visites de contrôle, je ne risque pas de me laisser prendre par surprise…

Elle ne semble pas tout à fait convaincue, mais je devine une lueur d'espoir sur son visage, et c'est tout ce que j'espérais.

— Je suis sincèrement désolée, m'assure-t-elle.

Et au lieu de lui dire que ce n'est pas grave, je lui laisse apprécier de nouveau le silence, pour lui permettre de conclure.

— Je parie que tu ne t'attendais pas à un tel concentré de connerie, reprend-elle en se frottant les yeux.

Pour détendre l'atmosphère, je frotte ses genoux dénudés et réplique :

— Je t'aimerais même si tu faisais partie de ces filles qui courent se faire vomir aux toilettes après chaque repas, ou si tu étais secrètement fétichiste des clowns.

Elle rit doucement à travers ses larmes, ce qui me met en joie. Je lui redresse le menton et recouvre mon sérieux en observant ses magnifiques iris d'un bleu cristallin.

— Camryn, dis-je, Lily n'était tout simplement pas prête. Je ne sais pas pourquoi, mais ça n'est pas ta faute, ni celle de qui que ce soit. Et tu dois comprendre qu'il faut faire face à cette épreuve ensemble. De A à Z. D'accord ?

Elle acquiesce.

Je me penche pour l'embrasser, d'abord sur le front, puis sur les lèvres.

Le silence qui s'ensuit est plus détendu. Plus léger. Je sais que Camryn ne sera pas complètement rétablie du jour au lendemain, mais je constate déjà une nette amélioration. Ça se voit rien qu'en la regardant qu'elle s'est délestée d'une partie de son fardeau en en discutant. Elle en avait besoin. Elle avait besoin que quelqu'un l'aide à mettre de l'ordre dans ses idées. Pas d'une personne indifférente, ni d'une personne lui servant des réponses toutes faites à chacun de ses problèmes.

Elle avait besoin de moi.

Je me mets debout et lui tends la main.

— Viens.

Elle me laisse la relever. Je ramasse les médicaments sur la table de chevet, puis emmène Camryn à la salle de bains. Je soulève l'abattant des toilettes et lui tends le flacon. Et, sans que j'aie besoin de prononcer le moindre mot, elle en renverse le contenu dans la cuvette sans hésitation.

— Je n'arrive toujours pas à croire que j'aie été si faible.

Elle tire la chasse et regarde tournoyer puis disparaître les quatre pilules restantes. Puis elle relève la tête vers moi.

— Andrew, j'aurais facilement pu devenir accro. Je n'imagine même pas…

Je l'interromps pour l'empêcher de se torturer davantage :

— Mais ça n'est pas arrivé. Et tu as droit à ton moment de faiblesse. C'est fini, maintenant.

Je sors de la salle de bains et traverse la chambre à grands pas. Elle s'arrête au milieu de la pièce, sans me quitter des yeux.

— Andrew ?

Je fais volte-face et réponds :

— Accorde-moi une semaine.

Elle semble déconcertée.

— Une semaine pour faire quoi ?

Je me fends d'un léger sourire.

— Dis oui. Reste ici avec moi une semaine supplémentaire et tu verras bien.

De plus en plus perplexe, elle finit par déclarer :

— Euh… d'accord.

Son visage trahit une incompréhension totale.

Néanmoins, elle me fait confiance, et c'est tout ce qui compte. Je vais nous offrir ce dont nous avons tous les deux besoin, qu'elle le veuille ou non.

16

Camryn

Troisième jour

Je ne me serais jamais pensée capable de faire ce que j'ai fait. Selon Andrew, c'est un moment de faiblesse ; même s'il a raison, il me faudra un temps fou pour arriver à me le pardonner.

Michelle m'a assuré qu'elle ne me jugeait pas, et bien que cela m'ait remonté le moral, je ne peux pas m'empêcher de me sentir humiliée chaque fois que je me trouve dans la même pièce qu'elle ou Aidan. C'est peut-être le fait qu'ils soient si compréhensifs qui rend tout cela si terrible.

Une semaine. J'ignore quelle idée Andrew a derrière la tête, mais je lui dois de ne pas poser de questions et de le laisser agir à sa guise. Il se montre très secret depuis plusieurs jours, répondant souvent au téléphone depuis d'autres pièces pour que je ne puisse pas entendre ses conversations. Je n'ai essayé qu'une fois, en coupant le son de la télé et retenant mon souffle sur le canapé tandis qu'il allait parler à Asher depuis la cuisine. Mais je me suis immédiatement sentie coupable, et j'ai remonté le volume pour m'empêcher d'espionner.

Je prenais ces pilules depuis moins d'une semaine, mais cela ne m'empêche pas de me sentir encore super mal trois jours après avoir avalé les dernières. Je suis à côté de mes pompes, j'ai encore plus de mal qu'avant à m'endormir, mais mes maux de tête commencent enfin à s'estomper. Je n'imagine pas ce que cela aurait été si j'avais été accro pendant des mois voire des années. Je compatis sincèrement avec les gens pour qui c'est le cas…

Quatrième jour

Aidan entre dans le salon avec une petite pile de courrier à la main, qu'il trie tout en avançant.

Il observe d'un air curieux une petite enveloppe blanche, puis la brandit devant lui avant de m'observer jusqu'à ce qu'Andrew vienne nous rejoindre.

— On dirait que c'est pour toi.

Il me lorgne de nouveau, mais tend l'enveloppe à Andrew.

J'ai un étrange pressentiment ; je me lève du fauteuil relaxe et m'approche d'Andrew pour en avoir le cœur net.

Juste avant qu'il la dérobe à mon regard et laisse retomber la main à son côté, j'aperçois le nom de Natalie griffonné dessus.

Il sait que je l'ai vu.

— Non, déclare-t-il en secouant la tête. Je te la montrerai une autre fois.

Puis il fait disparaître l'enveloppe dans la poche arrière de son jean.

Je lui fais pleinement confiance, mais je suis humaine, et une partie de moi-même ne peut s'empêcher d'être anxieuse. Pourquoi Natalie enverrait-elle des lettres à Andrew ? Confiance ou pas, la première chose qui vient forcément en tête dans ce genre de situation est de se demander ce qui se trame entre eux. Mais cette pensée est tellement absurde que je la rejette immédiatement.

Ils complotent contre moi.

J'aimerais juste savoir ce qu'ils mijotent.

Cinquième jour

Aujourd'hui, j'ai eu Natalie, ma mère, puis Marna au téléphone. Cette dernière se comporte comme si de rien n'était, et elle s'en sort aussi bien que Michelle lorsque nous sommes arrivés à Chicago. Elle est d'une gentillesse à toute épreuve. Ma mère, en revanche, ne semble pas capable de parler d'autre chose que de ma relation avec Andrew. Elle me tanne dès qu'elle en a l'occasion sur la date de notre mariage, et croit dur comme fer que nos noces seront célébrées dans la plus pure tradition. J'ai beau essayer de lui dire que je ne veux pas de jolie robe, ni d'église, ni dépenser des milliers de dollars pour des fleurs qui ne dureront pas une semaine, elle semble ne rien entendre. Elle trépigne d'impatience. Au moins, elle serait peut-être plus détendue à l'idée de le voir dormir dans ma chambre. J'ignore ce qui se passe dans sa tête et, pour être honnête, je doute qu'elle le sache elle-même la moitié du temps.

Andrew avait rendez-vous aujourd'hui chez un médecin de Chicago pour un bilan complet. Comme chaque fois, j'en ai eu le ventre tout noué d'appréhension. Heureusement, il est revenu avec de bonnes nouvelles.

Sixième jour

J'ai de nouveau Natalie au téléphone, mais je ne lui parle toujours pas de l'enveloppe. De son côté, elle se comporte bizarrement. Elle s'efforce de ne pas trahir les secrets d'Andrew, ce qui jalonne notre conversation de nombreux silences gênants. Je me gausse intérieurement de constater son manque de spontanéité : elle crève d'envie de tout me déballer pour passer à autre chose.

Cette semaine a été l'une des plus longues de mon existence. Je traîne au lit parce que les températures commencent à chuter, mais aussi parce que je suis tendue et que je ne peux me résoudre à faire autre chose. Andrew est debout depuis une heure, et il n'a repointé le nez dans la chambre qu'une seule fois, pour récupérer ses chaussures. Il m'a embrassée en souriant, comme s'il était secrètement excité par quelque chose, puis il est ressorti sans un mot.

Je roule de côté, blottie sous la couverture, les yeux rivés sur la fenêtre. Le soleil brille puissamment dans le ciel bleu dépourvu de nuages.

Je les entends tous trois s'affairer dans la maison.

Les semelles d'Andrew couinent sur le parquet devant notre chambre. Il ouvre grand la porte et se poste dans l'embrasure pour m'observer.

— Lève-toi et habille-toi, m'ordonne-t-il, la main toujours sur la poignée.

Je le considère un court instant, pensant peut-être qu'il va m'expliquer, mais il se contente de me désigner mes chaussures comme pour m'indiquer de les enfiler, puis il referme la porte et me plante là.

Une fois encore, j'obéis aveuglément. J'enfile mon jean favori et un pull en laine trop large, puis une paire de chaussettes et mes Rocket Dog. Quand je descends au salon, Michelle est lovée devant la télé dans un coin du canapé, un plaid sur les genoux. Elle se tourne vers moi et arbore un grand sourire, comme si elle savait une chose que j'ignorais. C'est sans doute le cas.

— Il est dehors avec Aidan, m'informe-t-elle en me désignant du menton la porte d'entrée.

De plus en plus anxieuse, je m'en approche doucement pour aller l'ouvrir.

Je sors sur le perron et avise Andrew et Aidan, debout de l'autre côté de la rue avec Asher, tous trois adossés à la Chevelle.

Pendant une seconde, je me dis : *OK, tout ça, donc, parce qu'Asher nous rend visite ?*

Non que je ne sois pas heureuse de le voir, mais, honnêtement, cela ne méritait pas tant de cachotteries de la part d'Andrew.

Je comprends alors qu'il s'agit de la voiture, mais c'est à peu près tout ce que j'arrive à déduire par moi-même. J'ai une petite idée de la raison pour laquelle il est venu jusqu'ici avec, mais je m'efforce pour l'instant de ne pas y réfléchir.

Je descends rapidement les marches pour aller embrasser Asher.

— Tu as bonne mine ! s'exclame-t-il.

Ses joues se creusent de deux fossettes aussi semblables à celles d'Andrew que le sont ses yeux verts lumineux. Puis il m'étreint à son tour et me fait légèrement décoller.

Radieuse, je réplique :

— Je suis contente de te voir.

Je n'arrête pas de jeter des coups d'œil à Andrew, qui sourit si fort que je doute qu'il soit capable de me taire bien plus longtemps ce qu'il me cache.

J'examine la Chevelle, puis Asher. Une deuxième fois.

— Et donc, tu as fait la route depuis...

OK, c'est encore plus troublant que je ne l'avais initialement imaginé. La voiture était au Texas et, aux dernières nouvelles, Asher se trouvait dans le Wyoming. Je finis par reprendre :

— Bon, qu'est-ce qui se passe ?

Asher se tourne vers Andrew, qui fait un pas vers moi.

— Je lui ai demandé de venir avec la voiture, explique-t-il.

— Mais pourquoi ?

Asher croise les bras et s'appuie à la portière arrière.

— Parce qu'il est dingue, réplique-t-il en pouffant. Et parce qu'il ne faisait pas confiance à un transporteur professionnel.

J'interroge Andrew du regard, attendant qu'il crache le morceau. Une brise glaciale s'immisce entre les mailles de mon pull, et je remonte mes mains dans mes manches.

— Tu as cinq minutes pour faire tes valises, me dit-il.

Avant même qu'il ait fini sa phrase, mon cœur bat déjà à tout rompre. Il se tapote le poignet, pourtant dépourvu de montre.

— Pas une seconde de plus.

— Andrew...

— Pas de discussion, tranche-t-il. Va chercher tes affaires.

Je le contemple bêtement, dépourvue d'expression.

Ma théorie s'est avérée ; j'aurais pourtant préféré me tromper. Je ne veux pas reprendre la route... Enfin, si, mais... ça n'est pas bien. Pas bien du tout.

— Plus que quatre minutes, m'informe Asher.

— Mais on ne peut pas partir comme ça, plaidé-je. Ce serait malpoli. (Je désigne Asher.) Et ton frère vient d'arriver. Tu ne veux pas profiter de...

— Je peux rendre visite à mon grand frère quand je veux, intervient l'intéressé. Mais pour l'heure, je crois que tu ferais mieux de faire ce qu'il te dit, sinon tu risques de te retrouver sur la route à porter la même culotte pendant une semaine.

Quelques secondes s'écoulent, durant lesquelles je ne bouge pas non plus. Je dois être dans une sorte d'état de choc.

— Trois minutes, ma belle, décompte Andrew en me scrutant le plus sérieusement du monde. Je ne plaisante pas. Monte là-haut, balance nos affaires dans nos sacs, et grimpe dans cette putain de voiture.

Oh mince, voilà qu'il redevient exactement comme avant...

Comme je m'apprête à parlementer, ses yeux s'embrasent et il déclare :

— Magne-toi, le temps presse !

Abaissant finalement ma garde, je me laisse porter par le mouvement autant que faire se peut. Je lui décoche un regard noir et réplique :

— D'accord.

Si je cède, c'est uniquement parce que je sais qu'il essaie d'arranger les choses. Je ne m'en sens pas moins coupable pour autant.

Faisant peu de cas de son compte à rebours, je tourne les talons et retourne très lentement vers la maison, prenant volontairement tout mon temps, afin de ne pas non plus lui donner l'impression que je lui obéis au doigt et à l'œil.

— Tu étais au courant, Michelle ? lui demandé-je en rentrant.

— Bien sûr ! s'exclame-t-elle depuis le salon.

J'entends le sourire dans sa voix.

J'ouvre la porte de notre chambre, pose mon sac sur le lit et entreprends de tout fourrer à l'intérieur. Puis je me dirige vers la salle de bains, récupère nos brosses à dents et notre nécessaire de toilette. J'arrache nos chargeurs de téléphone aux prises murales, fourre mon portable dans mon sac à main. Je fais rapidement le tour de la pièce, espérant n'avoir rien oublié d'important.

Andrew avait manifestement déjà préparé ses affaires sans que je m'en rende compte.

Je scrute alors scrupuleusement chaque centimètre carré de la chambre, sans rien réellement distinguer. Je n'ai aucune envie de faire ça, mais c'est peut-être pour le mieux.

J'entends le klaxon retentir à trois reprises, ce qui m'arrache à ma rêverie. Je me passe le sac de voyage sur l'épaule et récupère mon sac à main.

— À un de ces quatre ! me lance Michelle depuis le canapé.

Je m'arrête juste avant de la dépasser, me penche par-dessus le dossier du canapé pour lui donner une étreinte inconfortable, déséquilibrée par mes affaires.

— Amusez-vous bien, ajoute-t-elle.

— Merci encore de nous avoir invités, répliqué-je.

Elle me fait signe de partir avec un grand sourire, et je me dirige vers la porte.

Alors que je descends les marches du perron, Andrew déverrouille le coffre de la Chevelle, dans lequel je n'ai plus qu'à jeter mon sac. J'ai largement dépassé les cinq minutes qu'il m'avait accordées, mais je le défie de me faire la moindre réflexion.

— Tu es prête ? me demande-t-il en claquant le hayon.

Je prends une profonde inspiration, me tourne tour à tour vers Asher et Aidan et vais les embrasser.

— Je suis content que vous soyez venus, me dit Aidan.

— Prends soin de mon frère, ajoute Asher.

Je leur souris à tous deux et m'installe sur le siège passager. Andrew referme ma portière.

Ils se disent au revoir. Une minute plus tard, Andrew se glisse derrière le volant, et une bourrasque d'air frais s'immisce à sa suite dans l'habitacle.

Il m'adresse un coup d'œil.

— Bon, voilà le programme, m'explique-t-il. On file vers le sud-est en direction de la côte…

— Attends une seconde, l'interromps-je, tu as tout planifié ?

Ça ne lui ressemble pas du tout, et cela m'intrigue.

Il me décoche un léger sourire et précise :

— En partie. Mais c'est nécessaire.

— En quoi est-ce nécessaire ?

Il fronce les sourcils comme pour me dire : « Tu veux bien me laisser finir ? »

Je me tais pour le laisser poursuivre. Il se penche vers moi pour ouvrir la boîte à gants.

— On file vers le sud et on longe la côte jusqu'à la fin de l'hiver, déclare-t-il.

Je ne peux m'empêcher de m'interroger sur le temps qu'il prévoit de passer sur la route. « Jusqu'à la fin de l'hiver » ? Je n'arrive pas à comprendre ce qui lui passe par la tête. Il sort une carte et la déplie sur le volant. Je l'observe avec méfiance.

— Je déteste le froid, dit-il. Avec un peu de chance, si on reste sur la côte et qu'on s'enfonce vers le sud, on pourra éviter toutes ces conneries de neige et autres.

Oui, bonne idée. Je ne supporte pas le froid non plus, alors ouais, c'est effectivement nécessaire. J'acquiesce et le laisse continuer.

Andrew fait glisser son doigt le long de notre itinéraire.

— On rejoint la côte en Virginie, puis on oblique vers le sud en traversant ton État. Mais sans s'arrêter, d'accord ? On se contente de traverser.

Il attend mon assentiment. Je hoche de nouveau la tête et déclare :

— Entendu.

Je suppose qu'il y a une logique dans toute cette folie, et je me dis qu'il vaut mieux la suivre.

Il se replonge sur sa carte et recommence à tracer notre trajectoire.

— Puis on traverse la Caroline du Sud, la Géorgie, et on suit la côte de la Floride à partir de Fernandina Beach (son index décrit une vaste boucle sur le papier) jusqu'à Pensacola.

— Combien de temps ça va nous prendre ?

Il me sourit et secoue la tête.

— Qu'est-ce que ça peut faire ?

Puis il replie la carte n'importe comment et la laisse tomber sur la banquette entre nous.

— Cette fois, c'est moi qui choisis la direction à suivre, précise-t-il. Surtout parce que je n'ai aucune envie de me peler le cul. Mais (il se remet dans l'axe de la route) de toute façon, c'est comme ça.

— Pourquoi fais-tu tout ça, Andrew ?

Il repose les yeux sur moi.

— Parce que c'est la chose à faire, répond-il en me scrutant avec intensité. Parce que tu es dans la voiture.

Ses mots me troublent.

— Parce que je suis dans la voiture ?

Il hoche lentement la tête.

— Ouais.

— Mais… ça ne veut rien dire !

Son regard vert s'adoucit avec son sourire, et il se penche vers moi pour m'attraper le menton. Il m'embrasse sur la bouche et dit :

— Tu aurais pu t'opposer bec et ongles à ce projet. Tu aurais pu m'envoyer me faire foutre quand je t'ai dit d'aller chercher nos affaires. Mais tu n'en as rien fait. (Il me plante un nouveau baiser, et son haleine mentholée s'attarde sur mes lèvres.) Tu n'as pas pris ton sac parce que je te l'ai demandé, tu l'as fait parce que tu en mourais d'envie. Tu n'as jamais agi uniquement pour me faire plaisir, Camryn. Je t'ai simplement filé un coup de pied au cul, c'est tout.

J'essaie de dissimuler le sourire qui s'épanouit sur mon visage, mais j'en suis incapable. Il m'embrasse sur le front, puis se cale dans son siège. Le moteur ronronne de façon agressive pendant quelques secondes, tandis qu'il joue avec la pédale d'accélérateur.

Il a raison. Même si je me suis parfois plainte, je n'aurais jamais accepté chacune de ses exigences si elles n'avaient pas été dans le sens de mes désirs. Ça me surprend toujours de constater qu'il a toujours une longueur d'avance sur moi.

17

Andrew

Je crois que pour la première fois hier, à Chicago, j'ai été incapable de prédire la réaction de Camryn à l'une de mes lubies. Ma copine était brisée. Je flippais un peu plus chaque jour de la voir s'enfoncer. J'ai pris un risque ce soir-là en appelant Asher pour lui demander d'acheminer la Chevelle jusqu'à Chicago. Je n'étais pas certain de la réaction de Camryn et, pour être honnête, j'avais très peur qu'elle refuse de partir. À cause de la culpabilité. Moi aussi ça m'a démoli, de perdre Lily. Je donnerais un bras ou une jambe pour la faire revenir. Mais on ne peut rien y changer. À quoi bon nous noyer dans notre chagrin en refusant tout ce qui pourrait nous procurer du bonheur ? Ce serait une connerie sans nom. C'est comme ça qu'on se fout en l'air. Un suicide particulièrement lent et douloureux. Si Camryn avait refusé, je l'aurais balancée de force sur la banquette arrière. Parce que c'est ça, notre vie. Nous nous sommes rencontrés sur la route ; nous avons appris à nous connaître et à nous aimer sur la route. C'est à la route que nous appartenons, et c'est là que nous allons vivre jusqu'à nouvel ordre.

Les quatorze premières heures de route sont particulièrement calmes. Je conduis de Chicago jusqu'à Virginia Beach, en écoutant la radio ou l'un de mes CD quand je ne trouve pas de station potable. Camryn, même si elle sourit et commente le paysage, n'est toujours pas elle-même. Ça finira par revenir. Ça lui prendra peut-être quelques jours, mais elle recouvrera ses esprits.

Les plages de la côte est n'ont rien à voir avec celles du Texas. Elles sont plus propres, et l'eau d'ici ressemble davantage à l'océan que le golfe trouble et boueux de Galveston.

Il est déjà tard. Nous avons vu le soleil disparaître à l'horizon dès notre arrivée à Virginia Beach, et c'était la première fois que j'apercevais cette étincelle dans les yeux de Camryn depuis la fausse couche. Si j'avais su qu'un coucher de soleil pouvait provoquer un tel résultat, je l'aurais emmenée en voir un depuis longtemps.

— Et alors, on prend des chambres séparées ? me demande-t-elle tandis que nous sortons de la voiture sur le parking de notre premier hôtel.

Je vois bien qu'elle plaisante, mais je parie qu'elle ne s'attend pas à ce que je la prenne au mot.

— Exactement.

J'ouvre le coffre et en sors nos deux sacs.

— Tu es sérieux ?

Sa surprise est particulièrement drôle à voir.

Je joue le jeu jusqu'au bout. Je n'avais jamais envisagé de prendre des chambres séparées, mais maintenant qu'elle en parle, je ne trouve pas l'idée si mauvaise.

Je referme le coffre et nous pénétrons dans le hall.

— Andrew, je crois qu'on n'en est plus là.

— Deux chambres mitoyennes en non-fumeur, s'il vous plaît.

La réceptionniste pianote sur son ordinateur. Je fais comme si Camryn n'avait rien dit, cherchant ma carte de crédit dans mon portefeuille.

— Andrew ?

— Je n'ai pas de chambres mitoyennes, me répond l'employée, mais j'en ai deux face à face.

— On les prend, dis-je.

Camryn me chuchote :

— Je n'arrive pas à croire que tu sois prêt à payer pour deux chambres alors qu'on a déjà couché des millions de fois ensemble...

Elle poursuit si longtemps son argumentaire que la réceptionniste finit par nous lancer des regards en biais. J'adore voir cette expression sur la tête des gens, cette mine hébétée signifiant : « Je n'arrive pas à croire que vous ayez vraiment dit ça. »

— S'il te plaît, tais-toi, lancé-je à Camryn. Je te rendrai visite dans ta chambre pour te faire grimper aux rideaux, ne t'en fais pas. Inutile de me faire une scène.

Camryn ouvre des yeux aussi grands que ceux de la réceptionniste.

Je la prends par la main et l'entraîne vers les ascenseurs.

— Je vous souhaite un agréable séjour, nous dit la femme de l'accueil, stupéfaite, lorsque nous tournons les talons.

Camryn éclate de rire dès que la porte de notre cabine se referme.

— C'était quoi, ce délire ?! s'exclame-t-elle, incapable de se contenir. J'ai l'impression qu'on est aussi matures que deux mômes de quinze ans.

— Mais tu te marres, souligné-je. Le jeu en valait la chandelle.

L'ascenseur s'arrête au premier étage et nous en descendons.

— Mais sérieux, Andrew, pourquoi des chambres séparées ?

Pour lui prouver que ma spontanéité n'est pas vaine, je réfléchis à la lettre que j'ai demandé à Natalie de m'envoyer à Chicago. Nous nous arrêtons au milieu du couloir, devant nos chambres, et je laisse tomber nos sacs sur la moquette mouchetée de vert.

— Juste pour ce soir, lui dis-je en plongeant la main dans mes affaires en quête de l'enveloppe.

Camryn m'observe silencieusement. Je me doute qu'elle veut me dire quelque chose, mais ne sait pas trop quoi.

Je me redresse, le pli à la main. Elle le contemple sans parvenir à voir clair dans mes intentions.

— Ce soir seulement, tu resteras toute seule dans ta chambre, lui dis-je en lui tendant le courrier.

Elle a cessé de sourire dès que je l'ai sorti de mon sac. À présent, elle me dévisage avec un mélange d'incertitude et d'étonnement.

Elle se saisit de la lettre avec prudence, comme incertaine de vouloir découvrir ce qui se trouve à l'intérieur.

Je glisse sa carte magnétique dans la serrure et rentre son sac dans sa chambre. Elle me suit à quelques pas, silencieuse et suspicieuse, l'enveloppe serrée entre ses doigts. Je dépose ses affaires sur le long meuble télé et examine sa chambre comme je le fais chaque fois. J'allume toutes les lumières et essaie le chauffage avant de rabattre les draps pour m'assurer qu'ils sont propres. Me souvenant de sa phobie des couvre-lits d'hôtel, je l'arrache complètement et le jette en boule dans un coin de la pièce.

Elle reste au pied du lit, immobile.

Je vais me poster devant elle. Je plonge mes yeux dans les siens. Je fais glisser mon doigt sur son sourcil, puis sur sa joue, sentant sa peau se réchauffer à mon contact. J'ai envie d'elle. Quand elle baisse les yeux sur mes lèvres, cela éveille en moi quelque instinct prédateur. Je réprime néanmoins mon désir. C'est dans son intérêt ; avec un peu de chance, cette soirée lui permettra de tourner une page.

— *Cam est allée à l'enterrement*, m'a dit Natalie le jour où je l'ai appelée de chez Aidan. *Mais elle est arrivée en retard, elle s'est assise au fond, près de la sortie, et elle est partie avant la fin de la cérémonie. Elle a refusé d'approcher du cercueil.*

— *Est-ce qu'elle t'en a jamais parlé ?* lui ai-je demandé.

— *Non*, m'a répondu Natalie. *Et chaque fois que j'ai voulu remettre le sujet sur le tapis, les funérailles, l'accident, n'importe quoi, elle m'a envoyée bouler.* Ce soir, Camryn va vivre des moments douloureux, mais si elle ne les affronte pas une fois pour toutes, elle n'ira jamais mieux.

— Tu sais où me trouver, lui chuchoté-je en m'éloignant. Je compte rester debout toute la nuit. J'ai commencé à écrire une nouvelle chanson hier, et j'ai vraiment envie de bosser dessus tant qu'elle est encore fraîche dans mon esprit.

Nous nous sommes lentement mais sûrement décidés à travailler nos propres compositions, surtout depuis notre voyage à Chicago, et après notre concert au bar d'Aidan, Camryn a semblé plus intéressée que jamais par l'idée.

Elle hoche la tête et sourit faiblement malgré sa mine inquiète ; elle cogite sans doute à cause du contenu de l'enveloppe.

— Et si je ne veux pas rester toute seule dans ma chambre ?

— Je te demande de le faire, lui réponds-je avec le plus grand sérieux. Juste pour une nuit.

Je ne veux pas lui en dire plus, mais j'espère que mon expression sincère parviendra mieux à la convaincre que mes paroles.

— D'accord, accepte-t-elle.

Je l'embrasse sur les lèvres et la laisse dans sa chambre.

Je prie simplement pour ne pas me prendre un retour de bâton.

Camryn

Andrew me laisse dans la chambre. Seule. Ça ne me plaît pas, mais au cours des cinq mois que nous avons passés ensemble, j'ai appris à me fier à lui. Cinq mois. Cela m'étonne chaque fois que j'y pense, car avec tout ce que nous avons vécu, j'ai l'impression que cela fait plutôt cinq ans. Il m'arrive parfois de me rappeler mon ex, Christian, celui qui m'a trompée, celui avec qui je suis sortie pour me remettre en selle après Ian. Nous nous sommes fréquentés pendant quatre mois. Nous nous connaissions pourtant à peine. Et aujourd'hui, je ne me souviens même plus de sa date de naissance ou du prénom de sa sœur, alors qu'elle habitait à deux rues de chez lui.

À mille lieues de ce que j'expérimente avec Andrew.

En cinq mois, je suis tombée totalement, follement et inconditionnellement amoureuse, j'ai appris à vivre, j'ai déjà presque rencontré toute sa famille, au sein de laquelle je me sens parfaitement intégrée, nous avons remporté un combat à mort contre la maladie, je suis tombée enceinte et nous nous sommes fiancés. Le tout en cinq mois. Et voilà que nous affrontons encore une nouvelle épreuve. Et qu'il m'accompagne encore pas à pas dans l'existence. Je me demande ce que je pourrais lui infliger d'assez ignoble pour qu'il me quitte. Quelque chose au fond de moi me dit qu'il ne le ferait pour rien au monde. Rien du tout.

Je ne mesurerai jamais pleinement ma chance d'être tombée sur quelqu'un comme lui.

Je me rends alors compte que je n'ai pas cessé de scruter la porte depuis qu'il a quitté la pièce. Je finis par baisser les yeux sur l'enveloppe et je ne sais pas pourquoi, mais je suis terrifiée à l'idée de ce que je vais y découvrir. J'ai pourtant tourné et retourné le problème dans ma tête pendant près d'une semaine. Une lettre ? Dans ce cas, de quoi peut-il s'agir ? Qui l'aurait rédigée et dans quel but ? Pour quelle raison Natalie m'écrirait-elle ? Ou pourquoi écrirait-elle à Andrew ?

Tout cela n'a aucun sens.

Je m'assieds au pied du lit, laissant tomber mon sac à main sur le sol. Je fais courir mes doigts sur le contour de l'enveloppe : sans doute du papier, plutôt épais, plié deux ou trois fois. Rien de bosselé ou d'inégal à l'intérieur. Seulement du papier.

Je pousse un soupir et m'apprête à la reposer sans tout à fait m'y résoudre. Je ne sais pas ce qui me retient de l'ouvrir. Voilà une semaine que cela me rend dingue et, maintenant que j'ai enfin l'occasion d'élucider ce mystère, j'en ai trop peur.

Je dépose l'enveloppe sur le lit et me lève, croise les bras et commence à faire les cent pas sans jamais réellement la quitter des yeux. Je suis toujours sur mes gardes, comme si elle était susceptible de me sauter dessus et de me lacérer la jambe au passage. Comme la saloperie de chat de ma tante Brenda. Je farfouille dans mon sac pour en exhumer mon téléphone et appeler Andrew afin de lui faire part de mon trouble, mais je mesure combien cela serait stupide.

Je me résous enfin à ramasser l'enveloppe et, après l'avoir longuement soupesée, je glisse la pointe de mon doigt sous le rabat pour le desceller. Malgré tous mes efforts, je ne parviens pas à l'ouvrir proprement, et je capitule donc en la déchirant sans vergogne. Je balance le pli tout abîmé sur le lit et révèle une feuille essentiellement vierge, dont l'objectif principal était de dissimuler la photo à l'intérieur. J'en contemple d'abord le dos, rechignant à la retourner. Je commence par lire le rapide message laissé par Natalie :

C'est la plus belle que j'aie.
J'espère que cela t'aidera.
Je t'aime fort,
Nat

Je retourne le cliché et mon cœur s'écroule quand je découvre le visage radieux et souriant de Ian. Nous regardons tous deux l'objectif, joue contre joue. Les lumières colorées des manèges de la fête foraine de Caroline du Nord illuminent le décor à l'arrière-plan. J'en ai soudain le souffle coupé, comme si j'étais tombée dans un lac gelé. Les larmes jaillissent immédiatement de mes yeux, et je laisse échapper la photo qui tombe sur le lit. J'enfouis mon visage entre mes mains, recouvrant mes lèvres tremblotantes.

Comment puis-je m'autoriser à pleurer son souvenir ? Pourquoi cela m'arrive-t-il ?

Je ne me suis pas débarrassée de toutes mes photos de Ian sans raison. De tout ce qui me reliait à lui. Chaque fichier informatique. J'ai retiré son nom de mon téléphone. J'ai même jeté ma table de chevet d'enfance, sous laquelle il avait gravé « IAN ♥ CAMRYN ». J'ai fait le grand ménage dans mon existence, car cela me blessait trop de savoir que tout ce qui me restait de lui était matériel. Je ne pouvais pas grand-chose contre les souvenirs, même si je m'étais efforcée de les oublier également.

Pourquoi Andrew m'aurait-il fait une chose pareille ? Faire remonter à la surface toute cette douleur. Surtout si peu de temps après la mort de Lily.

Une partie de moi meurt d'envie de lui hurler dessus, de traverser ce couloir pour aller lui dire ses quatre vérités. Cependant, ma raison prend le dessus. Je sais pourquoi il l'a fait. Je sais pourquoi il m'a laissée dans cette pièce, seule avec cette photo. Parce qu'il m'aime tellement qu'il est prêt à me ramener Ian pour une nuit afin que je puisse enfin faire mon deuil de lui.

Mais je ne peux pas regarder cette putain de photo ! J'en suis incapable !

Les joues baignées de larmes, je plonge les mains dans mon sac pour en extraire mon plus gros pull, que j'enfile en hâte avant de quitter ma chambre en courant. Quelques instants plus tard, je sors de l'ascenseur et me rue à l'extérieur pour aller m'asseoir sur le sable froid et observer l'océan et son horizon sans fin.

18

Andrew

Je me demande si elle va l'ouvrir. Merde, je me demande aussi si elle va m'en vouloir à mort de lui avoir infligé ça, mais si ça peut l'aider, je suis prêt à courir le risque.

J'allume la télévision et une vieille rediffusion de *Seinfeld* vient rompre le silence de ma chambre. Je me débarrasse de mes chaussures du bout des pieds et vais prendre une douche, laissant l'eau brûlante me pleuvoir dessus jusqu'à ce qu'elle tiédisse. Je n'arrive pas à penser à autre chose qu'à Camryn dans sa chambre, me demandant si elle observe la photo de son ex décédé et si elle tient le choc. J'ai très envie d'aller la soutenir dans cette épreuve, mais je sais qu'il vaut mieux qu'elle l'affronte seule. Elle aurait d'ailleurs dû s'en occuper depuis longtemps, bien avant notre rencontre.

Après m'être séché, j'enroule la serviette autour de ma taille et farfouille dans mon sac en quête d'un boxer. Je m'assieds, mon regard s'attarde d'abord sur la télé, puis sur le mur, puis de nouveau sur la télé jusqu'à me rendre compte que c'est seulement un subterfuge pour tenter de ne plus songer à Camryn.

J'écoute cinq chansons en aléatoire sur mon MP3 avant de me décider à aller prendre de ses nouvelles. J'essaie d'abord de l'appeler sur son portable, mais elle ne décroche pas. Je me sers ensuite du téléphone de la chambre. Toujours pas de réponse.

Elle est peut-être sous la douche. J'essaie de m'en convaincre jusqu'à ce que mon instinct prenne le dessus. J'enfile mon jean et un tee-shirt à manches longues, puis traverse le couloir séparant nos deux chambres. Je plaque mon oreille contre sa porte. Je n'entends pas d'eau couler. Je me sers donc de sa deuxième carte magnétique pour déverrouiller la serrure.

Elle n'est pas là. Mon cœur s'emballe tandis que je fouille la pièce. La première chose que je remarque est la photo gisant sur le lit ; je ne l'avais pas encore vue jusque-là. Je la ramasse et l'étudie un instant. Camryn semble si heureuse. Voilà la Camryn que je connaissais, avec son magnifique sourire plein d'énergie. Je m'en souviens parfaitement. Elle me souriait souvent ainsi quand nous faisions la route ensemble.

Sentant poindre la panique, je détourne la tête et regarde par la fenêtre. Je scrute le noir océan. Quelques personnes se promènent sur la jetée. Sans lâcher la photo, je retourne dans ma chambre, enfile des chaussures sans les nouer et me dirige vers la plage. La fraîcheur de l'air n'est pas insupportable, mais suffisamment prégnante pour que je me félicite d'avoir mis des manches longues. Je la cherche le long de la promenade, examine tous les transats devant l'hôtel, mais elle est introuvable. Je range le cliché dans ma poche arrière et me mets à trottiner vers l'eau.

Je la découvre assise dans le sable non loin de là.

— On peut dire que tu m'as fait peur.

Je me laisse tomber à côté d'elle et lui passe un bras autour des épaules.

Elle regarde fixement les vagues, laissant la brise fraîche jouer dans ses cheveux sans m'adresser le moindre coup d'œil.

— Je suis désolé, lui dis-je. Je voulais juste…

— Je t'aime, Andrew, m'interrompt-elle sans tourner la tête. Je ne sais pas comment une fille peut à la fois avoir autant de chance et une telle poisse.

Ne sachant pas trop où elle veut en venir, je redoute de dire un mot de travers, et préfère donc me taire. Je la serre contre moi pour partager ma chaleur. Toujours sans un mot.

— Je ne t'en veux pas, reprend-elle. Au début, si, mais plus maintenant.

— Dis-moi à quoi tu penses.

Elle persiste à contempler l'horizon. Les vagues viennent lécher la plage quelques mètres devant nous. Un minuscule point blanc, le phare d'un bateau, se meut au loin.

Soudain, je sens le regard de Camryn se poser sur moi, et je tourne la tête dans sa direction. Les bâtiments dans notre dos et la lune produisent juste assez de lumière pour me permettre de distinguer ses traits délicats, tandis que des mèches de cheveux lui balaient les joues. Je tends la main pour en écarter quelques-uns venus se loger dans sa bouche. Elle se radoucit et déclare :

— J'aimais Ian. Beaucoup. Mais je ne voudrais pas que tu penses…

Je secoue la tête.

— Camryn, ne fais pas ça. Il n'est pas question de moi, d'accord ? dis-je en chassant une nouvelle mèche de cheveux rebelles.

Elle marque une courte pause, et je sens sa main se poser sur mon genou. J'entrelace mes doigts aux siens.

Elle pivote de nouveau vers la mer.

— Je ne voulais pas aller à son enterrement, avoue-t-elle. Je ne voulais pas me souvenir de lui dans cet état, ajoute-t-elle en m'observant à la dérobée. Tu te rappelles ce jour, dans ton appartement, où je t'ai surpris au téléphone avec Aidan, quand il essayait de te forcer à aller aux funérailles de ton père ?

Je fais signe que oui.

— Tu lui as répliqué que tu aimais te souvenir des gens vivants, pas gisant dans une putain de boîte. Eh bien, c'était exactement ce que je ressentais moi aussi. Je n'ai jamais voulu y aller. C'est aussi pour ça que je ne voulais pas voir Lily et que j'ai opté pour la crémation.

— Mais tu as fini par t'y rendre. À l'enterrement de Ian.

Je préfère ne pas m'appesantir sur Lily, pour l'instant. C'est un sujet infiniment plus douloureux. Pour tous les deux. Je l'ai vue. Elle était si petite que j'aurais pu la tenir au creux de ma main. Mais Camryn a refusé de la regarder.

Elle secoue la tête.

— Pas vraiment, rectifie-t-elle après un moment de réflexion. J'y étais sans y être. Ma façon de le laisser partir a été de le chasser de mon esprit, d'oublier sa voix, son visage, tout. Je n'y suis allée que parce que tout le monde s'attendait à m'y voir. Si je ne m'étais pas tant souciée de l'opinion des autres, je serais restée chez moi, ce jour-là.

— Mais ce n'est pas comme ça qu'on fait son deuil, dis-je en pesant chacune de mes paroles. C'est exactement comme pousser la poussière sous le tapis. Elle reste là. Et on le sait. Et elle ne cessera de nous torturer l'esprit jusqu'à ce qu'on s'en débarrasse correctement.

— Je sais, admet-elle.

Après plusieurs secondes de silence, je plonge la main dans ma poche arrière et en extrais la photo.

— Tu sais, s'il était encore vivant, je serais un peu jaloux. Il est plutôt canon.

Camryn me sourit et je constate que ses yeux ont esquivé le cliché.

Je le pose sur le sable, près de nos genoux. Puis je reprends, le plus sérieusement du monde :

— Camryn, ton problème – les pilules et tout ça – n'a pas uniquement à voir avec Lily. Tu en as conscience, pas vrai ?

Elle garde le silence, mais je sais qu'elle réfléchit intensément à ce que je viens de lui dire.

— Tu as tout balayé sous le tapis. Ian. Lily. Natalie prétend que tu as adopté la même stratégie pour ta grand-mère, pour Cole, et pour surmonter le départ de ton père qui semble davantage s'intéresser à sa nouvelle conquête qu'à toi. (Je formule les choses crûment car c'est ainsi qu'il faut que ces choses soient dites.) Au lieu de gérer la situation ou de faire ton deuil, tu as préféré repousser ces événements dans un coin en attendant qu'ils disparaissent. Tu faisais déjà ça bien avant notre rencontre. Mais il faut que tu te rendes compte que tout s'accumule, jusqu'au jour où tu finis par péter un plomb et te retrouver au fond du gouffre.

— Je sais. Tu as raison, comme d'habitude, réplique-t-elle d'un ton abattu.

— Tu le penses vraiment, ou est-ce que tu me dis ça pour que je me taise ?

Je lui souris, espérant lui arracher la pareille.

Cela fonctionne.

Elle me répond donc, le sourire aux lèvres :

— Oui, je le pense vraiment. J'aurais juste préféré le découvrir plus tôt.

— Et qu'est-ce qui t'a ouvert les yeux ?

— Mon philosophe tatoué.

Elle éclate d'un rire qui me réchauffe le cœur.

Je n'arrive pas à croire qu'elle rigole. Je craignais pourtant qu'il ne lui faille beaucoup de temps pour assumer tout ça, mais elle me surprend chaque jour un peu plus.

— Un philosophe, hein ? Pas vraiment. Mais j'accepte le compliment.

Camryn effectue un quart de tour et pose la tête sur mes genoux. Elle me contemple avec ses yeux de biche, et je ne peux m'empêcher de lui caresser le visage.

— Tu veux savoir la vérité ? me demande-t-elle.

— Bien sûr, réponds-je, soudain un peu anxieux.

— C'est ce que je t'ai dit chez Aidan : si je te perdais, je n'y survivrais pas. Quand j'ai fait ma fausse couche, ça a fait rejaillir toutes mes anciennes craintes. J'ai eu peur de te perdre. C'était comme si cette nouvelle tragédie avait eu lieu pour me rappeler à quelle vitesse la mort pouvait nous arracher un être cher. Si le destin peut se montrer assez cruel pour tuer mon bébé, alors pourquoi t'épargnerait-il ? Ça me fait flipper, Andrew. L'idée de te perdre un jour me ronge de l'intérieur. Et comme j'ai déjà failli te perdre une fois, ça n'en est que plus crédible.

— Comme je te l'ai déjà dit…

Elle se redresse et vient se poster en face de moi, les genoux enfouis dans le sable.

— Je sais ce que tu m'as dit, m'interrompt-elle. Mais peu importe ce que tu penses, même si tu trouves toujours les mots pour me réconforter. Tu ne peux pas savoir ce qui va se passer, Andrew. La tumeur pourrait très bien revenir et, malgré tout ce qu'on pourra faire, malgré toutes les précautions qu'on pourra prendre, elle pourrait te tuer.

Je fais mine de discuter, mais elle est si absorbée par son raisonnement que je sais que je dois la laisser finir.

— Tu es la meilleure chose qui me soit jamais arrivée, poursuit-elle, et je peux te regarder droit dans les yeux et t'affirmer sincèrement que, même si c'est douloureux, je peux endurer la mort de Ian. Et même celle de Lily. Ou celle de n'importe qui, même si je sais à quel point la douleur sera atroce. Mais la tienne… Je ne pourrai pas l'accepter. Jamais, conclut-elle après une brève hésitation.

Le silence qui s'installe entre nous amplifie le bruit du ressac. J'ai envie de la prendre dans mes bras, de l'embrasser à pleine bouche, mais je reste assis à la contempler, car je n'ai jamais entendu, ressenti ou compris paroles aussi puissantes.

Je finis par étendre les bras pour la hisser dans mon giron. Je croise les mains dans son dos, la regarde droit dans les yeux et réplique :

— Je te crois, car je ressens exactement la même chose.

Elle incline légèrement la tête de côté.

— Vraiment ?

— Ouais. Camryn, je ne peux pas vivre sans toi. Je pourrais essayer, mais ce serait une existence longue et malheureuse. Il ne s'agit pas seulement de moi : toi aussi, tu pourrais mourir demain. Tu n'es pas immunisée non plus.

Elle ne formule pas d'objection, mais se détourne un bref instant.

Je lui prends les joues entre mes mains pour la forcer à me regarder encore. Sa peau est toute froide.

— On doit vivre l'instant présent, tu te rappelles ?

Ces mots suffisent à capter de nouveau son attention. J'en profite pour ajouter :

— Il faut qu'on fasse un pacte, toi et moi, maintenant. Tu veux bien ?

Je déplace légèrement mes paumes pour réchauffer ses oreilles glaciales.

— D'accord.

Je suis ravi qu'elle me fasse suffisamment confiance pour ne pas me poser de question avant de me donner son accord.

Du bout de l'index, je trace un cercle depuis son front jusqu'à son menton en passant par ses joues.

— On ne peut pas contrôler la mort, dis-je. Ni toi ni moi ne pouvons rien faire pour l'éviter ou repousser l'échéance. Tout ce que nous maîtrisons, c'est la façon dont nous vivrons notre vie en attendant le jour fatidique. Alors faisons-nous des promesses que nous pourrons honorer quoi qu'il advienne.

Elle hoche la tête et se fend d'un léger sourire.

— Quel genre de choses ? s'enquiert-elle.

— N'importe quoi. Ce qu'on attend l'un de l'autre, par exemple…

Je me lève et enfouis mes mains dans mes poches. Je scrute attentivement l'océan, cherchant ce que je voudrais lui faire promettre. Une seule chose me vient à l'esprit, je me retourne donc vers Camryn, pointe un doigt au ciel et déclare :

— Ça n'a rien à voir avec la tumeur ou autre chose en particulier, mais je veux que tu me promettes que si je me retrouve un jour sous respirateur artificiel, et si tu sens au fond de toi que je ne m'en remettrai pas et que je souffre, alors tu me débrancheras.

Son sourire s'efface. Elle me dévisage d'un air neutre, comme si je venais de tout gâcher. Je lui saisis la main pour la forcer à se relever.

— Ce n'est pas pour être morbide. C'est juste un truc qui m'a toujours angoissé, tu comprends ? On voit ça parfois à la télé ou dans des films. Un type est raccordé à toutes les machines possibles et imaginables, tout ça parce que sa famille s'accroche à un espoir inexistant. Je sais que l'espoir fait vivre, mais ce genre de truc me terrifie. (Je lui attrape doucement les bras.) Ne me laisse jamais devenir un légume. Promets-le-moi. Tu me connais mieux que quiconque, et je compte sur toi pour savoir quand je n'en pourrai plus. Alors, promets-le-moi.

Lentement, elle commence à se laisser convaincre. Ça lui prend quelques secondes, mais elle finit par acquiescer.

— Promets-le-moi aussi.

— C'est promis, lui dis-je en souriant.

Elle recule d'un pas et remonte les mains dans ses manches. Elle s'étreint pour se réchauffer et se met à faire les cent pas.

Elle s'arrête et me fait face.

— Promets-moi que si j'attrape la maladie d'Alzheimer ou deviens sénile, tu viendras me voir tous les jours même si je ne me souviens de personne, et que tu me feras la lecture, comme Noah avec Allie.

— Qui ça ? demandé-je. (Mais ça me revient presque aussitôt.) Oooh, je vois…

J'éclate de rire et secoue la tête. Ses yeux et son sourire s'agrandissent quand elle crie :

— Andrew ! Ce n'est pas drôle ! Je suis sérieuse !

Je la prends alors dans mes bras.

— D'accord, d'accord ! lui dis-je en la serrant de plus en plus fort, tandis qu'elle se tortille pour se libérer.

— C'était ton idée, pas la mienne, alors ne prends pas ça à la légère.

— Je sais. Tu as raison, mais… sérieux ? Tu veux qu'on se rejoue *N'oublie jamais* ?

Elle me donne un coup de coude dans le ventre et je me plie en deux, exagérant la douleur, le visage déformé de souffrance et de rire. Pour ajouter l'humiliation à la blessure, Camryn me pousse sans ménagement et me fait tomber dans le sable. Puis elle place un pied de part et d'autre de mes hanches, pose les mains sur les miennes et me toise de façon autoritaire. Je laisse une main sur le ventre, luttant pour garder mon sérieux, même si je sais pertinemment que ça ne suffit pas.

— C'est bien ton genre de te moquer des choses graves.

Elle affirme cela avec un tel aplomb que je m'esclaffe derechef, d'autant plus qu'elle peine à rester stoïque.

Elle s'apprête à s'asseoir sur moi et sans doute à me gifler de ses petites mains fragiles, mais je suis le plus prompt et je l'agrippe entre les jambes en serrant très fort.

Elle aurait basculé si je ne l'avais pas retenue.

— Ouille ! gémit-elle. Putain Andrew ! Qu'est-ce qui te prend de m'attraper par là ?

J'accentue la pression et me redresse légèrement, la faisant s'incliner en arrière. Elle finit par tomber à genoux, les yeux à hauteur des miens.

— J'aime bien ça, chuchoté-je tout contre ses lèvres. Maintenant, ne bouge plus.

Notre humeur change en une fraction de seconde. Sa peau se réchauffe subitement, son regard se fait plus intense, son corps docile.

— Il y a des gens, dehors, tente-t-elle de protester.

Mais ma main se refermant sur son entrejambe lui coupe le souffle.

Je me perds dans la contemplation de ses yeux, de ses lèvres humides et charnues, avant de déclarer :

— Je m'en fiche. Ils sont loin.

— Mais… qu'est-ce que tu fais ?

— Ne bouge pas. Ne fais pas de bruit.

Je lui lèche délicatement la lèvre inférieure, que je suçote ensuite. Elle essaie de m'embrasser, mais je ne la laisse pas faire. Je retire la main posée sur son pantalon et l'introduis sous le tissu pour percevoir sa chaleur. Je n'en reviens pas, elle est déjà mouillée. Je l'embrasse dans le creux du cou et inspire profondément pour m'imprégner de son odeur. Elle reste parfaitement immobile, en dépit de quelques frémissements et de son cœur qui s'emballe. J'ai très envie de la baiser. Mais je n'en fais rien pour l'instant, car j'adore me faire languir.

Mon autre main, jusqu'alors posée sur sa taille, glisse jusqu'à ses cuisses, la forçant à les espacer.

— Écarte les jambes, ordonné-je, toujours contre sa bouche.

Et elle obtempère, jusqu'à venir plaquer les genoux contre le sable. Elle se crispe légèrement en apercevant un homme déambuler non loin de là, mais je la pince de nouveau, introduisant deux doigts en elle et la forçant à me regarder. Elle hoquette et je frissonne silencieusement, la sentant se contracter autour de mes doigts. Je ne me lasse pas d'observer son visage, scrutant ses prunelles avant de m'égarer parfois sur sa bouche.

— Regarde-moi, lui dis-je. Et si tu as envie de fermer les paupières, abstiens-toi. Ne me quitte pas des yeux.

Elle acquiesce timidement, comme redoutant que je m'interrompe en cas de mauvaise réponse.

J'effectue d'abord de lents va-et-vient de la main, me servant de son humidité pour lubrifier son clitoris, autour duquel je décris de petits cercles du majeur. Chaque fois que je le touche, elle fait mine de fermer les yeux, mais je m'arrête aussitôt que je le remarque et elle s'efforce de les garder ouverts. J'introduis de nouveau mes doigts en elle, un peu plus vite cette fois, en maintenant une pression du pouce sur le point sensible. D'infimes gémissements s'échappent d'entre ses lèvres entrouvertes, et nos souffles se mêlent en un même nuage de vapeur dans l'air frais. Mais elle ne me quitte pas des yeux et ne prononce pas un mot, même si je sais qu'elle meurt d'envie de faire les deux.

Je chuchote à son oreille :

— À présent, tu te fiches complètement qu'on puisse nous voir, pas vrai ? Tu me laisserais te prendre ici devant tout le monde, quitte à avoir honte plus tard.

Elle me fait signe que oui.

Sans cesser de faire aller et venir mes doigts, je demande :

— Qu'est-ce que tu me laisserais faire d'autre ?

— Tout ce que tu veux, répond-elle dans un souffle.

— Tout ce que je veux ?

J'applique plus fermement mon pouce contre son clitoris.

Sa respiration se fait de plus en plus saccadée.

— Oui... Oh oui, tout ce que tu veux.

Ses mots, sa voix chargée de désir me rendent dingue, et je bande si fort que c'en est presque insupportable. J'accélère encore la cadence. Son corps se met à trembler, ses cuisses peinent à rester en place. Je m'écarte de son oreille pour replonger mes yeux dans les siens. Le souffle court, elle s'efforce de soutenir mon regard, mais ses paupières sont de plus en plus lourdes. En voyant ses prunelles se dilater quand j'atteins le bon endroit, je m'efforce de maintenir le rythme.

— Ne te détourne pas, lui dis-je en l'observant avec intensité.

Alors qu'elle commence à jouir, je capture dans son regard une étincelle d'extase. Je sens la chaleur de son orgasme émaner de la peau délicate de ses lèvres, qui tentent de se refermer voracement sur les miennes, ce que je prends soin d'éviter. Et dès que ses convulsions semblent se tarir, j'enfonce mes deux doigts plus profondément tandis qu'elle se contracte autour de toutes ses forces, tendant le bassin vers moi pour accentuer le contact de mon pouce sur son clitoris.

Elle s'effondre finalement contre mon torse.

J'enserre de mes bras son corps tremblotant et l'embrasse au sommet du crâne.

— Putain, qu'est-ce que tu me fais ? gémit-elle.

Je ricane doucement et l'étreins de plus belle.

— Tout ce que je veux, réponds-je d'un air retors.

Elle soulève légèrement la tête pour me dévisager.

— Eh bien, cette fois, tu auras beau t'y opposer, je ne te laisserai pas t'en tirer sans te rendre la pareille.

— Ah bon, c'est comme ça ?

— Oui, c'est comme ça, alors ne t'avise même pas d'essayer.

— Et qu'est-ce que tu comptes me faire ? demandé-je en sentant mon sourire s'élargir.

— Tout ce que je voudrai, réplique-t-elle avec un sourire plein de sous-entendus.

Elle se met alors debout et me tend la main pour m'aider à me relever.

— Mais pas dehors, précise-t-elle. Il commence à faire trop froid.

— C'est toi le chef, dis-je en la laissant m'entraîner à sa suite.

Je fais comme si je n'avais rien remarqué, mais dès que nous nous éloignons de la plage, elle se retourne une dernière fois vers la photo de Ian et elle, gisant sur le sable. Elle me serre la main plus fort et me sourit tandis que nous traversons la promenade.

Je sais que je n'ai pas fait grand-chose pour l'aider à tourner la page. Certes, je l'ai forcée à le faire, mais c'est bien elle, qui, à cet instant, a affronté ses plus grandes peurs. Elle a regardé dans les yeux une personne qu'elle a aimée et perdue, et a fini par admettre la fatalité. Force est de reconnaître que cela s'est déroulé de façon étrange, et que je n'étais vraiment pas sorti avec l'intention de m'envoyer en l'air, surtout dans un instant pareil. Mais Camryn avait beaucoup pensé à Ian, seule sur cette plage, et avait déjà tout résolu bien avant que je la rejoigne.

Je ne sais pas trop comment elle s'est débrouillée, ni quel a été mon rôle exactement, mais quand nous sommes rentrés à l'hôtel, sa véritable personnalité pointait déjà le bout de son nez.

Ma Camryn remontait la pente et, avec elle, j'étais sur mon petit nuage.

19

Camryn

8 décembre, jour de mon vingt et unième anniversaire

Comme les températures commencent à baisser, Andrew et moi décidons de bifurquer vers le sud. Nous n'avons passé qu'une seule nuit à Virginia Beach, d'où nous avons longé la côte de la Caroline du Nord jusqu'à Myrtle Beach, en Caroline du Sud, où j'ai dégotté mon premier petit boulot de ce road-trip : des ménages. Certainement pas mon premier choix, surtout depuis qu'Andrew m'a éclairée sur les saletés que les clients ont tendance à laisser derrière eux. Mais il n'y a pas de sot métier, et ça ne m'a pas tant dérangée, sauf quand il s'agissait de nettoyer des corbeilles à papier au fond desquelles de vieux chewing-gums répugnants restaient collés. Désolée, mais le simple fait d'y penser me donne des haut-le-cœur. J'ai appelé Andrew pour le supplier de s'en charger à ma place. Bien entendu, je l'ai complètement soudoyé à coups de promesses de gâteries incroyables réalisées dans divers endroits. Super chouette. Nan, sérieusement ? J'adore lui faire ce plaisir. Je fais juste parfois semblant de détester ça, mais je crois que ça lui plaît parce qu'il aime m'entendre me plaindre.

Bref, apparemment, les ménages sont comme des portes à tambour : les employés vont et viennent si souvent qu'il arrive même qu'ils ne soient jamais inscrits sur les registres officiels. Je me suis fait la réflexion que cela pourrait sacrément jouer en ma faveur au cours du voyage. Et donc, en échange de la moitié du prix de notre chambre d'hôtel, et parce qu'ils étaient à court de personnel, je leur ai demandé si je pouvais filer un coup de main et ils m'ont embauchée aussitôt.

Mais ça n'était que temporaire, car Andrew et moi devions vite partir d'ici pour rallier notre prochaine destination, même si nous ne la connaissions pas encore. Nous n'y réfléchissons jamais en avance. La seule règle que nous nous sommes fixée est de rester sur la côte. Au moins jusqu'au printemps. Ce qui nous laisse encore plusieurs mois pour voir venir, et pour l'heure, nous sommes joyeusement installés dans un petit bungalow hôtelier sur la magnifique plage de Savannah, en Géorgie.

Et aujourd'hui, je vais fêter mes vingt et un ans.

Andrew m'arrache à mon profond sommeil en ouvrant grand les rideaux de notre fenêtre gigantesque pour laisser le soleil emplir la pièce.

— Debout, la reine de la journée ! Joyeux anniversaire ! s'exclame-t-il depuis le pied du lit.

Je l'entends tambouriner du plat de la main sur le rebord de la fenêtre.

Je grogne et roule de côté, tournant le dos au soleil et m'enfouissant la tête sous les draps. Une bourrasque d'air froid s'abat sur moi quand Andrew défait brusquement le lit.

— Oh, allez ! gémis-je en remontant mes genoux contre ma poitrine et en me collant l'oreiller sur le visage. Tu pourrais me laisser dormir le jour de mon anniversaire.

Soudain, mon corps est soulevé du matelas, auquel je tente désespérément de m'agripper. Andrew me tient fermement par la cheville. Je me débats pour me libérer, mais il m'attire à lui en deux temps trois mouvements, et je finis par capituler. J'atterris les quatre fers en l'air au milieu d'une pile de draps froissés.

— Tu es vraiment trop con ! m'esclaffé-je.

— Mais c'est comme ça que tu m'aimes. Maintenant, debout.

Les cheveux tout emmêlés, je lève les yeux vers lui et fais la moue. Il me sourit et me tend la main. Je m'en saisis, et il m'aide à me mettre debout.

— Joyeux anniversaire, ma belle ! me dit-il en me plantant un baiser sur les lèvres.

Je bronche légèrement, sachant que je dois avoir une haleine incommodante et que je sais qu'il ne manque jamais une occasion de me le faire remarquer.

Andrew plonge la main dans la poche de sa veste et en sort un petit écrin en velours noir. Manifestement, il a déjà fait des tas de choses ce matin, mais c'est surtout le cadeau qu'il me dépose dans la paume qui m'intrigue. Je l'observe avec méfiance, prête à le mordre si je découvre qu'il est allé dépenser une somme folle derrière mon dos pour m'acheter un bijou.

— Andrew ? demandé-je d'un ton soupçonneux.

— Ouvre, se contente-t-il de répondre. J'ai été sage. Promis.

Il lève les deux mains pour m'assurer de sa bonne foi.

Doutant toujours de son apparente sincérité, je soulève le couvercle de la boîte et révèle un pendentif en diamant qui m'arrache un léger hoquet de surprise. Puis je le regarde droit dans les yeux.

— Andrew, je te jure que…

Je jette un nouveau coup d'œil à mon cadeau, me sentant coupable rien que de le tenir.

— Ce n'est pas possible que…

— Promis, répète-t-il avec un sourire charmeur. Ça n'était pas très cher.

Je me mords la lèvre inférieure d'un air sceptique.

— Combien ?

— Oh, environ cent vingt-cinq. Pas plus. Croix de bois, croix de fer.

Il trace un X sur son cœur pour sceller sa promesse.

Puis il sort le collier de son écrin et le laisse pendre au bout de son doigt.

—Il te plaît ? m'interroge-t-il en venant se positionner derrière moi.

Je soulève instinctivement les cheveux qui me tombent sur la nuque pour lui permettre de me l'attacher.

—Il est parfait, Andrew. Il me plaît beaucoup. Je l'adore.

Dès qu'il tient en place, je prends la pierre entre mes doigts pour l'admirer de plus près.

Je fais volte-face et me hisse sur la pointe de mes pieds nus pour l'embrasser profondément.

J'ai du mal à croire qu'un trésor pareil n'ait pas coûté une fortune, mais il me dit probablement la vérité. Du moins, je le pense…

—Merci, mon chéri, dis-je, rayonnante.

Il m'assène soudain une claque sur les fesses et déclare :

—Il faut qu'on sorte, aujourd'hui. J'en ai marre de rester enfermé. Marre du froid, aussi. J'aimerais pouvoir hiberner.

En sortant une tenue propre de mon sac, rangé à côté de la télé, je renchéris :

—Pareil. Qu'est-ce qu'on fait, alors ?

—Je ne sais pas. N'importe quoi. Mais habille-toi chaudement.

Une précision inutile. Même être sur la côte et plus au sud n'a pas suffi à nous réchauffer ces derniers jours. Nous rêvons tous deux de printemps et d'été, tant et si bien que nous ne parlons quasiment plus que de ça. Je me plains souvent de ne pas pouvoir passer mes pieds nus par la fenêtre de la voiture sans geler sur place, et lui râle parce que nous n'avons toujours pas eu l'occasion de dormir dans un champ à la belle étoile. Bien sûr, je m'abstiens de le lui dire car cela ne ferait que renforcer sa détermination, mais il ne me tarde pas de passer une nuit dehors. Jamais plus. Pas après ce qui nous est arrivé le soir de notre première tentative.

Non. Les lits d'hôtel me conviennent très bien. Au moins, on ne risque pas d'y trouver des serpents.

L'hiver est vraiment déprimant. Je suppose que c'est pour cela que le taux de suicide est si élevé en Alaska. C'est un État magnifique, mais je préfère sans hésiter m'échouer dans la chaleur insoutenable de l'un des déserts du sud.

J'enfile plusieurs couches de vêtements : un manteau épais, une écharpe, des gants, et j'en passe. Et pourtant, je suis encore gelée.

Avec Andrew, même l'hiver devient chaud ! J'ai toujours trouvé sexy les mecs avec un bonnet, mais comme il y ajoute son blouson noir de couturier, son pull anthracite, son jean sombre et ses Doc Martens, je ne pourrais rêver plus beau cadeau. Je souris intérieurement, tandis que nous déambulons, main dans la main, à travers la petite foule qui se réfugie dans le phare pour échapper au froid, quand trois filles, sans doute des touristes aussi, contemplent Andrew en bavant littéralement d'envie. Je jubile secrètement ; c'est ce que ferait toute femme normalement constituée. Je n'ai jamais vu personne d'aussi séduisant. Pas étonnant qu'il ait été mannequin. Il déteste en parler, c'est pourquoi je m'acharne à remettre le sujet sur la table, juste histoire de le voir se dandiner nerveusement d'un pied sur l'autre. D'ailleurs, il se rase moins souvent qu'avant, et avec sa barbe de trois jours, il est encore plus craquant.

Nous grimpons l'escalier en spirale menant au sommet du phare, et nous admirons ensemble la vue imprenable sur l'océan. C'est vraiment un truc à faire. Nous avons navigué à vue, roulant dans toute la ville jusqu'à trouver un endroit qui nous intéresse. Cependant, se la jouer spontanés durant les mois d'hiver, c'est quitte ou double. Nous laissons pendre nos bras par-dessus la balustrade et nous collons l'un à l'autre pour nous réchauffer. À cette hauteur, des rafales glaciales nous cinglent le visage, et je me doute que mon nez et mes joues sont probablement tout rouges.

Il nous faut cinq minutes pour décréter que nous en avons assez vu, et nous retournons à la voiture en courant presque.

— Et si on allait au ciné ? demande-t-il de derrière le volant. Ou… Bon, c'est décidé, on hiberne.

Nous restons assis dans l'habitacle une éternité, le temps de trouver une activité intéressante.

— On n'a qu'à rouler un peu, suggéré-je, à court d'idées.

— Ou partir d'ici.

Je hausse les épaules.

— Si tu veux.

Puis j'aperçois une bannière rouge indiquant « Marché aux puces et antiquités ».

— J'ai envie de faire du shopping.

Andrew ne semble guère enthousiaste.

— Du shopping ?

Je désigne la banderole.

— Pas dans un centre commercial ni rien, précisé-je. Mais on peut faire de belles trouvailles dans un marché aux puces.

Il ne saute pas de joie, mais je devine qu'il a conscience que c'est toujours mieux que de se promener dans le froid ou de rester dans la Chevelle sans rien faire.

Il finit par céder car, disons-le tout net, il n'a pas vraiment le choix. Il effectue une brève marche arrière pour sortir de sa place de parking et nous prenons la direction du marché. Nous y trouvons un peu de tout : des chapeaux ridicules, des instruments dentaires d'une autre époque, des édredons faits main, des cassettes vidéo et des disques. Rien ne semble réellement passionner Andrew, jusqu'à ce qu'il mette la main sur une caisse en bois pleine de vinyles.

— Je n'avais plus vu de disque de Led Zeppelin depuis des années ! s'exclame-t-il.

La pochette qu'il tient à la main est sacrément usée et décolorée, comme si elle avait passé trente ans dans un grenier. Pourtant il la manipule avec tant de soin qu'elle pourrait être à l'état neuf.

— Tu ne comptes tout de même pas acheter ça, si ?

— Pourquoi pas ? s'étonne-t-il sans me regarder.

Il retourne l'objet pour en observer la face arrière.

— Parce que c'est un vinyle ?

— Ouais, mais un vinyle de Led Zeppelin, objecte-t-il.

— Certes, et alors ?

Comme il ne répond pas, je me permets d'insister.

— Sur quoi tu comptes l'écouter ?

Il finit par m'accorder toute son attention.

— Je ne compte pas l'écouter.

— Alors, pourquoi l'acheter ?

Puis, j'anticipe sa réponse et l'imite d'un ton sarcastique :

— Oh, c'est une pièce de collection, j'ai pigé. Tu pourrais le faire encadrer sur la banquette arrière de la voiture, raillé-je avec un sourire narquois.

— Ou alors, je pourrais l'installer à l'avant et te faire asseoir derrière.

J'en reste bouche bée.

Andrew sourit et repose le disque dans la boîte.

— Je ne vais pas l'acheter, décide-t-il finalement en me prenant la main.

Quelques minutes plus tard, nous nous arrêtons devant un autre étal, proposant des vêtements vintage. Tandis que je passe méticuleusement en revue chaque article, Andrew s'approche du stand voisin où s'accumulent des centaines de DVD et de Blu-ray. Il contemple les étagères les bras croisés, prenant le temps de lire le titre de chaque film. Je n'aperçois que l'arrière de son crâne de l'autre côté du grillage de bois séparant les deux éventaires. Je retourne à mes vêtements, prise d'un besoin insistant de posséder tout ce que je touche. J'adore les vieilles fringues. Même si je n'en porte pas, et n'en ai aucune dans mes armoires ; néanmoins, cela fait partie des choses qu'on ne peut pas s'empêcher d'examiner avec admiration en s'imaginant les porter.

Je repousse un à un les cintres métalliques afin d'être sûre de ne rien rater. Des chemisiers à manches gigot et lacets de cuir, des corsets, des robes aux longues manches fleuries et à jabot de mousseline, des bottes de style victorien…

Qu'est-ce que c'est que ça ?

Mon cœur s'arrête une seconde quand j'écarte un cintre et avise la vieille robe ivoire aux manches bouffantes de chez Gunne Sax. Je la plaque contre moi et me tourne vers le miroir. Le bas effleure tout juste le sol. Je la maintiens d'une main à ma hauteur, puis tire sur le tissu du bout des doigts et me mets à virevolter.

— J'adore cette robe ! m'exclamé-je. Il me la faut.

— C'est vrai qu'elle est pas mal.

La voix d'Andrew dans mon dos me fait sursauter.

Légèrement gênée qu'il m'ait surprise à me mirer de la sorte – et à parler toute seule –, je n'ose le regarder en face. Au lieu de quoi, je jette un coup d'œil à l'étiquette. Elle est à ma taille ! C'est un signe, elle est faite pour moi. Désormais, la question ne se pose plus. Le destin a tranché !

Je la serre contre moi et me tourne vers Andrew.

— Elle te plaît vraiment ? lui demandé-je d'un air coupable, espérant éviter qu'il me renvoie dans les dents notre conversation sur le vinyle de tout à l'heure.

— Tu devrais la prendre, m'affirme-t-il avec un grand sourire faisant ressortir ses fossettes. Elle t'ira comme un gant. Tu seras très belle. Comme d'habitude.

Je rougis et détourne la tête.

— Tu crois ?

Je ne peux m'empêcher de sourire aussi.

— J'en suis sûr. En plus, ça me faciliterait l'accès.

Ça m'aurait étonné !

Je ne relève pas son commentaire déplacé, surtout parce que je suis complètement sous le charme de cette robe. C'est alors que je me rends compte que je n'ai même pas encore regardé le prix. Connaissant la marque, je sais que ses produits ne sont jamais très chers. Cependant, un individu lambda peut très bien s'imaginer duper un acheteur potentiel en triplant la mise initiale. Je retiens mon souffle en repérant l'étiquette. Vingt dollars ! Parfait.

Je regarde Andrew, et me sens soudain un peu garce.

— Et si tu retournais chercher ton disque de Led Zeppelin ? suggéré-je timidement.

Il secoue doucement la tête en souriant.

— Nan, je ne saurais pas quoi faire d'un vieux vinyle. Alors qu'une robe comme celle-ci…

Il croise les bras et m'observe de pied en cap.

Je suis sûre qu'il recommence à se faire des idées grivoises, et je m'apprête cette fois à le traiter de pervers quand il ajoute :

— C'est la tenue parfaite pour une jeune mariée.

Ses yeux verts semblent vouloir transpercer les miens.

Mon sourire s'atténue et je déclare :

— C'est la robe de mariage idéale, admets-je.

— Alors c'est réglé, décrète-t-il en me prenant par la main. Un souci de moins pour les noces.

— On n'a pas besoin d'autre chose, affirmé-je en le suivant jusqu'à la caisse, le vêtement replié sur mon avant-bras.

Il m'adresse un coup d'œil.

— Des alliances, me rappelle-t-il avec un air étrange.

— J'en ai déjà une, contré-je en brandissant la main pour lui montrer le diamant qu'il m'a offert au Texas.

— C'est une bague de fiançailles.

— Ouais, mais ça suffit.

— Quoi qu'il en soit, il m'en faut une aussi. Ou alors tu m'as oublié ? Il faut être deux, tu sais ?

Je glousse légèrement tandis que nous prenons place dans la courte file d'attente.

— C'est vrai, tu as raison, mais ma bague me suffit amplement. En outre, je sais que tu as dépensé une fortune pour ce collier. Je ne peux pas te laisser faire.

— Tu veux déjà reparler de ça ? me demande-t-il, taquin, en sortant son portefeuille. Je ne t'ai pas menti sur le prix du pendentif.

Peut-être finalement qu'il dit la vérité.

— Je te crois, déclaré-je.

Il me sourit et le sujet est clos.

20

Andrew

Ouais, je suis un putain de menteur. Ce collier m'a coûté un peu plus de 600 dollars, mais je me garderai bien de le lui avouer. Elle trouve qu'au-delà d'un certain prix, la valeur d'un objet tient au nombre de ses zéros, mais ce n'est pas toujours le cas. Sincèrement, je crois que c'est généralement plutôt la fille qui fait grand cas du prix. Merde, il m'est même arrivé d'entendre des garces se plaindre que leurs mecs ne dépensaient pas assez pour elles. Je me demande si elles se rendent compte de ce que nous éprouvons quand elles se réunissent entre copines pour comparer la taille de leurs diamants, comme nous pourrions comparer celle de nos… À dire vrai, ce n'est pas le genre de truc qu'on fait réellement. Ou du moins, je n'ai encore jamais rencontré un type qui m'ait proposé de sortir son service trois pièces pour le comparer au mien.

Je tenais vraiment à offrir un joli cadeau à Camryn pour son anniversaire. Et il se trouve que le seul truc qui m'ait vraiment plu n'était pas donné.

Il va falloir t'y faire, ma belle.

Elle s'évanouirait sans doute si elle découvrait combien j'ai payé nos alliances, que j'ai trouvées à Chicago. Ça n'a pas été facile de les lui cacher tout ce temps. Mais j'ai réussi à planquer le petit écrin dans lequel elles sont rangées à l'intérieur de mon sac marin.

Comme d'habitude, nous passons la journée entière à traîner ensemble en faisant abstraction, autant que possible, du temps glacial. Dès notre arrivée à l'hôtel, j'attrape ma guitare et lui joue la chanson que j'ai écrite et sur laquelle je bosse depuis une semaine. J'espérais la lui offrir pour son anniversaire. Je l'ai composée spécialement pour elle. Je l'ai intitulée « Fleur des champs ». Elle m'a été inspirée par la première journée que nous avons passée ensemble à ma sortie de l'hôpital, après l'opération.

— *Tu devrais y aller mollo*, m'avait-elle dit ce jour-là. *Évite pendant un temps d'aller fourrer la tête dans l'un des moteurs de Billy Frank, et ne fais pas non plus de saut à l'élastique ni de course de dragsters.*

J'avais ricané doucement en basculant la tête de côté pour la regarder. J'étais allongé sur une table de pique-nique en pierre. Camryn était assise sur le banc, au niveau de ma tête.

— *Et donc, pour toi, y aller mollo signifie ne rien faire du tout ?* lui avais-je demandé, le sourire aux lèvres, les mains croisées derrière la nuque.

— *Il n'y a rien de mal à paresser une journée dans un parc*, m'avait-elle répliqué en me caressant le front du bout du doigt.

— *En effet*, avais-je répondu en embrassant son index qui passait non loin de ma bouche. *J'aime bien rester seul avec toi.*

Elle avait légèrement penché la tête et elle s'était radoucie. Puis elle avait observé le parc. Les arbres étaient resplendissants, l'herbe verte et épaisse. C'était vraiment une journée magnifique. Je m'étais demandé pourquoi nous semblions être les deux seuls dehors pour en profiter.

— *J'adore les fleurs des champs*, avait-elle déclaré d'un ton distant en observant la petite colline s'élevant derrière moi.

Je m'étais alors retourné et en avais remarqué une, solitaire, perchée en son sommet. Je ne sais pas pourquoi, mais, depuis ce jour-là, chaque fois que je vois une fleur des champs, je pense à Camryn.

Je n'oublierai jamais le sourire qui illumine son visage quand je lui joue cette chanson. Il est si chaleureux, si lumineux, si touchant… Le genre de sourire qui semble dire « Je t'aime plus que tout au monde » sans qu'il soit besoin de prononcer le moindre mot.

21

Andrew

21 janvier
Jour de mon vingt-sixième anniversaire

Je fais un rêve formidable dans lequel je m'adonne à la chute libre (Allez savoir pourquoi, je suis avec l'acteur Christopher Lee...) dans un ciel bleu... ciel. Christopher Lee, qui porte des lunettes de protection rouge, me fait signe des deux pouces juste avant que le vent l'emporte subitement dans l'éther. Soudain, mon cœur s'arrête, et j'inspire brusquement un air glacial. J'ouvre grand les yeux et me retrouve dans le monde réel. Je me redresse si vite dans le lit que mes bras s'agitent de part et d'autre de mon corps, venant heurter l'applique murale.

— Putain de merde !

Il me faut une seconde pour comprendre ce qui vient de se passer. Alors que, le souffle court, je balance encore les draps froids et humides de côté, j'aperçois Camryn, debout au pied du lit, un seau à glaçons dans la main.

Elle glousse bruyamment.

— Joyeux anniversaire, mon chéri ! Debout !

Je suppose que je l'ai mérité, après le réveil que je lui ai réservé pour son anniversaire, le mois dernier. Mais cette petite garce m'a vraiment bien eu, et m'a rendu la monnaie de ma pièce...

Les revanches sont toujours pires que l'assaut initial.

Incapable de m'empêcher de sourire, j'obtempère lentement et sors du lit, nu comme un ver. Elle a déjà son regard de regret et recule vers la porte. Sachant qu'il s'agit de sa seule issue, je la regarde jauger la situation.

— Je suis désolée ! m'assure-t-elle avec une moue terrifiée, tendant la main dans son dos pour attraper la poignée.

— Oh oui, je n'en doute pas un instant, ma belle.

Je m'approche d'elle à petits pas, la scrutant de mes yeux encore lourds de sommeil, tel un prédateur jouant avec sa proie.

Elle glousse de nouveau.

— Andrew ! Je ne te le conseille pas !

Elle n'est désormais plus qu'à quelques dizaines de centimètres de l'entrée. Je prends néanmoins tout mon temps, la laissant espérer. Le sourire jusqu'aux oreilles, je dois ressembler à un dément sadique.

Soudain, Camryn glapit, incapable de se retenir, et fonce vers la porte.

— Noooon ! Pitié ! hurle-t-elle tout en riant tandis que le battant vient s'écraser contre le mur.

Elle s'enfuit dans le couloir.

Tandis que je m'élance à sa suite, elle s'immobilise, choquée, trahissant le fait qu'elle ne s'attendait sûrement pas à ce que j'aille si loin sans vêtements.

— Oh mon Dieu ! Andrew, non ! crie-t-elle en se ruant dans le corridor puissamment illuminé.

Je la prends en chasse, mes bijoux de famille volant au vent. Cette fille ne me connaît pas encore parfaitement, si elle s'imagine que je serais trop gêné pour la poursuivre cul nu, bien que rétréci par le froid. Je m'en fiche. Je vais lui faire payer ce seau de glace.

Nous dépassons la chambre 321 tandis qu'un couple de personnes âgées en émerge. L'homme force son épouse, les yeux écarquillés, à rentrer dans la pièce, tandis qu'un cinglé en tenue d'Adam leur passe devant à toute berzingue.

— Doux Jésus…, entends-je dire loin derrière moi.

Camryn atteint finalement l'autre bout du couloir, fait volte-face et s'arc-boute, les mains tendues devant elle comme pour former un bouclier. Des larmes lui roulent sur les joues tant elle rit.

— Je me rends ! Je me rends ! Oh putain, tu es tout nu !

Elle ne peut pas s'arrêter de rire. Je me joins à son hilarité en l'entendant émettre des couinements dignes d'un cochon.

— Tu vas vraiment le payer cher, l'informé-je en l'attrapant pour la hisser sur mon épaule.

Cette fois, elle n'essaie même pas de hurler ni de se débattre. Premièrement, elle rit si fort qu'elle n'a plus la maîtrise de son corps. Deuxièmement, elle sait que c'est inutile. J'espère juste qu'elle ne va pas me pisser dessus.

Je la ramène jusqu'à notre chambre. En chemin, quand nous repassons devant la 321, je salue sobrement le couple en le gratifiant d'un :

— Navré de vous avoir infligé ce spectacle. Je vous souhaite une agréable journée.

Puis je reprends ma route sous leurs yeux ébahis, tandis que le mari secoue la tête en dardant sur moi un regard révolté.

Je referme la porte derrière nous et balance Camryn sur le lit, au milieu des glaçons partiellement fondus. Elle se marre comme une baleine.

Je me positionne entre ses jambes, retire dans un même geste son short et sa culotte, et la toise sans un mot. Je suis au garde-à-vous en quelques secondes. Son fou rire se tarit, et elle se mord la lèvre inférieure en m'observant de ses beaux yeux bleus qui réveillent la bête sommeillant en moi.

Sans véritable avertissement, je m'abaisse légèrement et m'enfonce profondément en elle.

— Est-ce que tu es vraiment désolée ? chuchoté-je en allant et venant lentement.

J'appose mon torse contre sa poitrine, nos tatouages se touchent, Orphée et Eurydice sont de nouveau réunis alors que nous nous fondons l'un dans l'autre.

— Oui…, affirme-t-elle, les lèvres tremblantes.

Je pousse un peu plus fort, lui relevant une cuisse de la main.

Ses paupières se ferment et elle bascule la tête en arrière.

Je plaque ma bouche contre la sienne et son gémissement vient résonner dans ma gorge, tandis que j'accélère le mouvement.

Puis un instinct plus sombre, presque prédateur, grandit en moi. J'agrippe ses deux cuisses, enfonçant mes doigts dans sa chair tout en la tirant vers moi si vite qu'elle n'a pas le temps de réagir. Lui saisissant les bras, je la retourne sans ménagement et lui entrave les poignets dans le dos en la forçant à se mettre à genoux. De ma main libre, je caresse les contours délicats de son cul exposé devant moi, pinçant fermement chaque fesse avant d'y assener une claque assez puissante pour précipiter son corps en avant. Elle gémit. Je la saisis alors par la nuque, lui appuyant plus fermement le visage contre le matelas. Je sens sa peau chauffer à l'endroit où mes doigts y ont laissé des marques rouges.

Elle gémit de nouveau, et je serre ses poignets un peu plus fort. J'introduis deux de mes doigts dans sa bouche tout en la possédant plus profondément par-derrière.

Elle pousse un petit cri, ses cuisses se mettent à trembler, mais je ne m'arrête pas. Je sais qu'elle ne souhaite pas vraiment que je m'interrompe.

Une fois que j'ai joui et que les battements de mon cœur ralentissent, j'attire son corps nu contre le mien, son visage luisant de sueur niché au creux de mon bras. Elle m'embrasse le torse et fait courir son index et son majeur sur mon biceps en direction de ma bouche. Je lui attrape la main et lui embrasse les doigts.

— Je suis contente que tu sois redevenu toi-même, me dit-elle doucement.

— Moi ? m'étonné-je. Tu trouvais que j'avais changé ?

Elle pivote légèrement la tête afin de pouvoir me regarder.

— Oui, un peu.

— Quand ça ?

Je suis sincèrement surpris, mais je trouve sa réserve adorable.

— Quand on a perdu Lily, réplique-t-elle.

Le sourire joueur qui flottait sur mes lèvres disparaît aussitôt. Puis Camryn reprend :

— Je ne te le reproche pas, mais après ça, tu n'as cessé de me traiter comme une poupée de porcelaine que tu avais peur de casser en la manipulant trop brusquement.

Je l'attire au plus près de moi et elle pose sa joue sur mon torse.

— Eh bien, je ne voulais pas te faire mal, me justifié-je en faisant glisser mon pouce sur son bras. Ça me fait parfois encore un peu peur.

— Il ne faut pas, me chuchote-t-elle avant de m'embrasser de nouveau. Ne te retiens pas avec moi, Andrew. Je veux que tu sois toujours toi-même.

Je souris et lui presse le bras.

— Tu sais que tu viens de me donner la permission de te massacrer quand je veux ?

— Oui, j'en ai pleinement conscience.

J'entends le sourire dans sa voix.

Je l'embrasse sur le sommet du crâne puis la fais rouler sur moi.

— Joyeux anniversaire, déclare-t-elle encore avant d'introduire sa langue dans ma bouche.

Heureusement que la Floride existe en hiver. Après mon très surprenant – et, je dois le reconnaître, satisfaisant – anniversaire de ce matin, Camryn et moi passons la journée à répéter notre nouveau morceau. Enfin, ce n'est techniquement pas une véritable composition, mais disons que nous avons repris à notre sauce le génial « Edge of Seventeen » de Stevie Nicks. La vitesse à laquelle s'enchaînent les paroles énerve un peu Camryn, mais elle est résolue à travailler pour y arriver. C'est sa chanson, celle qu'elle voudrait entonner seule. C'est un pas de géant pour elle, car nous n'avons jusqu'à présent effectué que des duos.

Je l'en admire d'autant plus.

Malgré son agacement, je vois la véritable Camryn reprendre le dessus jour après jour. Elle a l'esprit plus léger, ses yeux pétillent davantage et chacun de ses sourires me rappelle notre première rencontre.

— Tu peux y arriver, l'encouragé-je depuis le rebord de la fenêtre, ma guitare électrique en bandoulière. N'essaie pas si fort, ma belle, approprie-la-toi.

Elle pousse un soupir et bascule la tête en arrière, s'affalant sur la chaise près de la petite table ronde à côté de moi.

— Je connais les paroles, mais je m'emmêle toujours les pinceaux sur les dernières phrases, je ne sais pas pourquoi.

— Je viens de te le dire : tu réfléchis trop, parce que tu commences à chanter en t'attendant à avoir du mal sur cette partie. N'y pense pas. Essaie encore.

Elle prend une nouvelle inspiration, puis se relève.

Nous nous entraînons encore une heure avant de nous diriger vers le restaurant le plus proche pour un déjeuner tardif.

— Tu vas y arriver, ne t'en fais pas, la rassuré-je tandis que la serveuse nous apporte nos steaks.

— Je sais. Ça m'énerve, c'est tout.

Elle s'attaque sans tarder à son assiette.

— Il m'a fallu du temps pour maîtriser « Laugh, I Nearly Died », lui dis-je en portant à ma bouche un énorme morceau de viande.

Je mastique un moment avant de poursuivre, la bouche encore pleine :

— La prochaine chanson que je voudrais apprendre est « Ain't No Sunshine », de Bill Withers. J'ai toujours voulu la connaître, et je crois qu'il est temps que je tourne la page des Stones.

Elle semble surprise. Elle braque sa fourchette sur moi, déglutit, puis s'exclame :

— Oooh ! Excellent choix !

— Tu la connais ?

Je suis légèrement étonné, car elle n'avait pas une grande culture rock ou blues quand nous nous sommes rencontrés.

Elle acquiesce et avale une fourchette de pommes dauphines.

— J'adore cette chanson. Mon père l'avait sur la cassette qu'il écoutait tout le temps quand il quittait l'État pour le boulot. Ce Withers est un sacré chanteur.

J'éclate de rire.

— Qu'est-ce qu'il y a de drôle ? demande-t-elle, perplexe.

— On aurait dit une cowgirl.

Je bois une gorgée de bière et continue à rire en secouant la tête.

— Quoi ? T'as qu'à dire que je parle comme une péquenaude.

Elle écarquille les yeux, sans tenter de dissimuler son sourire.

— Plutôt comme une plouc. Ce Withers est un sacré chanteur ! Yi-ah !

J'imite son attitude, basculant la tête en arrière.

Elle rit de bon cœur avec moi, même si je vois bien qu'elle fait de son mieux pour dissimuler son visage écarlate.

— En tout cas, je suis carrément d'accord avec toi.

Elle prend à son tour une goulée de bière, puis repose son verre sur la table et ajoute, en plissant les yeux :

— Je parle du choix de chanson, pas du côté plouc.

— Bien sûr, rétorqué-je, moqueur, en finissant mon steak.

Comme elle me l'avait promis, nous en avions mangé un ensemble pour la première fois quelques jours après ma sortie de l'hôpital. Et comme ce jour-là, ainsi que chaque fois qu'elle en commande un, elle ne parvient à en manger qu'une moitié. Ce qui m'en fait d'autant plus. Quand je la vois saturer, je m'empresse d'échanger nos assiettes.

Elle n'arrête pas de jeter des coups d'œil à son téléphone, et finit même par envoyer une réponse à quelqu'un.

— C'est encore Natalie qui te tanne pour savoir quand tu vas rentrer ?

— Ouais, elle ne lâche pas le morceau.

Elle range son téléphone dans son sac.

Camryn est une menteuse lamentable. Lamentable. Elle ne serait pas crédible même si sa vie en dépendait. Et là, à sa façon d'observer le mur lambrissé du restaurant, je vois bien qu'elle me cache quelque chose. Je la contemple tout en jouant avec mon cure-dent.

— On y va ? lui demandé-je.

Elle me sourit faiblement, et je vois son téléphone s'illuminer à l'intérieur de son sac. Elle lit le texto qu'elle vient de recevoir et semble immédiatement plus pressée de partir. Son sourire s'élargit et elle se lève de table.

— Attends, il faut payer.

Je fais signe à la serveuse de nous apporter l'addition, et Camryn se rassied impatiemment.

— Pourquoi es-tu subitement si pressée ?

Je gagne du temps pour la faire enrager, mais sors ma carte de crédit avant que la serveuse ait pu s'éloigner.

— Comme ça, réplique Camryn.

Je me contente de sourire d'un air entendu.

— D'accord, dis-je en m'adossant.

J'étire mes bras au-dessus de ma tête, me mettant aussi à l'aise que possible. C'est un stratagème : plus je semble détendu, plus elle trépigne.

Quelques minutes plus tard, la serveuse revient avec ma carte et mon reçu. Je laisse un pourboire dans le récipient prévu à cet effet et me lève très lentement, enfile mon manteau, m'étire de nouveau, feins un bâillement…

— Bon, tu te dépêches ?

Je sais qu'elle n'en peut plus d'attendre. J'éclate de rire, la prends par la main, et nous sortons du restaurant.

Une fois de retour à l'hôtel, Camryn s'arrête dans le hall.

— Passe devant. Je te rejoins dans une minute.

Il est évident qu'elle trame quelque chose, mais puisque c'est mon anniversaire, j'accepte de jouer le jeu, je l'embrasse sur la joue et grimpe dans l'ascenseur. Une fois dans la chambre, c'est moi qui commence à m'impatienter.

Elle arrive très bientôt, une guitare flambant neuve à la main. Je me lève dès que je l'aperçois.

— Waouh…

Son sourire est à la fois doux et tendre, presque timide. Comme si une partie d'elle craignait que je ne l'aime pas.

Je fais quelques pas dans sa direction.

— Joyeux anniversaire, Andrew, me dit-elle en me tendant l'instrument.

Je l'attrape par le manche, pose l'autre main sur la caisse, et l'admire avec un immense sourire. Ses lignes sont pures. Elle est magnifique. Parfaite. Je la retourne pour en examiner l'envers. Je remarque une fine écriture cursive qui court le long du manche :

Il fit couler des larmes, sur les joues de Pluton,

Et il força l'Enfer à lui accorder ce que l'Amour convoitait.

Un extrait de l'une des nombreuses versions du mythe d'Orphée et Eurydice. Je ne sais honnêtement pas quoi dire.

— Elle te plaît ?

— Je l'adore. Elle est parfaite.

Elle détourne la tête en rosissant légèrement.

— En fait, je n'y connais rien en guitares. J'espère que ce n'est pas une marque pourrie ni rien de ce genre. C'est le type du magasin qui m'a aidée à la choisir. Et puis j'ai dû attendre plusieurs jours qu'ils la gravent, et j'ai cru que je ne l'aurais jamais à temps à cause de…

— Camryn, dis-je pour mettre un terme à ses divagations paniquées. Je n'ai jamais reçu de plus beau cadeau d'anniversaire.

Sur ce, je comble l'espace qui nous sépare et l'embrasse délicatement sur les lèvres.

22

Camryn

Quelque part sur la I-75 – mai

Nous sommes sur la route depuis des mois. En mars, nous étions déjà tellement habitués à changer régulièrement d'hôtel que c'était devenu comme une seconde nature. Une nouvelle chambre chaque semaine, une nouvelle ville, une nouvelle plage… Tout était nouveau. Mais malgré la nouveauté, c'était comme si nous franchissions la porte d'une bâtisse que nous avions habitée pendant des années. Je n'aurais jamais imaginé dire d'une chambre d'hôtel que c'était « la maison », ou qu'il serait si facile de s'habituer à la vie nomade. Malgré tout, c'est parfois un peu compliqué, mais cela fait partie d'une expérience globale que je ne regrette en aucun point.

Je me demande toutefois si cet hiver interminable ne m'a pas un peu usée. Je me pose la question car je me suis surprise à plusieurs reprises à rêvasser d'un pavillon quelque part, une demeure que nous occuperions au quotidien avec Andrew.

Ouais, je suis sûre que c'est uniquement dû à l'hiver.

Il est 2 heures du matin, et nous sommes tombés en panne quelque part dans le sud-ouest de la Floride, sur un long tronçon d'autoroute désert. Et il pleut à torrents. Nous avons appelé une dépanneuse il y a une heure, mais pour une raison qui m'échappe, elle n'est pas encore arrivée.

— Est-ce qu'il y a un parapluie dans la voiture ? demandé-je en tâchant de couvrir le bruit des gouttes tambourinant sur le toit. Je pourrais te le tenir pendant que tu la répares.

— Il fait nuit noire, Camryn, réplique-t-il tout aussi fort. Même avec une lampe de poche, je ne suis pas sûr d'y arriver. Il faudrait d'abord que je comprenne ce qui déconne.

Je m'affaisse sur mon siège et pose les pieds sur le tableau de bord, les genoux pliés vers moi.

— Au moins, il ne fait pas trop froid, commenté-je.

— On devrait survivre à la nuit, confirme-t-il. Ce ne serait pas la première fois que l'on dormirait dans la voiture. Je suppose que la dépanneuse sera là avant l'aube, mais dans le cas contraire, je me plongerai sous le capot dès qu'il fera jour.

Nous restons quelques instants assis sans rien dire, à écouter la pluie marteler la carrosserie et le tonnerre rouler comme une vague à travers les nuages. Puis nous sommes tellement fatigués que nous décidons de passer sur la banquette arrière, de nous y blottir l'un contre l'autre et d'essayer de dormir un peu. Bientôt, quand il devient évident que notre position est trop précaire et inconfortable et qu'il n'y a clairement pas de place pour deux, Andrew retourne à l'avant. Nous n'arrivons cependant toujours pas à trouver le sommeil. Il se tourne et se retourne pendant plusieurs minutes avant de demander :

— Où est-ce que tu te vois, dans dix ans ?

— Je ne sais pas trop, réponds-je en contemplant le toit. Mais je sais que je veux y être avec toi.

— Moi aussi, affirme-t-il, désormais lui aussi sur le dos.

— Et toi, tu y as réfléchi ? l'interrogé-je, curieuse de savoir où il veut en venir.

Mon bras gauche vient remplacer le droit sous ma tête.

— Ouais, réplique-t-il. J'ai envie de m'installer dans un endroit chaud et paisible. Parfois, je t'imagine sur la plage, pieds nus dans le sable, les cheveux au vent. Je suis assis non loin sous un arbre, à jouer de la guitare.

— Celle que je t'ai offerte ?

— Bien sûr.

Je souris et continue à l'écouter, visualisant la scène.

— Et tu lui tiens la main.

— À qui ?

Andrew reste muet un moment.

— Notre petite fille, précise-t-il d'un ton distant, comme si son esprit vagabondait plus loin encore que le mien.

Je déglutis en espérant dissiper le nœud qui s'est formé dans ma gorge.

— J'aime bien cette image, dis-je. Et donc, tu veux te poser ?

— À terme, oui. Mais quand l'heure sera venue. Pas avant.

Une bourrasque vient frapper la voiture et un brusque coup de tonnerre fait trembler le sol.

— Andrew ?

— Ouais ?

— Troisième chose à mettre sur la liste de nos promesses : si on devient vieux, qu'on a mal partout et qu'on ne peut plus dormir dans le même lit, promets-moi que nous ne ferons jamais chambre à part.

— C'est promis, me répond-il avec un sourire dans la voix.

— Bonne nuit, lui dis-je.

— Bonne nuit.

Et quand je m'endors quelques minutes plus tard, je me mets à rêver de cette plage de sable chaud et d'Andrew qui me regarde me promener, une petite main serrée dans la mienne.

La dépanneuse n'est jamais venue. Nous nous réveillons le lendemain, raides et perclus de courbatures, malgré le fait que nous soyons restés chacun sur sa banquette.

— Si je croise ce dépanneur, il va prendre cher, grogne Andrew, la tête sous le capot.

Il donne des tours de clé à… je n'ai pas la moindre idée de ce dont il peut s'agir. Il répare la voiture. Je n'en sais pas plus. Et il est vraiment d'humeur massacrante. Je reste à proximité pour l'aider, au cas où, et je ne joue pas la blonde en lui demandant à quoi sert ce machin ou comment fonctionne ce bidule. En vérité, je m'en fous pas mal. Et puis, ça l'énerverait encore plus d'avoir à m'expliquer.

Mais le soleil a percé. Et il cogne fort. J'ai l'impression d'être morte et de me retrouver au paradis.

Je saute dans les flaques, vestiges de l'orage de la nuit dernière, inondant mes claquettes. Je ne sais pas quelle mouche m'a piquée, mais je lève les bras au ciel et tourne sur moi-même au milieu de la route.

— Tu veux bien venir me filer un coup de main ? grommelle Andrew.

Je sautille jusqu'à lui et lui pince les flancs pour le taquiner, car je suis de si bonne humeur que je ne peux m'en empêcher. Il sursaute alors et vient se heurter le crâne contre le dessous du capot. Je grimace et me plaque une main sur la bouche.

— Oh merde, mon chéri ! Je suis désolée !

Je tends la main vers lui qui roule des yeux, mais il ferme les paupières en gonflant ses joues d'air avant de pousser un soupir bruyant.

Je lui attrape la tête, la frictionne, puis l'embrasse sur le nez. Je ne peux réprimer mon sourire, mais je ne me moque pas de lui, j'essaie simplement de prendre mon air de chien battu.

— Je te pardonne, déclare-t-il en me désignant le moteur. Il faut que tu tiennes cette pièce une seconde.

Je m'approche au plus près, jette un coup d'œil sous le capot et tends la main en attendant qu'il me guide au bon endroit.

— Ouais, juste là, dit-il. Ne bouge plus.

— Pendant combien de temps ?

— Tant que je ne te le dis pas, réplique-t-il. (Une esquisse de sourire lui déforme le coin des lèvres.) Si tu lâches, toute l'huile va s'écouler, et on restera coincés ici un long moment.

— Alors, dépêche-toi, lui dis-je, ressentant déjà un début de torticolis.

Il contourne la voiture pour aller chercher une bouteille d'eau dans le coffre. Il en dévisse lentement le bouchon. Avale une gorgée. Contemple les champs. Boit de nouveau.

— Andrew, est-ce que tu te fous de moi ?

Je jette un coup d'œil par-dessus le capot pour l'observer du mieux que je peux.

Il se contente de sourire. Et de boire une nouvelle gorgée.

Merde, il se fout réellement de moi ! Je crois…

— Ne lâche pas. Je suis sérieux.

— C'est des conneries, m'exclamé-je.

Je commence à écarter les doigts, mais me ravise aussitôt.

— Allez, c'est vrai ou pas ?

— Ben oui, bien sûr. Ça va couler de partout et sans doute même te gicler dessus. C'est super dur à faire partir.

— Je commence à avoir mal au dos, me plains-je.

Il prend tout son temps et, alors que je m'apprête à lâcher pour de bon, il vient me saisir par la taille et m'écarter du capot. Il lève une main et m'étale sur la joue une traînée de cambouis. Je lui crie dessus en le repoussant.

— Beurk ! Merde, Andrew ! Et si je n'arrive pas à l'enlever ?

Je suis réellement énervée, mais une partie de moi ne peut pas résister à son sourire.

— Mais si, ça va partir, affirme-t-il en replongeant le nez dans le moteur. Maintenant, monte dans la voiture et prépare-toi à mettre le contact quand je te le dirai.

Je lui grogne dessus avant d'obtempérer, et bientôt la Chevelle ronronne de nouveau et nous reprenons la route de St. Petersburg, à moins d'une heure de là.

Aujourd'hui, il fait vraiment un temps estival, et nous avons l'intention d'en profiter. Après avoir investi notre chambre d'hôtel et pris une douche ô combien nécessaire, nous nous dirigeons vers le magasin le plus proche pour y acheter un short de bain et un bikini, bien résolus à piquer une tête dans l'océan.

Il insiste pour que j'achète un minuscule maillot de bain noir rehaussé d'étoiles argentées, mais ce n'est pas lui qui sera obligé de se l'extraire de la raie des fesses toutes les cinq secondes. Je jette donc mon dévolu sur un rouge tout mignon et un tantinet plus couvrant.

— Finalement, ce n'est peut-être pas plus mal que tu aies pris celui-là, me dit-il alors que nous montons dans la voiture.

— Et pourquoi ça ? demandé-je, tout sourires, me débarrassant de mes tongs.

— Parce que j'aurais sans doute dû casser quelques dents.

Il passe la marche arrière et nous sortons du parking.

— Simplement parce qu'ils m'auraient reluquée ? m'étonné-je avec un petit rire incrédule.

— Nan, sans doute pas. Ça m'excite quand d'autres mecs te matent.

— Beurk ! m'exclamé-je en grimaçant.

— Pas dans ce sens-là ! se défend-il. Punaise.

Il secoue la tête comme pour dire « J'y crois pas », et nous bifurquons sur la route encombrée de voitures de touristes.

— C'est juste que ça me flatte de t'avoir à mon bras. Ça fait un bien fou à mon ego.

— Oh, donc pour toi, je ne suis qu'un trophée ?

Je croise les bras et affiche une moue outragée.

— Ouais, ma belle, je te garde rien que pour ça. Je pensais que tu le savais déjà.

— Dans ce cas, tu dois te douter que je reste avec toi pour la même raison.

— Ah vraiment ? me demande-t-il avec un coup d'œil.

Je me cale confortablement contre le dossier.

— Ouaip. C'est juste pour rendre jalouses les petites garces. Mais la nuit, je rêve à l'amour de ma vie.

— Et qui est-ce ?

Je pince les lèvres et fais mine d'observer de gauche et de droite comme pour chercher l'heureux élu.

— Eh bien, je préfère ne pas te dire son nom pour éviter que tu ailles lui chercher des crosses et qu'il finisse par te casser la gueule. Mais je peux te dire qu'il a des cheveux châtains, des yeux verts à tomber et quelques tatouages. Oh, et il est musicien…

— Vraiment ? Dis donc, il a l'air parfait, je me demande pourquoi tu te sers de moi comme trophée, dans ce cas.

Je hausse les épaules, ne trouvant pas de repartie cinglante.

— Allez, tu peux me le dire. Ce n'est pas comme si je le connaissais.

— Désolée, m'obstiné-je en me tournant vers lui, mais je ne parle jamais de lui en son absence.

— Ça se tient, réplique-t-il. Tu sais quoi ?

— Quoi ?

Il se fend d'un sourire malveillant qui ne me plaît pas du tout.

— Je viens de me souvenir de deux ou trois trucs que tu n'as finalement jamais faits lors de notre premier road-trip.

Oh, oh.

— Je ne vois pas du tout de quoi tu parles, mens-je.

Il retire sa main droite du volant et la pose sur sa cuisse. Son air provocateur s'amplifie à chaque instant, et je fais de mon mieux pour dissimuler ma nervosité grandissante.

— Eh bien, tu dois encore montrer ton cul par la fenêtre. Et je ne t'ai pas encore vue manger d'insectes. Tu préfères quoi ? Une sauterelle ? Un grillon ? Un ver de terre ? Peut-être un faucheux ? Je me demande s'ils ont des faucheux en Floride...

J'en ai des frissons dans tout le corps.

— Laisse tomber, Andrew, dis-je en secouant la tête. (Je pose mes pieds sur la portière et joue avec ma tresse en tentant de dissimuler mon anxiété.) Je ne le ferai pas. Et puis, c'était lors de notre premier voyage, tu ne peux pas ressortir ce genre de truc n'importe quand. Tu aurais dû me le faire faire quand tu en avais l'occasion.

Son sourire de petit salopard ne le quitte pas.

— Non, insisté-je platement.

Je me tourne vers lui.

— Non ! déclaré-je une dernière fois, ce qui le fait éclater de rire.

— Très bien, cède-t-il en reposant sa main sur le volant. Cela dit, ça valait le coup d'essayer. Tu ne peux pas me le reprocher.

— Sans doute pas.

Andrew

Nous passons toute la journée à nous baigner et à lézarder sur la plage. Nous contemplons le coucher de soleil, puis le ciel étoilé. Une heure après la tombée de la nuit, nous croisons un groupe de jeunes de notre âge. Ils traînaient sur la plage non loin de nous.

— Vous êtes du coin ? nous demande le grand au bras droit entièrement tatoué.

L'un des couples s'installe dans le sable près de nous. Camryn, allongée entre mes jambes, se redresse lentement.

— Non, on vient de Galveston, réponds-je.

— Et de Raleigh, précise-t-elle.

— Nous, on est de l'Indiana, intervient la brune qui vient de se poser. (Elle nous désigne ses amis encore debout.) Mais eux vivent ici.

L'un des autres gars prend sa copine dans les bras.

— Moi c'est Tate, et voici Jen. (Puis il effectue le reste des présentations.) Johanna. Grace. Et mon frère, Caleb.

Tous trois hochent la tête en souriant.

— Moi c'est Brooke, précise la brune à côté de Camryn. Et voici Elias, mon fiancé.

Camryn achève de se redresser et se nettoie les mains en les frottant l'une contre l'autre.

— Ravie de vous rencontrer, dit-elle. Moi, c'est Camryn, et Andrew, mon fiancé.

Elias me tend la main.

Tate, le gars au tatouage, reprend :

— On va faire la teuf sur une plage privée, à une demi-heure d'ici. Un endroit génial, vraiment à l'écart. Si ça vous tente, vous êtes les bienvenus.

Camryn se tortille légèrement pour me regarder. Nous nous scrutons mutuellement pendant quelques secondes. Ça ne m'intéresse pas plus que ça, mais elle semble avoir très envie de se joindre à eux. Je me lève et l'aide à en faire autant.

— Génial, lancé-je à Tate. On vous suit.

— Cool, se réjouit-il.

Camryn et moi attrapons nos serviettes de bain et notre sac contenant du bœuf séché, des bouteilles d'eau et de la crème solaire, et nous suivons Tate et ses amis jusqu'au parking.

Nous revoilà dans la voiture à prendre des décisions sur un coup de tête. J'ai quelques réticences, sans doute parce que je n'ai plus fait la fête avec quelqu'un d'autre que Camryn depuis une éternité, mais ils ne semblent pas bien méchants.

Les prétendues trente minutes de route se transforment en trois quarts d'heure.

— Je ne sais plus du tout où on est.

Cela fait au moins vingt minutes que nous roulons sur une route sombre à l'écart de la voie rapide, et leur Jeep Sahara avale encore le bitume à cent vingt kilomètres-heure. Je n'ai aucun mal à la suivre, mais je n'ai pas l'habitude de conduire si vite en territoire inconnu, surtout de nuit, quand je ne peux pas voir si des flics ne se cachent pas sur le bas-côté. Si je chope une prune, je ne pourrai m'en prendre qu'à moi-même, mais ça ne m'empêchera peut-être pas de casser la gueule à ce Tate. Question de principe.

— Heureusement qu'on avait le plein, commente Camryn.

Puis elle rit, passe ses pieds par la fenêtre et ajoute :

— Peut-être qu'ils nous emmènent dans une petite baraque dans les bois où ils vont nous assassiner sauvagement.

— Eh, tu sais que j'y ai pensé ? répliqué-je en ricanant.

— Je compte sur toi pour me sauver la vie, plaisante-t-elle encore. Ne les laisse pas me découper en petits morceaux ni me forcer à regarder *Les Anges de la télé-réalité*.

— C'est juré. Ce qui me donne une idée pour notre quatrième promesse : si je devais être porté disparu, engage-toi à ne pas cesser les recherches avant un an. Au trois cent soixante-sixième jour, considère que, si j'étais encore vivant, je t'aurais déjà retrouvée, et donc que je suis mort depuis longtemps. Je veux que ta vie puisse reprendre son cours.

Elle se redresse sur le siège, rentre ses pieds à l'intérieur de l'habitacle.

— Ça ne me plaît pas trop. Il arrive qu'on retrouve certaines personnes saines et sauves des années plus tard.

— Ouais, mais pas moi, affirmé-je. Fais-moi confiance : si ça dure plus d'un an, c'est que je suis mort.

— Bon, d'accord, cède-t-elle en défaisant sa ceinture de sécurité pour venir poser sa tête sur mon épaule. Mais à condition que tu en fasses autant pour moi. Un an. Pas un jour de plus.

— Je te le promets.

Même si c'est un mensonge éhonté. Je la chercherais jusqu'à mon dernier jour.

23

Camryn

Ce n'est pas un drame de mentir sur certaines choses. Cette « promesse » en fait partie. Jamais je n'arrêterais mes recherches après seulement un an. Honnêtement, je crois que je le poursuivrais jusqu'à ma mort. Ce pacte que nous nous sommes juré de respecter compte beaucoup à nos yeux, mais sur certains sujets, je préfère donner mon accord à la légère, quitte à revenir dessus le moment venu.

En outre, j'ai le sentiment qu'il ment, lui aussi.

Andrew l'ignore, mais j'ai croisé cette brune, Brooke, dans les toilettes publiques près de la plage, plus tôt dans la journée. Elle est entrée dans ma cabine quand j'en suis sortie. Nous ne nous sommes pas parlé, juste croisées avec un sourire amical. Je suppose que c'est pour cela qu'elle a convaincu ses amis de nous inviter à leur fête.

Je pense qu'on va bien s'amuser. Andrew et moi passons cent pour cent de notre temps ensemble, et ça ne nous fera sans doute pas de mal de rencontrer quelques nouvelles têtes. Et puis, il n'a pas réellement formulé d'objection, je suppose donc qu'il tient le même raisonnement que moi.

La route jusqu'à cette plage « privée » semble durer une heure.

Leur Jeep bifurque sur une route partiellement goudronnée ; plus nous nous enfonçons dessus, plus le parcours devient chaotique.

Leurs phares illuminent les ténèbres bordées d'arbres, jusqu'à ce que le sentier débouche sur une vaste étendue de sable et de cailloux. Andrew se gare à côté d'eux et coupe le contact.

— En tout cas, c'est effectivement isolé, déclaré-je en descendant de voiture.

Andrew vient me rejoindre, et nous contemplons ensemble la plage déserte. Il me prend la main.

— Il est encore temps de faire machine arrière, persifle-t-il. Quand ils nous auront attirés loin de la Chevelle, nous ne nous reverrons peut-être plus jamais.

Il m'attire contre lui comme pour me dire adieu.

— On va survivre, lui assuré-je alors qu'ils descendent de leur 4×4.

Tate ouvre son coffre et en sort une énorme glacière qu'il laisse tomber dans le sable.

— On a des litres de bière, annonce-t-il en en retirant le couvercle pour plonger la main à l'intérieur.

Il lance une Corona à Andrew. Ce n'est pas celle qu'il préfère, mais il en boit quand même.

Brooke et son fiancé – j'ai déjà oublié son nom – s'approchent de moi, tandis que Tate décapsule une autre bouteille qu'il m'apporte.

— Merci, lui dis-je en m'en saisissant.

Andrew décapsule la sienne à l'aide de son porte-clés.

— Si vous avez une couverture, vous devriez la prendre, nous conseille Tate.

Sa copine vient le rejoindre et m'adresse un sourire en me passant devant dans son minuscule bikini blanc.

— Et j'ai une super sono dans cette caisse, précise-t-il en tapotant affectueusement le hayon de sa Jeep, donc on ne manquera pas non plus de musique.

Andrew ouvre son coffre et en sort la couverture qu'il garde toujours en réserve, celle sur laquelle nous avions prévu de dormir dans un champ au mois de juillet dernier. Sauf qu'aujourd'hui, grâce à moi, elle a été lavée et ne pue plus l'essence et la vieille bagnole.

— Où est mon short ? demandé-je en fouillant la banquette arrière.

— Ici, répond Andrew depuis le coffre.

Quand je ressors de la voiture, il me le jette et je l'attrape au vol.

— Je n'ai pas du tout l'intention de me baigner de nuit, annoncé-je en l'enfilant par-dessus mon bas de bikini rouge.

— Comme ça, je ne serai pas la seule ! se réjouit Brooke.

Je lui souris par-dessus le toit de la Chevelle et claque la portière.

— Tu es déjà venue ici avec eux ? l'interrogé-je.

Tate et les autres s'approchent déjà de la mer, armés de leur glacière, de plusieurs sacs de plage et de diverses autres choses. Les baffles de la Jeep crachent un rock bruyant à travers les portières restées ouvertes.

— Hier soir, me répond Brooke, mais Elias a trop bu et a commencé à gerber dès le début de la soirée, j'ai donc dû nous ramener à l'hôtel plus tôt que prévu.

Elias, voilà le prénom de son fiancé. L'intéressé secoue la tête et lui adresse un regard sarcastique signifiant manifestement : « Sympa de le crier sur tous les toits. »

Andrew et moi les accompagnons, main dans la main, et allons rejoindre le reste du groupe, déjà installé en cercle. Nous étendons notre couverture et Tate craque une allumette qu'il jette sur un tas de bois mort. La flamme allume l'essence à briquet qu'il a fait couler dessus, et un puissant brasier prend vie et vient chasser la pénombre de sa danse orangée. Déjà le feu de camp me réchauffe, si bien que j'en éloigne la couverture avant qu'Andrew et moi ne nous soyons installés dessus. Brooke et Elias se posent sur des serviettes de bain géantes. Tate, son frère et les trois autres filles partagent un grand couvre-lit. J'enfonce le culot de ma bouteille dans le sable pour l'empêcher de basculer.

Tate me fait penser à ces surfeurs californiens, aussi blonds que bronzés. Comme tous les gars ici, y compris Andrew, il a les genoux remontés devant lui et les poignets posés dessus. Tandis que j'étudie silencieusement chacun de nos compagnons, je surprends brièvement du coin de l'œil quelque chose qui me met sur mes gardes : la blonde assise à côté du frère de Tate, qui ne doit pas être sa copine vu la façon dont ils se comportent, dévore Andrew des yeux. Elle n'a pas seulement cet innocent regard de sainte nitouche : non, cette fille tentera de le mettre dans son lit dès que j'aurai le dos tourné.

Quand elle me surprend à l'épier, elle détourne la tête et se met à discuter avec sa voisine.

Je ne me fais aucun souci par rapport à Andrew, mais si elle tentait une approche sachant qu'il est mon fiancé, je n'hésiterais pas un instant à lui botter le cul.

Je me demande si Andrew a remarqué son petit manège.

Andrew

J'espère que Camryn n'a pas vu le regard que cette fille vient de m'adresser. Cinq secondes seul avec elle, et elle essaierait de me convaincre de la sauter. Ça ne m'intéresse pas le moins du monde, mais ça pimente un peu cette soirée.

Je serais prêt à parier ma couille gauche qu'elle a déjà couché avec Tate et son frangin. Sans doute pas Elias – il doit être du genre fidèle –, mais s'il était partant, elle n'hésiterait sans doute pas longtemps.

Merde, elle vient de me reluquer.

Je me tourne vers Camryn pour éviter de croiser le regard de cette allumeuse, et découvre son sourire entendu. Elle n'est pas dupe non plus.

Je soulève Camryn à bout de bras et l'installe entre mes jambes.

— Ne t'en fais pas, ma belle, lui chuchoté-je à l'oreille.

Puis je l'embrasse ostensiblement dans le cou pour m'assurer que l'autre l'ait bien vu.

— Je ne m'inquiète pas, m'assure Camryn en s'adossant à mon buste.

Évidemment qu'elle ne s'en fait pas pour moi, mais je la sens presque sur le point de sortir les griffes pour défendre son territoire. Putain, la simple idée de l'imaginer se jeter sur cette fille à cause de moi… Oups, je ne devrais pas penser à des choses pareilles. Merde. Trop tard.

— Vous avez des sacrés tatouages, fait remarquer Tate.

Nous sommes désormais au centre de l'attention, Camryn et moi. Elle se redresse pour leur permettre de mieux voir.

— Ouais, tu m'étonnes, renchérit Brooke, captivée, s'approchant de nous en rampant sur le sable. Ils m'intriguent depuis tout à l'heure.

La blonde qui me lorgnait un peu plus tôt ricane en observant Camryn, qui ne se rend compte de rien, trop occupée à montrer son tatouage à Brooke.

Je tente de tourner la chose à mon avantage.

— Retourne-toi, ma belle, et montre-leur ce que ça donne.

Je fais pivoter Camryn sur mes genoux puis m'allonge sur le sable, la couchant à plat ventre sur moi.

Le reste du petit groupe nous observe avec attention, et je perçois la moue amère de la blonde quand je presse le corps de Camryn contre le mien. Nous alignons nos tatouages afin qu'Orphée retrouve son Eurydice. Celle-ci porte une longue robe translucide que le vent plaque contre ses courbes, et tend la main vers l'Orphée peint sur les côtes de Camryn. Brooke est stupéfaite par les détails, qu'elle scrute avec admiration. Elle se retourne vers Elias qui semble particulièrement nerveux, comme s'il redoutait que sa fiancée l'entraîne de force chez un tatoueur dès la fin de la soirée.

— C'est… trop… canon, commente Brooke en insistant sur chaque syllabe. Qui sont-ils ?

— Orphée et Eurydice, réponds-je. Du mythe grec.

— Une histoire d'amour tragique, précise Camryn.

Je referme mes bras sur elle.

— Je ne vois pourtant pas grand-chose de tragique entre vous, commente Tate.

J'étreins Camryn plus fort encore, tandis que nous partageons silencieusement des pensées qui n'appartiennent qu'à nous. Je l'embrasse sur le sommet du crâne.

Brooke retourne à sa place, toujours assise sur ses genoux.

— Je trouve ça magnifique. Il vaut mieux, d'ailleurs, parce que ça a dû faire un mal de chien.

— Ouais, on peut dire ça, confirme Camryn. Mais ça en valait la peine.

Un peu plus tard, Camryn et moi avons bu au moins trois Corona chacun, mais elle seule semble en subir les effets. Elle est un peu éméchée, juste assez pour la rendre bavarde.

— Carrément ! s'exclame-t-elle en se tournant vers Brooke. Je les ai vus en concert avec Nat, ma meilleure amie. Ils déchirent ! Il n'y a pas beaucoup de groupes qui jouent aussi bien sur scène que sur leurs albums.

— Ouais, c'est vrai, admet Brooke en finissant sa bière. Tu dis que vous venez de Caroline du Nord ?

Camryn se redresse pour s'installer en tailleur sur le sable.

— Ouais, mais Andrew et moi on n'y habite pas vraiment.

— Vous vivez où, alors ? s'intéresse Tate.

Il tire une longue taffe sur sa cigarette et retient son souffle longtemps avant de recracher la fumée.

— Au Texas, c'est ça ?

Tout le monde se tourne vers moi quand je réponds :

— Non, disons plutôt qu'on… voyage.

— Vous voyagez ? répète Brooke. Genre, vous vivez dans un camping-car ?

— Pas vraiment, corrige Camryn. On a juste la voiture.

La blonde qui m'a maté toute la soirée intervient :

— Et pourquoi vous voyagez ?

Je remarque immédiatement son regard, celui qui cherche désespérément à capter mon attention, mais je réponds en me tournant vers Brooke.

— On joue de la musique.

— Quoi, vous êtes dans un groupe ? s'étonne la blonde.

Cette fois, je la regarde bien en face.

— Plus ou moins, admets-je.

Mais je ne lui en dis pas plus, et pivote de nouveau vers Brooke.

— Qu'est-ce que vous jouez ? m'interroge Caleb, le frère de Tate.

Il s'est subtilement rapproché de l'autre fille depuis notre arrivée. Ils ne sortent sans doute pas ensemble non plus, mais il y a peu de chances qu'il passe la nuit seul.

— Du vieux rock, du blues, du folk, ce genre de truc, dis-je avant de boire une nouvelle gorgée.

— Alors jouez-nous un morceau ! s'exclame Brooke, tout excitée.

Manifestement, elle est aussi fêlée que Camryn, et toutes deux semblent s'entendre à merveille.

Camryn tourne vers moi ses grands yeux enthousiastes.

— Pourquoi pas ? Tu as l'acoustique sur la banquette arrière.

Je secoue la tête.

— Nan, je ne suis pas d'humeur.

— Oh, allez, s'il te plaît...

Camryn prend son air de chien battu et pousse un petit gémissement pour me faire changer d'avis. Je tente néanmoins de résister encore un peu, espérant qu'elle finira par lâcher l'affaire.

Ce qui n'arrive évidemment pas.

— Ouais, mec. Si tu as une gratte et que tu sais t'en servir, c'est génial, intervient Tate.

Désormais, tous les regards convergent vers moi – y compris celui de Camryn, le seul qui puisse emporter la mise.

Je finis donc par capituler. Je me lève pour aller chercher la guitare à la voiture et reviens aussitôt avec.

— Mais tu chantes avec moi, dis-je à Camryn en reprenant place à côté d'elle.

— Nooon ! Je suis trop pompette !

Elle m'embrasse sur la bouche puis va s'asseoir près de Brooke et Elias, sans doute pour me faire de la place.

— Bon, qu'est-ce que je joue ?

La question s'adressait à Camryn, mais c'est Tate qui y répond :

— Ce qui te fait plaisir, mec.

Je fais défiler dans ma tête différents titres, et finis par jeter mon dévolu sur l'un d'eux, particulièrement court. J'accorde rapidement ma guitare, puis me mets à jouer « Ain't No Sunshine ». Au début, je me fous un peu que ça sonne juste ou non, mais, comme d'habitude, dès que je suis lancé, je deviens une autre personne et je donne tout ce que j'ai. Je garde les paupières closes pendant presque tout le morceau, sans toutefois cesser de percevoir l'énergie de mes compagnons d'un soir.

Et je sais qu'ils se laissent tous emporter.

À l'entame du deuxième refrain, je rive mon regard à celui de Camryn tout en grattant les cordes. Elle est à genoux dans le sable, et oscille de gauche à droite. Les autres filles en font autant, bercées par le rythme. J'entonne à tue-tête la dernière ligne droite, et cet échauffement m'a suffi à vouloir jouer encore. Brooke ne tarit pas d'éloges et continue à impliquer Camryn dans ses discours – ce qui lui vaut de remonter encore dans mon estime. Contrairement à la blondasse qui me scrute encore plus intensément qu'avant.

— Merde, tu déconnais pas, mec ! s'exclame Tate.

Il s'allume un joint.

— Joues-en une autre, me demande Brooke en s'appuyant de nouveau contre Elias, qui l'enveloppe dans ses bras par-derrière.

Tate fait tourner le pétard vers Camryn. Elle l'examine un instant, hésitante. J'aperçois un tiraillement de douleur sur son visage ; je sais qu'elle se rappelle son moment de faiblesse avec les calmants. Elle secoue la tête.

— Non merci, je vais rester à la bière, pour ce soir.

Je souris intérieurement, fier de sa décision. Et quand Tate me le propose, je décline également, non pas parce que je n'ai pas envie d'une taffe ou deux, mais parce que je trouverais ça injuste vis-à-vis de Camryn.

Je n'ai jamais été un gros fumeur, mais ça m'arrive à l'occasion. Et ce soir ne fera pas partie de ces occasions.

Je joue d'autres chansons auprès du feu. Camryn finit par m'accompagner sur un morceau. Je n'ai alors plus qu'une envie : me prélasser sur le sable avec ma belle et profiter de ce moment de grâce. Je pose ma guitare à côté de moi sur la couverture et attire Camryn sur mes genoux.

Depuis quelques minutes, le frère de Tate partage une soupe de langues avec sa voisine, qu'il pelote allégrement. Évidemment, ils ne parlent pas beaucoup. Je crois que la blonde qui ne m'a pas quitté des yeux de la soirée a enfin compris le message. Ou alors, elle est trop défoncée pour penser encore à moi.

Tate retourne monter le son dans sa Jeep, et en revient avec une bouteille de gin, une autre de Sprite et une pile de gobelets en plastique. Sa copine s'attelle à préparer les cocktails et fait passer les verres.

—Faites-vous plaisir, les mecs, nous encourage Tate. Et ne vous bilez pas pour la route : les flics ne connaissent pas cet endroit.

—Ouais, on va en prendre un verre, accepté-je.

Je jette un coup d'œil à Camryn, me souvenant de son expression quand Tate lui a proposé le joint un peu plus tôt.

—Enfin, sauf si tu ne préfères pas, ajouté-je.

Je n'ai aucune envie qu'elle fasse n'importe quoi sous l'emprise de l'alcool, et je ne tiens pas non plus à ce qu'elle se paie une horrible gueule de bois demain.

—Non, ça va, mon chéri. Mais je vais prendre juste un verre, d'accord ?

Elle m'adresse un sourire tendre, comme pour solliciter ma permission, ce que je trouve adorable.

J'accepte pour ne pas lui faire de peine.

Nous nous mettons alors tous à discuter de tout et de rien en sirotant notre breuvage. Camryn s'esclaffe, sourit et part dans un grand débat avec Brooke au sujet des tampons. J'ignore parfaitement comment ce sujet est venu sur la table, et je ne tiens pas à le savoir, mais nous passons un super moment. Des groupes que je n'avais encore jamais entendus braillent par les haut-parleurs non loin de là ; les quelques dernières chansons m'intriguent, et je suis sûr que c'est toujours le même interprète.

— Qui c'est ? demandé-je à Tate.

Il finit par se détourner de sa copine.

— Qui ça ? Le groupe ?

— Ouais. Ils sont vachement bons.

— Ça, mon pote, c'est Dax Riggs. Il joue en solo, maintenant. Je crois qu'il a commencé dans Acid Bath… (Il lève légèrement les yeux au ciel, comme pour y trouver sa réponse.) En tout cas, il a chanté dans plusieurs groupes, dont Acid Bath et Agents of Oblivion, pour les plus connus.

— Ah ouais, Acid Bath, ça me dit quelque chose, affirmé-je en avalant une nouvelle gorgée de gin.

— Ça ne m'étonnerait pas, commente Tate.

— Va falloir que je me renseigne un peu plus sur ce qu'il fait. Il a un label ?

Camryn, qui en a visiblement fini avec ses histoires de tampons, se rapproche de moi et pose sa tête sur mon épaule.

— En tout cas, il n'a jamais signé sur une major, m'explique Tate. Et c'est tant mieux, parce que c'est vraiment de la merde. Ça me fout en rogne de voir des groupes géniaux se compromettre en faisant des pubs pour du dentifrice ou ce genre de conneries.

Je pars d'un léger rire.

— Ouais, tu m'étonnes. Jamais je ne signerais avec une maison de disques, même si on me proposait un contrat.

— T'as raison, mec. Après, tu deviens leur pute. Ta musique ne t'appartient plus, et tu baisses ton froc devant l'ordure qui te signe ton chèque.

Ce gars commence à me plaire. Un peu.

— Andrew, il faut que j'aille faire pipi, me souffle Camryn.

Je lui prends son gobelet, que je pose sur le sable.

— Moi aussi, admets-je autant à son intention qu'à celle de Tate.

Ce dernier tend sa cigarette vers la gauche.

— Allez par là. Au moins, vous ne risquez pas de marcher sur un morceau de verre, ou une saloperie du genre.

Je pose mon verre à côté de celui de Camryn et l'aide à se mettre debout. Nous marchons dans le sable en direction d'un bouquet d'arbres et de rochers, assez à l'écart pour que personne ne puisse nous voir.

— Il va falloir qu'on dorme ici, cette nuit. Je ne suis pas en état de conduire.

Elle s'accroupit à quelques mètres de l'endroit où je me soulage.

— Je sais, réplique-t-elle. On dirait que tu vas l'avoir, ta nuit à la belle étoile, hein ?

Je me moque d'elle intérieurement. Elle est tellement soûle qu'elle bafouille légèrement.

— Ouais. Mais sache que ça ne compte pas vraiment, parce que tu t'en souviendras à peine demain matin.

— Alors là, si.

— Alors là, non.

Elle manque de tomber à la renverse quand elle a terminé, et s'aide de ses mains pour ne pas perdre l'équilibre. Je l'attrape par le bras et la soutiens par la taille en la relevant. Puis je l'embrasse sur le haut du crâne.

— Je t'aime tellement.

Je ne sais pas pourquoi j'ai ressenti ce besoin impérieux de le lui dire à cet instant, mais le fait de la savoir près de moi et incapable de s'occuper d'elle-même m'y a encouragé. Ces mots attendaient dans le fond de ma gorge, et je dois bien reconnaître qu'ils commençaient à m'étouffer. Je mettrais volontiers ça sur le compte de l'alcool, mais non, même complètement sobre, je l'aime à en crever.

Elle se blottit contre moi, pose sa tête contre ma poitrine et m'étreint très fort tandis que nous retournons vers le feu.

— Moi aussi, je t'aime.

24

Andrew

Tandis que la nuit avance, les attitudes évoluent au sein de notre petit groupe. Les gens parlent moins, s'embrassent plus. Brooke et Elias sont allongés l'un contre l'autre d'un côté du feu. Tate et sa copine pourraient tout aussi bien être en train de baiser, il ne leur reste qu'à retirer leurs fringues. Par chance, la blonde bizarre aide désormais sa copine à tripoter Caleb, à quelques mètres de Camryn et moi.

Ouais, je commence à voir où tout cela va mener. Rien de bien grave. Ce n'est pas comme si je n'avais jamais rien connu de pareil. Sauf que, cette fois, ma principale préoccupation n'est pas de tâcher de satisfaire deux filles à la fois, mais uniquement de faire en sorte que Camryn ne se retrouve pas embringuée là-dedans.

Alors que je roule de côté pour lui glisser un mot à l'oreille, le monde s'écroule sous moi. J'essaie de soulever la tête. Je réfléchis. J'ai l'impression que de petites fées me dansent sur les yeux. Alors qu'ils sont ouverts.

— Oh merde, dis-je à voix haute.

Ou alors, je n'ai rien dit du tout. Peut-être que tout cela était dans ma tête.

Je lève la main devant mon visage, et j'ai l'impression de tenir la lune entre mon pouce et mon index. J'essaie de l'envoyer valser, mais elle est bien trop lourde et force mon bras à retomber. Mon coude heurte le sable comme s'il pesait quarante kilos.

J'ai la tête qui tourne. Les flammes sont bleues, jaunes et rouge sombre. Le bruit de l'océan m'arrive décuplé aux oreilles, mêlé aux craquements du bois dans le feu et à des gémissements.

— Camryn ? Où tu es ?

— Andrew ? Je suis... ici. Je crois.

Je ne suis même pas certain qu'il s'agisse de sa voix.

Je serre les yeux de toutes mes forces et les rouvre, tâchant de me concentrer, mais m'en découvrant incapable. En vérité, je n'en ai pas envie. Je souris. J'ai l'impression que mes lèvres sont si tendues qu'elles risquent de me fendre le visage en deux. Puis ça ne me dérange plus.

Oh, putain de merde. Je suis en plein trip. Bordel. Qu'est-ce qu'ils m'ont refilé ?

J'essaie de me lever, mais alors que je me crois debout, je contemple mes pieds et constate que je n'ai pas bougé d'un iota. J'essaie une nouvelle fois, sans plus de résultat.

Pourquoi suis-je soudain cloué au sol ?

— Saloperie de merde, Tate, entends-je dire une voix, sans savoir si elle appartient à une fille ou un garçon. C'est de la putain de came. Nom de Dieu. Je vois des arcs-en-ciel et tout. Je plane à quinze mille.

Et celui ou celle qui vient de dire ça entonne : « Ça plane pour moi ».

J'ai l'impression d'être chez les fous, sans avoir vraiment envie d'en partir.

Finalement, je m'allonge sur le dos et palpe le sable des deux mains pour m'assurer de ma position. Puis je lève les yeux au firmament et observe les étoiles naviguer de façon poétique dans la pénombre. Le visage de Camryn apparaît sur ma poitrine tel un spectre sorti de la brume.

— Ma belle ? demandé-je. Ça va ?

Je m'inquiète pour elle, mais je ne peux pas m'empêcher de sourire.

— Ouais, ça va supeeeer. Super.

— Allonge-toi contre moi, lui dis-je.

Je ferme les paupières quand je sens sa tête se poser sur mon torse ; je hume alors l'odeur de son shampooing, bien plus prégnante qu'habituellement. Tout est amplifié. Chaque son. La caresse du vent sur mon visage. Dax Riggs chante « Night Is the Notion » quelque part en fond sonore, et si mon esprit m'indique que cela vient de loin, la musique est tellement forte que j'ai l'impression que la Jeep est garée à côté de mon oreille. J'ai même le sentiment de capter les effluves du caoutchouc des pneus.

Et je ne peux pas m'en empêcher. J'entonne « Night Is the Notion » à pleins poumons. Je ne sais pas comment je connais les paroles, mais c'est bien le cas. Putain, je les connais par cœur. Le morceau semble se poursuivre indéfiniment, mais je n'en ai rien à foutre. Je finis par me taire, laissant la musique me pénétrer. Rien d'autre n'importe que le moment présent. Je suis excité comme jamais. Il me faut une seconde – je crois – pour prendre conscience que ma bite ressent la même brise que mon visage. C'est agréable.

— Camryn ? Quoi ? Oui.

Je ne sais plus ce que je raconte, je ne suis même pas certain de parler. Mon cerveau me dit de m'assurer qu'elle n'est pas complètement défoncée pour me tailler une pipe devant les autres, mais d'un autre côté je n'ai aucune envie qu'elle s'arrête.

Le souffle court, je laisse ma tête basculer de côté. Je vois Caleb chevaucher l'une de ces filles, les cuisses nues de cette dernière écrasées contre son corps cambré. Je détourne les yeux. Je contemple le ciel nocturne. Des traînées lumineuses s'attardent dans le sillage des étoiles. Je frissonne en sentant mon gland au fond de sa gorge.

Je baisse le menton. J'aperçois une chevelure blonde. Je tends la main pour la caresser, partagé entre le désir de l'écarter de moi et l'envie de la forcer à me sucer plus profondément. J'opte finalement pour cette deuxième possibilité, et quand je rejette la tête en arrière, je découvre le visage de Camryn tout près du mien ; je me redresse brusquement.

— Dégage de là, connasse ! parviens-je à éructer.

Je la repousse d'un coup de pied, et mon trip prend un virage à cent quatre-vingts degrés. Je ne m'éclate plus du tout.

Je me force à m'asseoir. Je me gifle des deux mains, espérant recouvrer ma lucidité, en vain. J'arrive néanmoins à ranger mon matos et je vois à la lumière des flammes que cette salope s'est déjà écroulée au côté de Caleb. J'ignore combien de temps s'est écoulé, mais je suis le seul à ne pas dormir.

Je commence à paniquer. Je n'arrive plus à respirer. Putain, qu'est-ce qui s'est passé ?

Je roule sur le côté, attrape Camryn par l'épaule et la force à se coller à moi, sans la lâcher.

C'est mon dernier souvenir.

Camryn

Je me sens mal. Bon Dieu, je n'ai jamais, jamais eu une telle gueule de bois. Le soleil matinal et la brise océane me réveillent. D'abord, je reste allongée et immobile, de peur de vomir au moindre mouvement. Mon cerveau tambourine contre mon crâne, j'ai la pointe des doigts tout engourdie, et le reste de mon corps n'est qu'une épave tremblante et nauséeuse. J'ouvre les yeux avec un gémissement, me passe la main sur le ventre. Je sais que je ne pourrai pas quitter cette plage avant d'avoir vomi pendant cinq bonnes minutes, mais je me retiens autant que possible.

J'ai une joue enfoncée dans le sable. J'en sens les grains me coller à la peau. Lentement, très lentement, je m'essuie de l'index avant de m'en mettre dans les yeux.

J'entends un grand *clac*, suivi d'un craquement et d'un cri.

Malgré les protestations de mon estomac, je roule de l'autre côté, face à la mer.

— Lâche-le ! entends-je crier une fille.

Cela me tire de ma torpeur, et je ne me rends compte qu'alors que j'étais complètement déconnectée de la réalité. Désormais, cependant, je suis parfaitement réveillée. Je dresse la tête et vois Andrew tabasser Tate à coups de poing.

— Andrew ! essayé-je de hurler.

J'ai la gorge toute sèche et la voix cassée, je ne parviens donc qu'à émettre un faible croassement.

— Andrew ! répété-je avec plus de détermination.

— Putain, c'est quoi ton problème, mec ? braille Tate.

Il s'efforce de fuir son agresseur, mais ce dernier ne lâche pas l'affaire. Il le frappe, encore et encore, jusqu'à le faire tomber dans le sable.

Le frère de Tate intervient alors, plaquant Andrew de côté. Ils basculent tous les deux et roulent l'un sur l'autre sur plus d'un mètre. Andrew saisit Caleb à la gorge et le soulève au-dessus de lui avant de le projeter au sol et de se ruer sur lui. Il lui assène trois coups de poing avant que Tate l'attrape par-derrière et l'entraîne à l'écart.

— Détends-toi, mec ! s'exclame Tate.

Mais Andrew fait volte-face et lui décoche un violent uppercut au menton, qui provoque un nouveau craquement écœurant. Tate titube en arrière, se tenant la mâchoire.

— Tu nous as drogués ! Je vais te tuer ! gronde Andrew.

Je parviens enfin à me lever et chancelle jusqu'à lui. Tandis que je m'apprête à lui agripper le bras, on me bouscule violemment dans le dos et je tombe sur les fesses. Cela me coupe le souffle. Je ne comprends pas ce qui s'est passé. Puis j'avise Caleb, à califourchon sur Andrew. Je me trouvais sans doute sur son chemin quand il s'est rué sur lui.

Je me relève tant bien que mal et vois Elias s'approcher de nous.

Paniquée, je tourne la tête de droite et de gauche, puis repose les yeux sur lui, comme au ralenti. Ont-ils l'intention de tomber à trois sur Andrew ? Oh non, ça ne se passera pas comme ça ! Je tente de retenir Tate tandis que son frère et lui dérouillent Andrew, mais Elias me repousse.

— Pousse-toi ! me grogne-t-il.

Andrew tient bon face à ses deux adversaires, il est toujours debout et leur rend coup pour coup, mais si Elias s'en mêle, je ne pense pas qu'il pourra résister longtemps.

Elias se joint à la bagarre, et je ne sais plus dire qui cogne qui quand deux mains m'attrapent sous les aisselles.

— Reste avec moi, me dit Brooke.

Tétanisée par la confusion et l'effroi, je vois Elias frapper Caleb. Une vague de soulagement déferle sur moi, bien que brièvement.

Andrew a la bouche en sang. D'un autre côté, ils saignent tous les quatre. J'ai l'impression que la rixe ne se terminera jamais, et chaque fois qu'Andrew donne ou encaisse un coup, je ferme les yeux avec une grimace, cherchant à m'épargner ces images. Je suis assise sur le sable dans les bras de Brooke, qui redoute toujours que j'essaie de m'interposer. En réalité, j'ai de nouveau l'impression que je vais me mettre à vomir, et je peux à peine bouger. De la sueur perle sur mon front, me dégouline dans le cou. Le ciel se met à tournoyer.

— Oh non. Brooke… Je crois que…

Je suis incapable de finir ma phrase. Mon corps convulse violemment et mes mains s'enfoncent dans le sable devant moi pour retenir ma chute. Mon dos s'arrondit puis retombe, s'arrondit puis retombe, tandis que je vomis, encore et encore. Mon Dieu, faites que ça s'arrête. Jamais plus je ne boirai ! Mais faites que ça s'arrête ! Mes prières restent vaines. Plus je vomis, plus mon corps réagit à l'odeur, au son et au goût, et plus les haut-le-cœur sont puissants. Le combat n'est plus qu'un bruit de fond. Quand je n'ai plus rien dans le ventre, je finis par m'effondrer sur le côté. Je ne peux plus bouger. Mon corps tremble de façon incontrôlable, ma peau est à la fois froide et chaude, couverte de sueur. Je sens Brooke s'asseoir près de moi.

— Ça va aller, me dit-elle. Putain, ce truc t'a vraiment retourné le bide.

— Qu'est-ce que c'était ? m'enquiers-je.

Des bribes de souvenirs commencent à me revenir.

Je n'entends même pas si elle répond à ma question.

Je me souviens que tout allait bien, que j'étais juste un peu éméchée quand nous avons attaqué le gin. Puis, soudain, je ne distinguais plus rien, tout semblant beaucoup trop près de moi. Je n'arrêtais pas d'essayer de me concentrer sur des points plus lointains comme l'océan, les étoiles ou les lumières des bateaux. Je me souviens d'avoir eu l'impression que l'un d'eux dérivait vers nous et allait bientôt s'échouer sur la plage. Mais je m'en fichais. Je trouvais cela… magnifique. Il allait tous nous tuer, mais c'était magnifique. Et je me souviens d'avoir entendu Andrew chanter une chanson aux accents sensuels. J'ai posé ma tête sur sa poitrine pour l'écouter. Je voulais m'allonger sur lui et me déshabiller, et je l'aurais sans doute fait si j'avais pu bouger.

Je me souviens aussi…

Attendez.

Cette salope blonde. Elle m'a demandé… attendez.

Je me redresse alors.

— Tu devrais rester allongée encore un peu, me conseille Brooke.

Je porte mes doigts à mon front.

Je me souviens de l'avoir vue s'asseoir près de Brooke et moi. Elle était aussi défoncée que nous tous, mais je ne ressentais plus la moindre jalousie. Elle nous a parlé un moment, sans que ça me dérange.

À mesure que tout me revient, mon corps se remet à trembler.

Elle a essayé de m'embrasser. Je crois même que je l'ai embrassée en retour…

Je crains de me remettre à vomir.

Je remonte mes genoux, pose mes coudes dessus, m'enfouis la tête dans mes mains. Je suis toujours prise de vertiges. Je n'ai peut-être pas fini de me vider les tripes. Je n'éprouve pas cet intense soulagement qui suit une nausée. Au contraire, le besoin de rendre vient de s'intensifier. Cette fois, c'est uniquement nerveux.

Le reste me parvient petit à petit, et même si je préférerais oublier, je me force à me rappeler.

Elle m'a demandé si elle pouvait coucher avec Andrew et moi. Ouais, ça me revient, maintenant. Mais… oh merde… J'avais compris ça dans le sens de dormir, j'étais tellement défoncée que je n'avais même pas envisagé l'aspect sexuel de la chose.

Je lui ai dit que je m'en fichais.

Puis je me souviens qu'elle…

J'en ai le souffle coupé. Je porte la main à ma bouche ; la brise malmène mes yeux ronds d'étonnement.

Je me souviens qu'elle a sucé Andrew.

Quand j'essaie de me lever, je sens la main de Brooke se poser dans mon dos.

— Arrête, me dit-elle en me forçant à me rasseoir à côté d'elle. Ne t'en mêle pas. Tu risques de prendre un mauvais coup.

Je me libère d'un mouvement sec de poignet et retente de me mettre debout, mais mes nerfs à vif et mes mouvements brusques me provoquent un nouveau renvoi de bile.

Puis j'entends la voix d'Andrew.

— Merde, dit-il à Brooke. Tu veux bien courir à la voiture et me rapporter une bouteille d'eau ?

Elle se lève pour s'en charger.

Andrew me prend sur ses genoux dès que j'arrête de cracher. Il me caresse les cheveux pour les écarter de mes yeux et de ma bouche.

— Putain, ils nous ont drogués, ma belle, me dit-il.

J'entrouvre les paupières. Il me caresse les joues.

— Je vais tuer cette pute. Je le jure devant Dieu, Andrew.

Il semble sonné par ma déclaration. Il ignorait sans doute que j'étais au courant.

— Elle est toujours endormie. Ma belle, je suis…

Sa culpabilité me va droit au cœur.

— Andrew, je sais ce qui s'est passé, lui assuré-je. Je sais que tu l'as prise pour moi. J'ai vu ta réaction.

— Peu importe, réplique-t-il en serrant les dents. (Ses yeux se mouillent de larmes.) J'aurais dû savoir que ce n'était pas toi. Putain, je suis navré. J'aurais dû le savoir.

Ses mains se resserrent légèrement sur mon visage.

Je m'apprête à lui dire de ne pas s'en vouloir quand Elias vient nous rejoindre.

— Désolé, mec, on ne savait pas. Je te le jure.

— Je te crois, lui dit Andrew.

Brooke revient avec la bouteille d'eau, et je recouvre déjà quelques forces. Je m'assieds, le dos bien droit, appuyée contre le torse d'Andrew. Il croise ses bras devant moi et m'étreint extrêmement fort, comme s'il craignait de me voir m'enfuir à toutes jambes.

Puis il ouvre la main pour attraper la bouteille que lui tend Brooke. Il en dévisse le bouchon, se verse de l'eau dans la paume et m'en tamponne le front et la bouche. La fraîcheur m'apaise instantanément.

— Écoute, mec, je suis vraiment désolé, lance Tate en arrivant derrière nous. On pensait que tu t'en foutrais. On en a mis dans les verres de tout le monde, histoire de partager. On ne vous a pas fait venir ici avec une idée tordue derrière la tête.

Andrew parvient à se lever si vite que je perçois à peine son absence et il décoche un nouveau coup de poing à Tate. Un violent craquement rompt le silence.

— Andrew, s'il te plaît ! m'écrié-je.

Elias retient Andrew, Caleb se charge de son frère, et tous deux écartent les deux protagonistes.

Andrew ne cherche pas à relancer la bagarre, mais il se débarrasse d'Elias d'une secousse et se tourne vers moi pour m'aider à me relever.

— On y va, dit-il.

Il fait mine de me porter, mais je secoue la tête pour lui signifier que je peux marcher.

Il prend sa guitare, je récupère notre couverture, et nous partons tous deux vers la Chevelle.

— On devrait peut-être ramener Brooke et Elias, suggéré-je.

Il balance la guitare dans le coffre, m'arrache la couverture et en fait autant avec elle. Puis il approche de sa portière, pose les coudes sur le toit et s'enfouit la tête entre les mains. Il prend une profonde inspiration puis abat son poing sur la carrosserie.

— Putain de merde ! s'exclame-t-il avant de frapper de nouveau.

Au lieu d'essayer de le raisonner, je préfère le laisser se calmer seul. Je le regarde avec tendresse depuis mon côté de la voiture, avant de rentrer m'asseoir. Il reste dehors une minute encore, puis je l'entends dire :

— Si vous voulez, je vous ramène.

Elias et Brooke s'approchent de la Chevelle, leurs affaires à la main, et s'installent sur la banquette arrière.

25

Andrew

Je ne sais même pas comment je me débrouille pour retrouver la route si facilement. Je crois qu'à un moment donné, je m'en foutais un peu qu'on se perde. Je parviens néanmoins à nous ramener sans me tromper une seule fois, ni m'arrêter sur le bas-côté pour demander mon chemin. La conversation se fait rare. Et j'ai déjà oublié les quelques mots que nous avons pu échanger.

Nous nous garons dans le parking de l'hôtel et disons au revoir à Elias et Brooke. En temps normal, j'aurais sans doute remercié celui-là, ou je leur aurais souhaité bon voyage ; je leur aurais peut-être même proposé de dîner avec nous ce soir. En la circonstance, je me contente de hocher la tête quand ils nous font part de leur gratitude pour le trajet.

Je redémarre et fais le tour du bâtiment pour laisser la voiture sous notre fenêtre.

Camryn semble hésiter encore à me parler. Elle n'a pas peur, elle est juste encore indécise. Je suis incapable de la regarder. Je me déteste pour ce qui est arrivé ; je ne me le pardonnerai jamais.

Elle me prend par la main et nous montons directement vers notre chambre. Dès que j'en franchis le seuil, je m'attelle à fourrer toutes nos affaires dans nos sacs.

— Ce n'est pas ta…

— Non, l'interromps-je. S'il te plaît. Laisse… laisse-moi une minute.

Elle me contemple d'un air abattu, mais obtempère sans discuter.

Bientôt, nous sommes de nouveau sur la route, cap au nord pour quitter la péninsule. Destination : n'importe où sauf en Floride.

Après une heure de trajet, je ressasse encore les événements d'hier, essayant de comprendre ce qui a pu se produire. Je m'arrête sur le bord de la route. Tout est si calme. Je contemple mes genoux, puis regarde par le pare-brise. Je me rends compte à mes phalanges blanchies que je serre le volant de toutes mes forces. Je finis par ouvrir ma portière et sortir.

Je traverse à grands pas l'étendue de gravier et de poussière, glisse le long de la pente du fossé et remonte de l'autre côté pour me diriger vers l'arbre le plus proche.

— Andrew, arrête ! me crie Camryn.

Je continue néanmoins sur ma lancée et, lorsque j'atteins ce putain de tronc, je le frappe aussi fort que j'ai cogné Tate et Caleb. Je me déchire la peau et du sang se met à couler sur mon poing et entre mes doigts, mais ça ne me suffit pas.

Je ne retiens mes coups que lorsque Camryn se glisse entre l'arbre et moi et me repousse si fort au niveau du torse que je manque de tomber à la renverse. Ses joues sont baignées de larmes.

— Arrête ! Par pitié ! Arrête !

Je me laisse choir à genoux sur l'herbe, ma main ensanglantée pendant mollement au bout de mon poignet. Mon corps bascule en avant et ma tête suit le mouvement. Je ne vois que le sol.

Camryn s'installe face à moi. Elle me prend le visage entre ses paumes, tente de me forcer à la regarder, mais je refuse de me laisser faire.

— Tu ne peux pas m'infliger ça, dit-elle d'une voix chevrotante.

Je finis par accepter de plonger mes yeux dans les siens, car ça me fait un mal de chien de l'entendre pleurer. Je tâche moi-même de réprimer mes larmes de colère.

— Mon chéri, ça n'est pas ta faute. Tu étais drogué. Dans ton état, n'importe qui aurait commis la même erreur. (Elle prend mon visage en coupe entre ses mains.) Ça… n'est… pas… ta… faute, répète-t-elle en détachant chaque mot. Tu comprends ?

Elle m'empêche de détourner la tête et glisse ses genoux entre mes jambes pour se rapprocher de moi. Je l'enlace instinctivement.

— J'aurais quand même dû le savoir, insisté-je. Et ce n'est pas que ça, Camryn : j'étais censé veiller sur toi. Tu n'aurais jamais dû avaler cette drogue. (Le simple fait d'y repenser fait bouillonner la colère et la haine que j'éprouve à mon encontre.) J'étais censé veiller sur toi !

Elle me prend dans ses bras et me plaque la tête contre sa poitrine.

Puis elle recule.

— Andrew, regarde-moi. S'il te plaît.

Je m'exécute. Je devine dans ses yeux un mélange de douleur et de compassion. Ses doigts délicats s'attardent sur mon menton mal rasé. Elle m'embrasse délicatement sur les lèvres et déclare :

— C'était un moment de faiblesse.

Comme pour me rappeler ce que je lui ai dit, il y a des mois de ça, au sujet des pilules qu'elle a gobées.

— C'était autant ma faute que la tienne, reprend-elle. Je ne suis pas idiote. J'aurais dû me méfier aussi et ne pas laisser nos gobelets sans surveillance. Ce n'est pas ta faute.

Je laisse courir mon regard sur le sol avant de le reposer sur elle. Je ne sais pas comment lui faire comprendre qu'à cause de ce que je suis, de ma façon de penser, je me sens responsable d'elle. Une responsabilité dont je suis fier, et que j'éprouve depuis le jour de notre rencontre. Ça me tue… Ça me tue de me dire que pendant mon « moment de faiblesse », j'ai été incapable de la protéger, et qu'en baissant ainsi la garde, j'aurais pu la laisser se faire violer, tuer… Comment lui faire comprendre que, même si elle ne m'en blâme pas, cela n'excuse en rien mon échec ? Elle a droit à ses moments de faiblesse. Pas moi. Me concernant, c'est une foirade complète.

— Et jamais, au grand jamais, je ne t'en voudrai pour ça, ajoute-t-elle.

Je la dévisage, scrute son expression pour essayer de comprendre, quand elle m'explique :

— Ce que cette fille a fait, précise-t-elle. Je n'en reparlerai jamais. Parce que tu n'as rien fait de mal. (Je sens ses doigts se resserrer légèrement.) Tu me crois ?

— Ouais. Je te crois, dis-je en hochant la tête.

Elle pousse un soupir et reprend :

— En plus, c'est peut-être un peu ma faute.

— Comment ça ?

— Eh bien… (Elle hésite un instant, l'air contrit.) Je crois que, sans le faire exprès, je lui en ai donné l'autorisation.

Voilà qui me laisse pantois.

— Je me souviens qu'elle m'a demandé si elle pouvait coucher avec nous, et je crois que je lui ai répondu que oui, elle pouvait. Mais j'avais compris dormir… Si j'avais été plus sobre, je n'aurais jamais commis cette erreur. Andrew, je suis désolée d'avoir laissé cette nympho te sauter dessus.

Je secoue la tête.

— Ce n'est ni ta faute ni la mienne, alors ne te reproche rien, d'accord ?

Ne la voyant pas sourire comme je l'espérais, je la saisis par la taille. Elle glapit quand je me mets à la chatouiller. Elle glousse et se tortille si fort qu'elle tombe à la renverse dans l'herbe. Je me place alors à califourchon sur elle, les genoux de part et d'autre de ses hanches pour ne pas l'écraser.

— Arrête ! Non ! Andrew, je te jure ! Arrêêêêêête !

Elle rit à gorge déployée, mais ça ne m'empêche pas de continuer à lui titiller les côtes.

J'entends alors la sirène d'une voiture de police et me fige en la voyant se garer derrière la mienne.

— Oh merde ! dis-je en regardant Camryn.

Elle a de l'herbe plein les cheveux.

Je me redresse d'un bond et lui tends ma main blessée pour l'aider à se relever. Une fois debout, elle entreprend de s'épousseter. Nous retournons vers la Chevelle tandis que le flic descend de son véhicule.

— Vous laissez souvent votre porte grande ouverte sur le bord de la route ? demande-t-il.

Je jette un coup d'œil à ma portière avant de lui répondre.

— Non, monsieur. J'ai eu une violente envie de vomir, et je n'ai pas réfléchi.

— Permis, assurance et papiers du véhicule.

Je sors mon portefeuille et lui tends mon permis avant d'aller chercher le reste des papiers dans la boîte à gants. Camryn s'appuie contre le coffre, les bras croisés nerveusement devant elle. L'officier retourne à sa voiture – non sans avoir remarqué le sang sur mes mains – et va vérifier mon dossier.

— J'espère que tu ne me caches pas des vols à main armée, des meurtres ou quoi que ce soit de ce genre, me déclare Camryn tandis que je vais prendre place près d'elle.

— Nan, ma carrière de tueur en série est derrière moi, répliqué-je. Je n'ai plus rien à me reprocher.

Je lui adresse un petit coup de coude complice.

Quelques longues minutes plus tard, il vient nous rejoindre à l'arrière de la voiture et me tend mes papiers.

— Qu'est-il arrivé à votre main ? s'enquiert-il.

J'y jette un coup d'œil et, maintenant qu'il en parle, je commence à ressentir une douleur lancinante. Je lui désigne le tronc impliqué dans la rixe.

— Je me suis cogné contre un arbre.

— Vous vous êtes cogné contre un arbre ? répète-t-il d'un ton circonspect.

Il examine ensuite Camryn pendant de longues secondes. Génial, il pense sans doute que je la bats, ou une connerie dans le genre. Et vu sa tête après les incidents d'hier soir et notre bagarre dans l'herbe, il ne doit guère être rassuré.

— Bon, d'accord, j'ai cogné cet arbre.

À présent, il observe Camryn droit dans les yeux.

— C'est bien ce qui s'est passé ? l'interroge-t-il.

Camryn, plus nerveuse que jamais, et probablement aussi consciente que moi des idées que se fait le flic, fait soudain sa Natalie.

— Oui, monsieur, dit-elle en agitant les mains. Il était furieux parce que des connards (elle fait la grimace) – désolée – ont abusé de nous hier soir, et il n'arrête pas de s'en punir depuis ce matin, ce qui l'a amené à se défouler contre cet arbre ! J'ai couru pour le rattraper avant qu'il se fasse du mal et on en a discuté, et si j'ai la gueule en vrac – désolée –, c'est à cause de cette nuit de merde qu'on a passée. Mais je vous promets qu'on n'est pas des méchants. On ne prend pas de drogue, ce n'est pas un tueur en série ni rien de ce genre, alors s'il vous plaît, laissez-nous partir. Vous pouvez même fouiller la voiture, si vous voulez.

À se prendre la tête dans les mains de désespoir…

Je ricane intérieurement. Nous n'avons effectivement rien à cacher. À moins que… nos amis éphémères, Elias et Brooke, aient laissé tomber par accident un sachet de beuh ou d'autre chose sur la banquette arrière.

Oh merde… faites que ça ne se passe pas comme à la télé.

Je me tourne vers Camryn et secoue discrètement la tête.

Elle écarquille les yeux.

— Quoi, qu'est-ce que j'ai dit ?

Je me contente de sourire, sans cesser mes mouvements de dénégation, incapable de m'en empêcher.

Le flic renifle puis se mord l'intérieur de la joue. Il nous observe tour à tour pendant de longues secondes, sans prononcer un mot, ce qui ne fait qu'accroître notre nervosité.

— La prochaine fois, ne laissez pas votre porte grande ouverte, déclare-t-il en gardant un air aussi neutre que depuis son arrivée. Ce serait dommage de se faire arracher la portière d'une Chevelle de 1969 en aussi bon état.

Je me fends d'un léger sourire.

— Absolument.

Il retourne alors à sa voiture et nous en faisons autant. Nous le regardons s'en aller sans rien dire.

— « Vous pouvez même fouiller la voiture, si vous voulez » ? répété-je.

— Je sais ! s'esclaffe-t-elle en basculant la tête en arrière. C'est sorti tout seul.

Je me mets à rire aussi.

— En tout cas, on dirait que ton bla-bla inutile – qui, d'ailleurs, me fout un peu la trouille – nous a tirés d'affaire, cette fois-ci. Mais j'ai peur que ta copine bipolaire ait fini par déteindre sur toi.

Je pose les mains sur le volant.

Tout sourires, elle s'apprête sans doute à faire un commentaire sur Natalie quand elle avise mes phalanges couvertes de sang. Elle se rapproche alors de moi et me prend la main dans les siennes.

— Il faut nettoyer ça avant que ça s'infecte, dit-elle.

Elle y regarde de plus près et entreprend de retirer les morceaux d'herbe et de terre collés à la plaie.

— C'est très moche, Andrew.

— Ce n'est pas si grave, répliqué-je. Pas besoin de points de suture.

— Non, mais toi, tu aurais bien besoin de quelques baffes. Ne me refais plus jamais ça. Je ne plaisante pas.

Elle retire un dernier gravier puis se penche par-dessus le dossier pour accéder à la glacière.

Je tourne la tête vers elle et ne vois que son petit cul parfait moulé dans son short. Je glisse les doigts sous l'élastique du bas de son bikini et le fais claquer sur sa peau. Elle ne réagit pas sur le moment, mais me fait les gros yeux quand elle se rassied, une bouteille d'eau à la main.

— Rince ça, m'ordonne-t-elle en me la tendant.

J'ouvre ma portière et obtempère.

Tout en fourrageant dans son sac, elle reprend :

— La prochaine fois que tu es en colère et que tu ressens l'envie de passer tes nerfs sur un objet inanimé, je t'ajouterai officiellement sur ma liste des psychotiques.

Elle me glisse de force un antiseptique dans la paume. Difficile de lui refuser ça. Comme je ne l'avale pas sur-le-champ, elle m'encourage à le faire d'un geste impatient.

— Tu es une petite génisse bien exigeante, commenté-je en riant.

Elle m'assène un coup de poing joueur à l'épaule (et parvient à se faire mal à la main) en me reprochant de l'avoir traitée de grosse vache. Je me marre dans mon coin, et suppose que c'est sa manière à elle de me changer les idées. Quelques minutes plus tard, nous échangeons joyeusement quelques considérations musicales et discutons du genre de bars ou de boîtes dans lesquels nous aimerions jouer avant d'arriver à La Nouvelle-Orléans.

Nous avons décidé que, quel que soit le nombre d'étapes préalables ou la durée de notre séjour sur place, nous finirions par retourner quoi qu'il arrive dans notre ville préférée au bord du Mississippi.

C'était avant-hier. Aujourd'hui, nous sommes allongés sur un vrai lit, dans un hôtel convenable du grand État qu'est l'Alabama.

26

Camryn

— Alors, est-ce que tu es excitée pour ce soir, ou est-ce qu'il te faut un sac pour vomir ? me demande Andrew en sortant de la salle de bains, une serviette nouée autour de la taille.

Je pose la télécommande sur la table de chevet et me redresse dans le lit.

— Les deux, réponds-je. Je connais la chanson, mais c'est mon premier solo. Alors ouais, j'ai un peu le trac.

Il farfouille dans son sac et finit par mettre la main sur un boxer propre. Sa serviette tombe par terre. J'incline la tête de côté, observant depuis ma place son irrésistible petit cul. Il enfile son caleçon et en fait claquer l'élastique sur sa taille.

— Tu vas déchirer, présage-t-il en se tournant vers moi. Tu t'es entraînée des milliers de fois et tu cartonnes déjà. Et puis, si tu n'étais pas au point, je te le dirais.

— Je sais.

— Bon, prête pour aller bosser ? poursuit-il en achevant de s'habiller.

— Ouais. Plus ou moins. De quoi j'ai l'air ?

Je me lève et tourne sur moi-même, parée d'un minuscule débardeur noir à fines bretelles et d'un jean moulant.

— Attends, lui dis-je, un doigt levé.

J'enfile mes nouvelles bottines noires flambant neuves et en remonte les fermetures Éclair. Puis je virevolte de nouveau avant d'adopter une pose théâtrale.

— Insupportablement sexy, comme toujours, réplique-t-il avec un large sourire.

Puis il s'approche de moi pour jouer avec ma tresse.

Ce soir, je vais chanter seule le « Edge of Seventeen » de Stevie Nicks, mais durant les deux heures précédentes, je jouerai la serveuse tandis qu'Andrew débarrassera et nettoiera les tables. Trop bien ! C'est moi qui ai obtenu le job cool.

Le bar est plein à craquer quand nous arrivons, sur les coups de 19 heures. J'adore l'ambiance de cet endroit. La scène est d'une taille raisonnable, mais la salle et la piste de danse sont gigantesques. Et il n'y a pas une place de libre, ce qui me rend d'autant plus nerveuse. Nous nous rendons au fond de l'établissement, main dans la main, nous frayant un chemin parmi les clients. Nous avons eu la chance de dégotter ce taf où nous pourrons bosser ensemble plusieurs soirées de suite. Depuis que nous avons quitté la Virginie, nous n'avons travaillé que de façon sporadique. J'ai fait quelques ménages çà et là, tandis qu'Andrew s'improvisait barman, voire videur. Il n'est peut-être pas gonflé aux hormones (et tant mieux, car je trouve ça assez ignoble), mais ses muscles sont suffisamment saillants pour qu'ils l'aient engagé sans mal. Par chance, il n'a pas eu à mettre quelqu'un dehors par le col, et ne s'est pas retrouvé impliqué dans une bagarre.

Notre boss pour les quelques prochains jours, German – qui, comme son nom ne l'indique pas, est une brute bien de chez nous – tend à Andrew un tablier blanc et un badge indiquant « Andy ».

Je réprime un fou rire, mais Andrew perçoit malgré tout mon air amusé.

German frotte sa grosse main trapue sur son nez, l'essuie sur son pantalon, puis déclare :

— Dès qu'une tab' s'libère, t'la prépares p'les aut' clients. (Il brandit un index menaçant vers Andy – pardon, Andrew.) Et pas touche aux pourboires. Sont p'les serveuses, pigé ?

— Oui, monsieur, répond Andrew.

Quand German baisse les yeux sur son carnet de commandes, Andrew articule discrètement un : « C'est quoi ce type ? » Je pince les lèvres pour m'empêcher de sourire quand notre patron relève le nez.

Il me contemple, dans le sens où il m'observe longuement d'un air radicalement différent que celui qu'il arborait pour toiser Andrew. Il dévoile ses dents jaunies en un sourire et déclare :

— Toi, t'as qu'à r'sembler à quoi qu'tu r'sembles. Un p'tit sourire et t'encaisses les biftons.

Je ne peux qu'imaginer ce qu'endurent au quotidien les serveuses qui travaillent ici à plein temps.

Je bats rapidement des cils et réplique avec un léger nasillement campagnard et séducteur :

— Comptez sur moi, m'sieur German. Et quand j'rai fini mes heures, pour sûr qu'vous comprendrez que j'doive me r'faire une beauté avant d'monter sur scène.

Je vois les yeux d'Andrew s'arrondir, mais je reste focalisée sur German, qui est déjà à ce point à ma botte que si je lui demandais de lécher le sol, sa seule réponse serait : « P'dant c'bien d'temps ? »

Andrew

Cet accent de belle du Sud qui vient de nulle part m'a subitement excité. Elle et moi allons devoir avoir une petite conversation, plus tard dans la soirée.

J'accroche le badge à mon nom, noue mon tablier dans mon dos et attrape l'espèce de bassine en plastique que German me désigne. Bon sang, ce n'est pas le genre de boulot qui me dérange, mais German est un vrai péquenaud, et j'espère qu'il ne restera pas dans mes pattes pendant les deux heures à venir. Et puis un petit coup de déodorant ne lui ferait pas de mal. Putain, qu'est-ce qu'il pue ! Il est vraiment à l'opposé de l'établissement qu'il dirige. Comme un drapeau pirate flottant à la fenêtre d'une maison à 400 000 dollars. Le bar/restaurant est plutôt classieux. À l'intérieur, du moins.

Je me dirige vers la salle, ma bassine sous le bras, et m'oriente vers la première table vide que je vois. Je débarrasse les assiettes sales remplies de frites écrasées et de restes de beignets et balance le tout dans ma cuvette. Puis j'essuie la table avec le chiffon dans ma poche de tablier et aligne les bouteilles de ketchup et de sauce à viande. Contrairement au service, ça ne demande pas beaucoup d'investissement, ce qui explique sans doute que Camryn ait eu droit à une heure de formation hier. C'est peut-être elle qui héritera de tous les pourboires si elle sait faire usage de ses charmes, mais aussi elle qui devra subir les remarques glaçantes du pervers qui nous sert de patron. Et je jubile. Ça lui apprendra à se moquer de moi. Elle s'est gaussée en me surnommant le « charognard du bar ». J'espère qu'elle ne s'attend pas à ce que je la protège des avances répugnantes de German. Elle se démerde.

Je nettoie deux autres tables, sans toucher au billet de cinq offert sur la première, ni à celui de vingt laissé sur la seconde. Tandis que je m'apprête à retourner en cuisine pour me délester de mon fardeau, quatre filles assises dans un box près du mur m'apostrophent.

— Eh, beau gosse, me lance la doyenne du groupe en me faisant signe d'approcher. On peut commander ?

— Désolé, madame, je ne m'occupe que du nettoyage.

Une autre, plus mignonne, me rappelle alors que je fais demi-tour.

— Je parie que si on demandait à ce que tu sois notre serveur, tu aurais une promotion.

Elle a les yeux vitreux et sa tête oscille légèrement. Je remarque – comment faire autrement ? – ses seins énormes, prêts à faire exploser son débardeur moulant. Elle se penche légèrement en avant pour les mettre en valeur.

— Eh bien, vous pouvez toujours demander, répliqué-je avec un demi-sourire charmeur. Et si le patron dit oui, je suis à vous toute la soirée.

Elles se consultent silencieusement, comme débattant mentalement de la marche à suivre. Je pourrais les faire manger dans le creux de ma main.

Camryn arrive derrière moi, un plateau à la main, sur lequel sont alignés plusieurs petits verres de whisky, ainsi qu'un plus grand, déjà rempli de billets. Je me demande s'il s'agit de ses pourboires ou de l'argent des commandes. Ça m'angoisse légèrement.

Elle m'adresse un sourire suffisant, se tourne vers les femmes attablées, puis de nouveau vers moi.

— Est-ce qu'il vous embête, mesdames ? s'enquiert-elle.

Je sais qu'elle n'est pas jalouse : ce soir, elle et moi sommes en pleine compétition. Et elle va faire son possible pour m'empêcher de remporter le pari que nous avons fait dans la voiture en arrivant :

— *Tu ne crois pas que je puisse toucher des pourboires en nettoyant les tables ?*

— *Non*, m'a-t-elle répondu. *Ça ne fait pas partie du métier.*

— *Réfléchis bien*, lui ai-je répliqué en lui jetant un coup d'œil. *C'est un bar plein de femmes et d'alcool. Je te parie que je peux me faire un max de blé.*

— *Ah ouais ?* m'a-t-elle défié avec une moue.

— *Ouais.*

Puis, me sentant d'humeur téméraire, j'ai légèrement augmenté l'enjeu :

— *En fait, je te parie que je peux récolter plus de pourliches que toi.*

Elle a éclaté de rire.

— *Sérieux ? On parie pour de bon ?*

Elle a croisé les bras en secouant la tête, comme si elle me trouvait ridicule.

— *Oui*, ai-je répondu.

Je savais pertinemment que j'aurais dû dire : « Non, je déconne. »

Mais je n'ai pas dit non et, maintenant, si Camryn l'emporte, je lui devrai trois massages d'une heure, à réaliser trois jours de suite. Une heure équivaut à une éternité en termes de massage. J'en ai mal aux bras rien que d'y penser.

La plus vieille des clientes répond à Camryn :

— Non, il ne nous embête pas du tout, ma douce.

Elle me dévisage alors de la tête aux pieds, le menton posé sur ses mains jointes, paumes vers le haut, comme si elle s'imaginait me foutre à poil pour me lécher de partout.

— Il peut rester aussi longtemps qu'il le désire. Où est votre responsable ?

— Quelque part par là-bas, répond Camryn. Un grand type avec la chemise du bar. Il s'appelle German.

— Merci, poupée, lui dit la femme en recommençant à me dévorer des yeux.

Je dois bien reconnaître qu'elle me fait un peu peur. Et puisqu'elle semble être la chef de meute, je préfère tailler la route avant qu'elle me croie vraiment sous son charme et que je doive demander à Camryn de me tirer d'affaire.

— Passez une excellente soirée, mesdemoiselles, déclaré-je avec un sourire avenant en faisant volte-face.

Je sens des doigts se glisser dans la poche de mon tablier. Je baisse les yeux et la vois qui retire sa main. Elle m'adresse un regard lourd de sous-entendus.

— Toi aussi, mon amour, réplique-t-elle.

Je lui décoche un clin d'œil et souris aux trois autres tout en m'éloignant. Une fois dans la cuisine, je vide ma bassine et plonge la main dans ma poche, en exhumant trois billets de vingt.

Eh bien, peut-être que ce pari n'était pas si ridicule que ça, finalement...

Deux heures plus tard...

Si, c'était parfaitement idiot.

— Deux cent quarante, quarante et un, quarante-six, cinquante-six.

Camryn compte ses pourboires maintenant que notre soirée est finie. Elle ajoute avec un sourire en coin :

— Et toi, tu t'es fait combien ?

J'essaie de garder une mine sévère pour que ma déception paraisse sincère, mais elle ne me rend pas la tâche facile. Je sors donc mes billets et recompte devant elle.

— Quatre-vingt-deux dollars.

— Pas mal, pour un aide-serveur, je dois bien te l'accorder, dit-elle en empochant son pécule.

— Qu'est-ce que tu m'accordes ? demandé-je en me débarrassant de mon tablier. On annule le pari ?

— Pff ! Tu rigoles ?

German se pointe derrière nous.

— V'z'avez intérêt à êt' bons, lance-t-il. Et pas d'rap ou d'ces chansons New Age à la mode. (Il claque des doigts le temps de trouver un exemple, mais finit par capituler.) N'est pas à la *Nouvelle Star*, là.

— Compris, acquiesce Camryn avec son sourire dévastateur.

German, un air abruti plaqué sur le visage, s'extrait péniblement de son envoûtement et émet un grognement en me passant devant. Cela dit, je ne me plains pas, car je préfère qu'il ne me regarde pas comme il regarde Camryn.

Je me tourne vers elle.

— Ne t'en fais pas, lui dis-je en lui prenant les mains. Encore une fois : tu vas déchirer.

Elle hoche nerveusement la tête. Puis elle souffle rapidement entre ses lèvres arrondies et prend une longue inspiration.

— Je cours chercher la guitare le temps que tu te prépares, l'informé-je.

— D'accord.

Je l'embrasse sur les lèvres et vais récupérer dans le coffre de la voiture la gratte qu'elle m'a offerte pour mon anniversaire. Elle va peut-être chanter toute seule pour la première fois sur « Edge of Seventeen », mais le riff est si connu que je suis presque aussi stressé qu'elle. Bon, peut-être pas autant : c'est un morceau assez facile à maîtriser. Ce que je redoute le plus, c'est de la faire foirer. Elle est ma seule cause de trac pour notre représentation de ce soir.

Je monte sur scène et m'approche du batteur, Leif, que nous avons rencontré hier.

— Merci de faire ça pour nous, mec, lui dis-je.

— Pas de problème, réplique-t-il. Si tu savais combien de fois j'ai joué ce morceau, dans le bar dans lequel je bossais, il y a quelques années.

Camryn était tout heureuse de trouver un batteur qui le connaissait déjà. Elle s'était préparée à ne jouer qu'à deux, sachant que ce ne serait pas pareil sans les percussions. Mais quand on a croisé Leif hier, durant sa formation de serveuse, et qu'il a accepté de se joindre à nous ce soir, je crois que Camryn s'est tout de suite sentie beaucoup plus sûre d'elle.

Je me passe la sangle de guitare sur l'épaule quand Camryn vient me rejoindre.

Je me penche alors à son oreille et lui glisse :

— Tu es vraiment canon.

Elle rougit et observe sa tenue. Elle a troqué son petit haut noir contre un autre en dentelle qui lui tombe dans le dos, mais laisse entrevoir le bas de son ventre. Elle porte également le pendentif que je lui ai offert. Et elle a détaché ses cheveux. J'adore la tresse qu'elle arbore chaque jour, mais je dois bien reconnaître qu'elle est encore plus attirante quand ses délicats cheveux blonds lui tombent sur les épaules.

Les voix du bar portent si fort que nous entendons à peine Leif taper sur sa batterie. Toutes les tables sont occupées, de même que les box longeant le mur du fond. Mes quatre copines de tout à l'heure sont encore là, mais se sont sacrément rapprochées de la scène. Elles semblent intriguées par cet aide-serveur qui se révèle être guitariste. En temps normal, je chercherais ma « victime » parmi la foule, mais ce soir, je sais que ni Camryn ni moi n'allons jouer à ça. Elle est bien trop nerveuse pour s'amuser de la sorte.

Quand tout est prêt et que nous sommes sur le point de commencer, elle retient son souffle pendant quelques secondes en se tournant vers moi.

J'attends qu'elle me donne le top, et quand elle hoche la tête je me mets à jouer ; immédiatement, tous les regards se braquent sur nous. Ce riff de guitare retiendrait inévitablement l'attention du public le plus exigeant. Et dès qu'elle entonne les premières paroles, Camryn devient elle aussi une tout autre personne, ce qui ne manque pas de me surprendre. Elle incarne parfaitement le morceau. Mieux qu'elle ne l'a jamais fait lors de nos séances de répétition. Chacune de ses phrases transpire la confiance et le sex-appeal, chacun de ses mouvements me met en émoi.

— Ooo, baby, ooo, ooo ! reprends-je en chœur.

Mais les gens dans la salle n'ont d'yeux que pour elle, même mes quatre copines, qui se sont pourtant rapprochées pour me mater. À présent, elles appartiennent essentiellement à Camryn, et je ne peux m'empêcher d'éprouver une certaine fierté.

Avant la fin du premier couplet, la piste de danse est déjà prise d'assaut. La puissance et le charme qui se dégagent de la voix de Camryn, mêlés à la fascination de tous pour son interprétation, me font complètement basculer, et je reprends mon riff avec plus de conviction que jamais.

— Ooo, baby, ooo, ooo !

Des cris enthousiastes s'élèvent régulièrement en arrière-plan, repris chaque fois que Camryn monte dans les aigus.

Je ne suis pas rassasié.

Je chante à pleins poumons sur les deux refrains suivants, et je sais qu'arrive alors le quatrième couplet, sur lequel elle se trompe toujours. Je lui jette un coup d'œil, sans cesser de gratter mes cordes, le dos cambré, mais je ne découvre pas la moindre trace de nervosité sur son visage. Rien qu'à la voir, je sais qu'elle ne se plantera pas.

Les mots s'échappent si vite et si parfaitement de sa bouche, que je me fends d'un sourire immense avant d'entonner le refrain suivant avec elle.

Incroyable, elle s'est complètement approprié la chanson. Gare à tes fesses, Stevie Nicks !

Au milieu du morceau, Camryn pousse le « Oooo ! » qui précède l'instant sinistre de la chanson durant lequel elle peut brièvement se reposer.

La guitare ne s'arrête pas pour autant. C'est épuisant, et pourtant je garde le rythme, ne ratant pas une note.

Camryn et moi nous regardons et partageons un moment de grâce. Puis elle recommence à chanter et je me joins à elle quand je suis censé le faire.

Elle agrippe le micro à deux mains, ferme les yeux et crie « Yeah ! Yeah ! » avec une émotion incroyable.

Puis elle rive ses prunelles aux miennes en récitant le dernier couplet comme si elle le faisait pour moi seul.

J'en ai des frissons. Je souris sans me déconcentrer de ma guitare jusqu'à la fin du morceau.

Le public hurle son plaisir. Camryn salue la première, je l'imite ensuite. Son sourire est si vaste que l'émotion m'étouffe presque.

Je fais passer ma guitare dans mon dos et m'approche d'elle pour la prendre dans mes bras, la faisant décoller du sol. Des sifflets et des hourras jaillissent de partout, mais tout ce qui compte à cet instant est le regard de Camryn. Je l'embrasse voracement, et les vivats se multiplient.

Avant la fermeture, nous enchaînons une dizaine de morceaux face à un public de plus en plus dense. Nous entonnons notamment certaines de nos préférées, comme « Barton Hollow », « Hotel California » ou « Birds of a Feather », et chacune semble plaire autant que la précédente. Je ne fais pas de solo ce soir, même si Camryn me le demande. Cette soirée n'appartient qu'à elle. Je refuse d'être le centre de l'attention, même pour une seule chanson.

Nous regagnons notre hôtel vers 2 heures du matin, et j'exécute volontiers le massage lié à mon pari perdu.

27

Camryn

— German semble convaincu qu'on va rester ici un moment, dis-je, la joue droite écrasée contre le matelas. Je lui ai pourtant dit que ce n'était que temporaire.

Les mains magiques d'Andrew pétrissent mon dos comme de l'argile, des épaules jusqu'à la taille. Je reste allongée sur le ventre, profitant de ce massage autant que de mon tout premier. J'ai du mal à garder les yeux ouverts. Il est assis à califourchon sur mon corps presque nu, les genoux de part et d'autre de mes hanches.

— Ouais, il m'a pris à part pour me demander à quelle heure on allait jouer demain soir.

Il glousse en enfonçant ses dix doigts dans ma chair, avant d'entamer de solides mouvements circulaires.

Je gémis sous son toucher expert.

— On peut rester quelques jours, mais j'aimerais bien qu'on ne s'attarde pas trop, reprend-il.

— Moi aussi. En plus, les moustiques de Mobile sont épouvantables ! Tu as vu l'essaim d'apocalypse qui grouillait autour du réverbère, quand on est sortis ce soir ?

Au lieu de répondre à ma question, Andrew déclare :

— Tu as été géniale. Je savais que tu t'en sortirais bien, mais j'avoue que je ne m'attendais pas à ça.

Je parviens à entrouvrir les paupières et jette un coup d'œil par la fenêtre.

— À quoi, précisément ?

Ses mains s'activent encore.

— Tu es montée sur scène et tu en as immédiatement pris possession. Tu as vraiment un don.

— Je n'irais pas jusque-là, répliqué-je, mais je suis assez fière de moi. Je ne sais vraiment pas ce qui m'a pris. Je me suis juste débarrassée de l'angoisse qui me nouait la gorge, et j'ai tout donné.

— En tout cas, ça a marché, commente-t-il.

— Seulement parce que tu étais là, tempéré-je.

Nous restons silencieux quelques minutes ; j'ai refermé les yeux alors que son massage menace de m'expédier à tout instant au pays des rêves. Je ne sens plus mes muscles faciaux, j'ai des fourmillements dans la tête et des frissons dans la nuque tandis qu'il me masse le cuir chevelu.

Avant que l'heure soit écoulée, je m'en veux de lui infliger ça si longtemps et murmure :

— Si tu es fatigué, tu peux t'arrêter.

Comme il continue, je le force à cesser en roulant sur le dos. Il m'embrasse délicatement sur les lèvres. Puis nous nous contemplons un instant, tentant de deviner les intentions de l'autre, étudiant mutuellement nos lèvres. Il presse son bassin contre le mien, et sa bouche prend possession de la mienne en un baiser passionné, tandis qu'il commence à me faire l'amour.

28

Andrew

Nous sommes de nouveau sur la route, quelque part entre Gulfport, dans le Mississippi, et La Nouvelle-Orléans. C'est une journée parfaite : le ciel est limpide et il fait juste assez chaud pour rouler les fenêtres ouvertes sans avoir besoin de brancher la clim. Camryn est au volant, et je suis vautré sur le siège passager, un pied nonchalamment passé par la vitre comme elle le fait souvent.

Nous avons passé une semaine à Mobile, et l'argent que nous nous sommes fait à bosser et à jouer a largement remboursé le gîte, le couvert et l'essence de la bagnole. À côté de ses pourboires, les miens n'étaient qu'une goutte d'eau.

Mon téléphone se met à vibrer dans la poche de mon bermuda noir.

— Salut, maman, quoi de neuf ?

Elle m'explique que je lui manque, puis embraie directement sur mon état de santé.

— Non, je n'ai pas fait de bilan récemment. Ouais, j'ai passé un scanner à l'hôpital et… Non, ils ont appelé le docteur Marsters pour avoir mon dossier et… Oui, maman. Je sais. Je suis prudent. (J'adresse un coup d'œil à Camryn, qui me sourit en retour.) Camryn est déjà sur mon dos. Ouais. Là, on est sur la route de La Nouvelle-Orléans. Je ne sais pas combien de temps on va rester, mais ensuite on fera un crochet par le Texas pour te faire un coucou, d'accord ?

Après que j'ai raccroché, Camryn m'interpelle :

— Le Texas ?

J'ai instantanément l'impression qu'elle pense la même chose que lors de notre premier road-trip, mais elle me donne tort en ajoutant :

— Ça ne me gêne pas, hein. Je suis juste surprise de la destination.

Elle sourit de nouveau, et je suis convaincu que, cette fois, elle ne me cache rien.

— Le Texas ne t'inquiète plus ? m'enquiers-je.

Elle garde les yeux rivés sur la route à l'approche d'un virage, puis lorgne dans ma direction.

— Pas du tout. Pas comme avant.

— Qu'est-ce qui a changé ?

Je rentre mon pied et pivote pour lui faire face, intrigué par sa métamorphose.

— Parce que les choses ont évolué, réplique-t-elle. Dans le bon sens. Andrew, le mois de juillet dernier a été éprouvant. Pour tous les deux. Je ne sais pas comment, mais je crois que j'ai toujours su qu'il nous arriverait quelque chose de terrible au Texas. Pendant un moment, je pensais que j'étais seulement inquiète parce que c'était la dernière étape de notre voyage, mais je n'en suis plus si sûre. J'ai plutôt l'impression…

Je souris légèrement.

— Je crois comprendre. Ce qui soulève une nouvelle question.

Elle me contemple, dans l'expectative.

— Est-ce qu'on va se poser un jour ?

Sa réaction me surprend. Je m'attendais à voir son sourire s'estomper, à ce que cet instant de grâce se dissolve, pourtant ses prunelles s'illuminent et il émane de tout son être une forme de sérénité.

— Un jour, oui, affirme-t-elle. Mais pas tout de suite. Tu sais, Andrew, j'ai envie de découvrir l'Italie. Rome. Sorrente. Peut-être pas demain, ni au cours des cinq prochaines années, mais j'espère avoir l'occasion d'y aller. En France, aussi. À Londres. J'adorerais aussi aller en Jamaïque, au Mexique et au Brésil.

— Vraiment ? Il faudrait du temps pour voir tout ça.

Je ne dis pas ça pour la décourager, car j'aimerais moi aussi visiter ces pays.

Le vent s'engouffre dans ses cheveux, arrachant quelques mèches à sa tresse, les faisant danser devant son visage rayonnant.

— Je me sens tellement libre, avec toi, reprend-elle. J'ai l'impression de pouvoir tout faire. Aller où je veux. Être qui je veux. (Elle m'adresse un nouveau coup d'œil avant de poursuivre.) On s'installera bientôt quelque part, mais je refuse qu'on se pose pour toujours. Tu comprends ce que je veux dire ?

— Oui. Je ne l'aurais pas formulé autrement.

Nous arrivons en Louisiane juste avant la nuit, et Camryn se range sur le bas-côté.

— Je n'en peux plus de conduire, dit-elle en s'étirant avant de bâiller à s'en décrocher la mâchoire.

— Je t'ai dit il y a une heure de me laisser le volant.

— Ouais, eh bien je te le laisse maintenant.

Elle devient grincheuse, quand elle est fatiguée.

Nous sortons tous les deux de voiture pour changer de place, mais nous arrêtons en nous croisant devant le capot.

— Tu vois où on est ? lui demandé-je.

Elle observe les deux côtés de la route déserte, puis hausse les épaules.

— Euh… au milieu de nulle part ?

Je pouffe légèrement et lui désigne le champ. Puis les étoiles.

— La dernière fois ne comptait pas, tu te rappelles ?

Ses yeux pétillent, mais je vois bien qu'elle est partagée. Il ne me faut pas longtemps pour comprendre pourquoi.

— C'est un grand pré, plat et dégagé. Et à vue de nez, je dirais qu'il n'y a pas de vaches, assuré-je.

Je sais que cela ne la rassure en rien quant à la présence possible de serpents, mais j'ai tenté le coup, espérant qu'elle n'y pensera pas.

— Et les serpents ?

Elle y a pensé.

— Ne laisse pas ces sales bestioles gâcher une occasion en or de dormir enfin à la belle étoile.

Elle me scrute en plissant les yeux.

Je sors l'artillerie lourde et la supplie.

— S'il te plaît ? Pitié…

Je me demande si mon regard de chien battu est aussi efficace sur elle que le sien sur moi. Je suis tenté de la faire basculer sur mon épaule pour l'entraîner au milieu du champ, mais je suis curieux de découvrir l'efficacité de ma technique.

Elle rumine pendant une bonne minute avant de céder à mon charme.

— D'accord, lâche-t-elle avec un soupir exaspéré.

Je cours vers le coffre pour en sortir la couverture, et nous traversons ensemble le fossé avant de nous pencher pour passer sous la clôture. Nous traversons alors le pré immense jusqu'à trouver l'endroit idéal. J'ai comme une impression de déjà-vu. J'étends la couverture sur l'herbe sèche et effectue une rapide exploration anti-reptile pour la rassurer. Nous nous allongeons sur le dos, l'un contre l'autre, les jambes tendues et les chevilles croisées. Et nous contemplons l'étendue noire et infinie du ciel parsemé d'étoiles. Camryn me désigne diverses planètes et constellations, me détaillant chacune d'entre elles, et je suis impressionné par ses connaissances et sa faculté à les distinguer les unes des autres.

— Je ne te pensais pas aussi…

Je ne trouve pas le mot que je cherche.

— Cultivée ?

Je la sens sourire à mon côté.

— Enfin, je… je ne voulais pas dire que tu étais…

— Une écervelée complètement superficielle qui croit que la Voie lactée sort des pis d'une vache ou que le Big Bang n'est que le nom d'une série télé ?

— Ouais, un truc dans le genre, consens-je pour entrer dans son jeu. Non, sérieusement, où as-tu appris tout ça ? Je ne t'imaginais pas scientifique.

— Je voulais devenir astrophysicienne. C'était mon plan de carrière, à douze ans.

Je suis profondément surpris par cette découverte, mais je continue à observer les étoiles en sentant croître mon sourire.

— En vrai, je voulais aussi être spécialiste de physique théorique et astronaute, et bosser pour la NASA, mais je me faisais des films. Manifestement.

— Camryn, pourquoi tu ne m'avais encore jamais raconté ça ?

Elle hausse les épaules.

— Je ne sais pas. L'occasion ne s'est sans doute pas présentée. Tu n'as jamais rêvé de devenir autre chose que ce que tu es ?

— Si, sans doute, admets-je. Mais, ma belle, pourquoi tu n'as pas continué dans cette voie ?

Je m'assieds sur la couverture. Sa réponse requiert toute mon attention.

Elle me dévisage, comme si j'en faisais trop.

— Sans doute pour la même raison que celle qui t'a poussé à ne pas suivre tes rêves. (Elle remonte les genoux et croise les mains sur son ventre.) C'était quoi, d'ailleurs ?

Je n'ai aucune envie de parler de moi, mais puisque c'est la deuxième perche qu'elle me tend, j'accepte de lui répondre.

Je plie les genoux et pose les avant-bras dessus.

— Eh bien, en plus d'être rock star, je voulais devenir architecte.

— Ah bon ?

— Ouais, confirmé-je avec un hochement de tête.

— C'est ce que tu étudiais à la fac avant de laisser tomber ?

— Non. (L'absurdité de ma réponse me fait doucement glousser.) J'étudiais la comptabilité d'entreprise.

Camryn fronce les sourcils.

— La compta ? Tu déconnes ?

Elle se retient pour ne pas rire.

— Nan, même pas, répliqué-je en ricanant moi-même. Aidan m'a proposé des parts dans son bar. À l'époque, je ne pensais qu'au fric, et je me disais qu'être propriétaire d'un bar serait une aubaine. J'aurais pu y faire des concerts et… je ne sais pas trop ce que je m'imaginais, mais j'ai sauté sur l'occasion. Puis il a commencé à me dire qu'il fallait que je comprenne les aspects commerciaux de l'affaire, ce genre de truc. Je me suis inscrit en fac, et ça s'est plus ou moins arrêté là. La compta ne m'intéressait pas, pas plus que tenir un bar ou gérer toutes les formalités merdiques inhérentes au monde de l'entreprise.

Je marque une pause avant de conclure :

— Comme toi, je me faisais des films, et je ne voulais que les aspects positifs de la chose, le reste me faisait chier. Et quand je me suis rendu compte que c'était tout ou rien, j'ai laissé tomber.

Elle se redresse pour s'asseoir à son tour.

— Et pourquoi as-tu aussi laissé tomber l'idée de devenir architecte ?

Je me fends d'un rictus moqueur.

— Sans doute pour la même raison que celle qui t'a poussée à ne pas devenir astrophysicienne.

Elle se contente de sourire, sans réfuter mon argument.

Je contemple le champ qui s'étend au-delà de Camryn.

— Nous ne sommes que deux âmes perdues nageant dans un aquarium, déclaré-je.

Elle plisse les yeux.

— J'ai déjà entendu ça quelque part.

Je lui souris avant de lui donner une brève chiquenaude.

— C'est dans une chanson des Pink Floyd. Mais c'est assez juste.

— Tu nous crois perdus ?

J'incline légèrement la tête pour regarder les étoiles au-dessus de son crâne.

— En société, un peu. Mais ensemble, non. Je crois que nous sommes exactement là où nous sommes censés nous trouver.

Nous profitons d'un moment du silence.

Puis, nous nous étendons sur la couverture et faisons ce que nous sommes venus faire. Je considère, en extase, l'infinité du firmament. J'ai l'impression de retrouver une partie de moi-même dans ces étoiles. Pendant de longues minutes, j'oublie la musique, ce que c'est que d'être sur la route, la tumeur qui m'a presque emporté l'année dernière, le moment de faiblesse qui a failli avoir raison de l'esprit de Camryn. J'oublie la perte de Lily, le fait que Camryn ait arrêté la pilule sans me consulter. J'oublie aussi que j'ai arrêté de me retirer sans la prévenir non plus.

J'oublie à peu près tout. Tel est l'effet d'un instant comme celui-ci. On se sent tout petit au milieu d'une chose si immense qu'elle dépasse l'entendement. Cela vous dépouille de tous vos problèmes, de vos souffrances, de vos besoins, envies ou désirs, cela vous force à prendre conscience du caractère insignifiant de tout ça. C'est comme si la Terre devenait subitement silencieuse et immobile, et que votre esprit parvenait enfin à comprendre ou à éprouver l'immensité de l'univers, tout en mesurant le rôle infime qu'il y joue.

Pourquoi aller voir un psychiatre ? Pourquoi un psychologue, un coach de vie, un conseiller en motivation ? Au diable ces charlatans ! Contentez-vous de regarder le ciel et de vous y égarer une fois de temps en temps.

Une odeur désagréable me réveille le lendemain matin. Je hume l'air, les paupières toujours closes, le cerveau encore engourdi, mais l'odorat déjà pleinement réveillé. L'air du matin est un peu frais, et j'ai l'impression d'être couvert de rosée. Je roule de côté, renifle une fois encore, et la pestilence est encore pire. J'entends un bruissement non loin, et finis par entrouvrir les yeux. Camryn roupille à côté de moi. Je distingue à peine sa tresse blonde étendue entre nous sur la couverture. Elle est en position fœtale.

Quelle est cette odeur ?!

Je me couvre la bouche et me redresse lentement. Camryn commence à s'agiter en même temps que moi, se remet sur le dos et se frotte la figure à deux mains. Elle bâille. Je finis d'ouvrir les yeux quand elle s'exclame :

— Putain, ça pue !

Je m'apprête à répliquer qu'il s'agit sans doute de son haleine quand elle écarquille ses billes bleues en avisant quelque chose derrière moi.

Je me retourne instinctivement.

Un troupeau de vaches paît à quelques pas de là ; en nous sentant nous agiter, elles semblent prendre peur.

— C'est pas vrai !

Camryn bondit sur ses pieds encore plus vite que le soir où ce serpent a rampé sur notre couverture, et je l'imite aussitôt.

Deux vaches meuglent, beuglent et grognent, reculent sans regarder et viennent percuter leurs petites copines, ce qui ne fait qu'agiter un peu plus le troupeau.

— On ferait mieux de dégager d'ici, dis-je en attrapant Camryn par la main.

Nous nous élançons d'abord sans prendre le temps de ramasser la couverture, mais je me ravise quelques secondes plus tard et retourne la chercher. Camryn hurle et je me mets à rire tandis que nous fonçons en direction de la voiture.

— Oh, merde ! m'écrié-je en mettant le pied dans une bouse fraîche.

Camryn glousse de façon incontrôlable, et nous trébuchons presque jusqu'au bout du champ, moi parce que j'essaie de courir tout en nettoyant ma semelle, elle parce qu'elle manque de perdre ses sandales à chaque foulée.

— Je n'y crois pas ! s'esclaffe-t-elle quand nous regagnons enfin la voiture.

Elle se plie en deux et pose les mains sur les genoux pour reprendre son souffle.

Je suis moi aussi à bout de souffle, et je cherche ma respiration tout en raclant ma chaussure sur le bitume.

Camryn saute sur le capot de la voiture, laissant pendre ses jambes devant elle.

— Et maintenant, on peut dire qu'on l'a fait ? demande-t-elle en riant.

Je lève la tête, contemple son sourire radieux, et réponds :

— Ouais, cette fois, on peut raisonnablement estimer que c'est bon.

— Bien ! jubile-t-elle. (Puis elle me désigne un paillasson végétal.) Va essuyer tes chaussures dans l'herbe, conseille-t-elle avec un sourire en coin. Là, tu ne fais que l'étaler un peu plus.

Je m'exécute, reprenant mon mouvement de plus belle.

— Depuis quand tu es une experte en merde ?

— Surveille ton langage, me prévient-elle en prenant place derrière le volant.

— Sinon quoi ? la provoqué-je.

Elle démarre la Chevelle et fait gronder le moteur à plusieurs reprises. Ses prunelles luisent d'un éclat malicieux. Elle passe le bras gauche par la vitre ouverte et me fait au revoir de la main en passant lentement devant moi.

Je lui décoche un regard menaçant, mais son sourire s'élargit encore.

— Tu ne me laisserais jamais ici ! lui crié-je tandis qu'elle s'éloigne.

Je n'en doute pas un instant…

Elle s'éloigne de plus en plus, et je reste d'abord figé, pensant qu'elle bluffe. Puis je vois la voiture devenir de plus en plus petite…

Je finis par me lancer à sa poursuite.

29

Camryn

La première chose qui me passe par la tête quand nous arrivons à La Nouvelle-Orléans est « Home, sweet home ». L'impatience croît quand je repère des éléments qui me sont familiers : les grands chênes, les magnifiques maisons traditionnelles, le lac Pontchartrain et le Superdome, les tramways rouge et jaune qui me font toujours penser à des jouets… Et, bien sûr, le Vieux carré français. J'avise même un homme jouant du saxophone à un coin de rue, et me sens propulsée directement dans une carte postale de la ville.

Je me tourne vers Andrew, qui m'adresse un rapide sourire. Il met son clignotant et nous bifurquons à droite sur Royal Street. Mon cœur vacille et s'emballe en même temps quand j'aperçois le *Holiday Inn*. Tant de choses se sont passées ici, il y a dix mois. Cet endroit… un hôtel… c'est beaucoup plus que ça, à mes yeux. Ça représente beaucoup pour nous deux.

— J'ai pensé que tu voudrais dormir ici, pendant notre séjour en ville, me dit Andrew, aux anges.

Comme les souvenirs me coupent encore le souffle, je me contente de hocher la tête en souriant de plus belle.

Nous sortons nos affaires du coffre et pénétrons dans le bâtiment. Rien n'a changé, en dehors des deux réceptionnistes. Je ne crois pas les avoir vues l'année dernière.

J'entends vaguement Andrew leur demander les numéros de nos anciennes chambres, tandis que j'observe encore les lieux pour mieux m'en imprégner.

Dieu que cet endroit m'a manqué.

—Oui, les deux sont libres, dit l'une des réceptionnistes. Vous les prenez toutes les deux ?

Cette phrase capte mon attention.

Andrew se tourne vers moi. Il veut sans doute savoir ce que j'en pense.

Je change mon sac d'épaule et hésite un instant. Je n'ai jamais réfléchi à cette question, et je ne pensais pas que la décision serait si difficile à prendre.

—Eh bien, euh… (J'observe tour à tour Andrew et l'employée, toujours indécise.) Je ne sais pas. On pourrait peut-être prendre juste celle où on a… (Je m'interromps, ne tenant pas une fois de plus à passer pour un couple d'ados à peine pubères, et adresse à Andrew un regard entendu.) Celle où on a conclu notre accord.

Andrew réprime un sourire, mais ses yeux le trahissent tandis qu'il tend sa carte de crédit à la réceptionniste en lui indiquant le numéro correspondant.

Nous quittons bientôt le hall d'entrée et prenons l'ascenseur jusqu'à notre étage. Encore une fois, je me laisse absorber par les moindres détails du couloir, jusqu'à la couleur de la peinture recouvrant les murs, car tout ceci, même le plus insignifiant, fait partie intégrante d'un souvenir capital. Le fait d'être ici de nouveau me procure un sentiment indescriptible. J'en ai presque des larmes de joie. Je suis également tout excitée, ce qui m'évite d'avoir l'air ridicule.

Andrew s'arrête entre les portes de nos deux chambres d'antan, lesté de deux sacs et de sa guitare électrique. Il voulait s'acheter une housse, mais n'en a pas encore eu l'occasion.

—Ça fait bizarre de se retrouver ici, hein ? me demande-t-il.

—Aussi bizarre qu'agréable.

Nous restons là une bonne minute, à contempler les deux portes, jusqu'à ce qu'Andrew se résolve à passer la carte magnétique dans la serrure de celle que nous avons finalement prise.

Cela me donne vraiment l'impression de voyager dans le passé. Le battant pivote lentement, et tout ce que nous avons vécu dans cette pièce déferle subitement sur nous pour nous accueillir. Dès que nous franchissons le seuil, je me souviens de toutes les nuits que nous avons passées ici, séparément puis ensemble, comme si cela s'était déroulé hier. Je remarque l'endroit près du lit où je me tenais quand Andrew m'a fait craquer pour de bon. Je jette un coup d'œil par la vitre pour observer les rues encombrées du quartier français. Je revois ce jour où Andrew était assis sur ce rebord de fenêtre à jouer de la guitare acoustique, et cette fois où je me trouvais moi-même à cet endroit, à danser en chantant « Barton Hollow », alors que je me croyais seule. Je me tourne vers la salle de bains et, tandis qu'Andrew allume, je contemple d'abord le carrelage où il a dormi près de moi, même si je n'ai que des bribes de réminiscence.

J'imagine que, parfois, les plus grands souvenirs s'écrivent dans des endroits improbables, preuve s'il en faut que la spontanéité est plus gratifiante qu'une vie méticuleusement planifiée. Que quoi que ce soit de méticuleusement planifié.

Je pivote vers Andrew.

— Je ne sais pas pourquoi, mais j'ai l'impression que tous ces mois passés sur la route depuis décembre étaient censés nous mener ici. Dans cette ville. Dans cet hôtel.

Je n'arrive pas à croire ce que je raconte, et je me mets immédiatement à m'interroger sur les raisons de ce sentiment. Cela pourrait signifier des milliers de choses, mais la plus évidente est tout simplement que nous avions besoin de revenir ici.

Oui, c'est exactement ça. Du moins, c'est ce dont *j'avais* besoin. Quand cette révélation me frappe, je me retrouve debout au milieu de cette chambre entourée de pensées plutôt que d'objets. Je regarde Andrew droit dans les yeux, sans le voir réellement. Celui que je perçois, c'est lui, dans le passé. Les mêmes prunelles vertes envoûtantes, un an auparavant.

Pourquoi je ressens tout cela ?

— Tu as peut-être raison, déclare-t-il.

Puis il reprend, d'un ton plus mystérieux :

— Camryn, à quoi tu penses ?

— Que nous sommes partis trop tôt la première fois.

C'est la première chose qui me soit venue à l'esprit, et maintenant que je l'ai verbalisée, je commence seulement à comprendre combien je le pense.

— Qu'est-ce qui te fait dire ça ? me demande-t-il en s'approchant de moi.

Cette fois, je n'ai pas l'impression qu'il me pose des questions auxquelles il a déjà la réponse. C'est plutôt comme si nous pensions les mêmes choses au même moment, et tentions de mieux les comprendre en cherchant des explications chez l'autre.

Nous nous asseyons au pied du lit, les mains entre les cuisses, et restons un long moment silencieux. Puis je me tourne vers lui et déclare :

— Je n'ai jamais voulu partir si tôt, Andrew. Je savais que notre prochaine étape, après La Nouvelle-Orléans, serait Galveston. Je n'étais pas prête à quitter cet endroit… mais je ne sais pas pourquoi.

Et cette vérité me fait peur.

Pourquoi ? Sans parler du fait que le Texas signifiait la fin du voyage, ni que j'avais cet horrible pressentiment que quelque chose d'atroce nous y attendait, pourquoi voulais-je rester ici ? Pas nécessairement pour toujours, mais en tout cas plus longtemps ?

— Je ne sais pas, admet-il avec un haussement d'épaules. Peut-être parce que c'est ici que nous avons finalement conclu notre accord.

Il m'adresse une bourrade taquine. Je ne peux pas m'empêcher de sourire.

— Ouais, possible, mais je crois qu'il y a plus, Andrew. Je crois que c'est parce que nous nous sommes vraiment trouvés, ici. (Je contemple le mur d'en face, perdue dans mes pensées.) Je n'en sais rien.

Je sens le lit remuer quand Andrew se met debout.

— Eh bien, cette fois, assurons-nous d'en tirer le meilleur parti avant de partir. (Il me tend sa main, que je m'empresse de saisir.) Peut-être qu'on comprendra mieux.

Je me lève à mon tour et réplique :

— Ou… peut-être que c'est une deuxième chance qui nous est offerte.

Honnêtement, je n'ai pas la moindre idée de ce qui m'a poussée à dire ça.

— Une deuxième chance de faire quoi ? s'étonne-t-il.

Je marque une pause pour y réfléchir, puis réplique :

— Je l'ignore également.

30

Andrew

Je prends son visage en coupe entre mes paumes.

— On n'est pas obligés de répondre à cette énigme dès ce soir, dis-je en l'embrassant sur les lèvres. Je pue la bouse et j'ai absolument besoin d'une douche. Avec un peu de chance, tu n'es pas suffisamment dégoûtée pour refuser de m'accompagner.

Son expression pensive se mue en ce sourire coquin que j'espérais.

Je la soulève de terre, calant mes mains sous ses fesses ; elle referme ses jambes autour de ma taille et laisse pendre ses bras sur mes épaules. À la seconde où je sens sa langue chaude à l'intérieur de ma bouche, je l'emmène sous la douche ; nous nous retrouvons tous deux torse nu avant d'avoir franchi la porte de la salle de bains.

Notre première destination à la tombée de la nuit est le *Old Point Bar*. Nous avons à peine mis le pied à l'intérieur qu'une Carla surexcitée bouscule deux types balèzes pour se ruer sur moi en faisant de grands signes. Nous tombons dans les bras l'un de l'autre.

— Je suis tellement contente de te revoir ! s'exclame-t-elle suffisamment fort pour couvrir la musique. Laisse-moi te regarder ! (Elle recule d'un pas et m'examine des pieds à la tête.) Toujours aussi beau.

Elle se tourne ensuite vers Camryn. Elle m'adresse un coup d'œil avant de s'intéresser de nouveau à elle.

—Ah, ah, je savais qu'il ne te laisserait pas partir.

Elle l'étreint à son tour, la serrant fermement contre elle.

—Après votre départ, j'ai dit à Eddie qu'elle était faite pour toi. Il était de mon avis. Il avait prédit qu'à ton prochain passage, Camryn serait encore avec toi. Il avait même voulu me convaincre de parier de l'argent, dit-elle en m'adressant un clin d'œil entendu. Tu sais comme il était.

En une fraction de seconde, je passe de la joie au désespoir.

—*Était*? demandé-je avec méfiance, redoutant sa réponse.

Carla ne cesse pas de sourire, même si elle semble subitement moins enjouée.

—Je suis désolée, Andrew. Il est mort au mois de mars. Une crise cardiaque, à ce qu'il paraît.

Ma respiration se bloque, et je m'assieds sur le tabouret de bar le plus proche. Je sens Camryn se rapprocher de moi. Je ne vois plus que le plancher.

—Ah non, pas de ça ici, tu m'entends? me morigène Carla. Tu connaissais Eddie mieux que n'importe qui. Il n'a même pas pleuré à la mort de son fils. Tu te rappelles? Il a joué de la guitare toute la nuit en l'honneur de Robert.

Les doigts de Camryn s'immiscent entre les miens. Je ne lève pas les yeux avant que Carla fasse le tour du comptoir pour aller chercher une bouteille de whisky et deux petits verres. Elle les dépose devant moi et les remplit.

—Il disait toujours que s'il mourait avant l'un d'entre nous, il préférerait se réveiller dans l'au-delà en nous voyant danser plutôt que pleurer sur sa tombe, poursuit-elle. Maintenant, bois. Son whisky préféré. C'est ce qu'il aurait voulu.

Carla a raison. Malgré ça, et même si Eddie aurait détesté voir quelqu'un accablé par sa disparition, je n'arrive pas à m'extraire du puits de détresse dans lequel je suis tombé. Je me tourne vers Camryn et me rends compte que, bien qu'elle ait des larmes plein les yeux, elle s'efforce de ne pas pleurer.

Au contraire, elle sourit en me serrant tendrement la main. Elle s'empare de l'un des verres que Carla vient de servir et attend que j'en fasse autant. Je finis par tendre le bras vers le comptoir pour m'exécuter.

—À Eddie, dis-je.

—À Eddie, répète Camryn.

Nous trinquons, nous sourions et faisons cul sec.

Notre instant de gravité prend fin quand Camryn repose sans délicatesse son verre à l'envers sur le bar. Elle fait la pire grimace que j'aie jamais vu une fille arborer et souffle bruyamment, comme si elle avait la gorge en feu.

Carla éclate de rire et récupère le verre avant de nettoyer d'un coup de torchon la trace laissée en dessous.

—Je n'ai jamais dit qu'il était bon, juste que c'était le préféré d'Eddie.

Je dois bien reconnaître que ce truc arrache. Un vrai tord-boyaux. Je ne sais pas comment Eddie a fait pour en boire pendant toutes ces années.

—Vous jouez toujours ensemble ? s'enquiert Carla.

Camryn prend place sur le tabouret voisin du mien et répond :

—Ouais, de plus en plus souvent.

Carla nous dévisage d'un air suspicieux. Elle récupère mon verre et le fait disparaître quelque part sous le comptoir.

—Depuis combien de temps ? Pourquoi vous n'êtes pas revenus ici plus tôt ?

Je pousse un profond soupir et croise les mains sur le bar, adoptant une position plus confortable.

—Eh bien, après notre départ, nous sommes rentrés à Galveston, et j'ai plus ou moins atterri à l'hosto à cause de ma tumeur.

— Tu as plus ou moins atterri à l'hosto ? répète Carla en employant le même ton circonspect que le flic qui nous a contrôlés en Floride.

Elle pointe sur moi un doigt accusateur, mais c'est à Camryn qu'elle s'adresse ensuite :

— On lui avait pourtant dit d'aller consulter, mais il n'a pas voulu nous écouter.

— Vous étiez au courant aussi ? s'étonne Camryn.

Carla acquiesce.

— Ouais. Mais ton copain est vraiment têtu comme une bourrique.

— Là, je suis bien d'accord, confirme Camryn d'une voix amusée.

Je secoue la tête et me redresse sur mon tabouret.

— Bon, vous avez fini de vous liguer contre moi ? De toute façon, il s'avère que je suis vivant, alors peu importe. Bref, Camryn et moi avons vécu des trucs vraiment pas faciles depuis la dernière fois, mais on a réussi à surmonter tout ça.

Je lui adresse un sourire chaleureux.

— Et du coup, vous venez boucler la boucle, conclut Carla. J'espère que vous allez jouer ce soir. Eddie aurait adoré monter sur scène avec toi une dernière fois.

Camryn et moi nous regardons un bref instant.

— Je suis partante, dit-elle.

— Moi aussi.

Carla applaudit vigoureusement.

— Ah, c'est génial ! Vous pouvez y aller quand vous voulez. Le seul groupe prévu ce soir a dû annuler.

Nous restons au bar à discuter avec Carla pendant une bonne heure avant de nous décider à commencer notre concert improvisé. Même si la salle n'est qu'à moitié pleine, la foule est particulièrement excitée. Nous entamons notre prestation par notre duo fétiche, « Barton Hollow » ; le choix nous est apparu évident, car c'est au *Old Point* que nous l'avons joué pour la première fois. Nous enchaînons avec plusieurs autres morceaux avant d'en arriver à « Laugh, I Nearly Died », que je dédie à Eddie Johnson. Je la joue sans Camryn, mais avec le successeur d'Eddie, un gentil Créole nommé Alfred.

Peu après minuit, Camryn et moi disons au revoir à Carla et quittons le *Old Point*. Néanmoins, dans le plus pur style de La Nouvelle-Orléans, nous ne comptons pas nous coucher si tôt et en profitons pour faire la fête. Nous nous dirigeons d'abord vers le *d.b.a.*, puis vers le bar où Camryn m'a donné une véritable leçon de billard cette nuit-là. Il s'est quasiment écoulé un an depuis qu'on s'est fait foutre à la porte de l'établissement à cause d'une baston. J'espère qu'ils ne se souviennent pas de moi. Vers 2 heures du matin, après plusieurs parties et plusieurs verres, j'aide de nouveau Camryn à grimper dans l'ascenseur de l'hôtel ; comme l'année dernière au même endroit, elle tient à peine debout.

— Ça va, ma belle ?

Je pouffe légèrement en la soutenant par la taille.

Sa tête oscille de gauche à droite.

— Non. Ça ne va pas. Et tu te moques de moi.

— Oh, je suis désolé, affirmé-je, à moitié sincère. Je ne me moque pas de toi, je me demande juste si on va encore passer la nuit à côté des toilettes.

Elle gémit, sans doute plus pour me contredire que pour exprimer son inconfort. Je raffermis ma prise sur elle quand les portes de l'ascenseur s'ouvrent, et nous avançons tant bien que mal jusqu'à notre chambre. Je la guide vers le lit, la déshabille presque entièrement et lui enfile l'un de ses débardeurs. Elle se recroqueville sur l'oreiller et je m'apprête à remonter le drap sur elle avant de me rappeler que, dans son état, elle risque de suer abondamment et finira par rendre tout l'alcool qu'elle a ingéré ce soir.

Par précaution, je vais chercher la petite corbeille à papier posée près de la télé et la rapproche de son côté du lit. Puis je vais imbiber d'eau un gant de toilette, que j'essore au-dessus du lavabo. Le temps que je retourne au chevet de Camryn pour lui tamponner le front et le visage, elle s'est déjà endormie.

Quand je me réveille le matin suivant, je suis surpris de la voir déjà alerte.

— Bonjour, mon chéri, dit-elle dans un souffle.

Elle est allongée sur le côté, face à moi, la tête posée sur l'oreiller. Ses prunelles bleues sont chaleureuses et pleines de vie ; elle n'a pas du tout la mine fatiguée due à la gueule de bois que je m'imaginais.

— Comment se fait-il que tu ne dormes déjà plus ? demandé-je en lui caressant la joue du revers de la main.

— Je ne sais pas trop, répond-elle. Je suis moi-même un peu surprise.

— Comment tu te sens ?

— Bien.

Je passe le bras dans son dos pour l'attirer vers moi, entremêlant nos jambes nues. Elle trace le contour de mes pectoraux de la pointe de l'index, ce qui me provoque une éruption de chair de poule.

Je contemple ses yeux, sa bouche, suivant des doigts le chemin pris par mon regard. Elle est tellement belle. Putain, tellement belle. Elle tend la main pour me caresser les doigts, puis les embrasse l'un après l'autre, se rapprochant un peu plus de moi. Quelque chose en elle a changé.

— Tu es sûre que tout va bien ? m'inquiété-je.

Un léger sourire illumine son visage quand elle acquiesce. Puis elle plaque ses lèvres contre les miennes, écrasant fermement ses seins sur mon torse. Ses tétons sont déjà durs. Je le suis moi aussi, bien avant qu'elle empoigne mon érection. Elle me lèche le bout de la langue puis m'embrasse avidement tandis que je l'étreins de façon possessive. D'une pression de bassin, elle me fait ressentir la douceur de sa peau, l'humidité que peine à contenir le coton léger de son slip. Sans interrompre notre baiser vorace, je retire sa culotte d'une seule main. Je tends les hanches vers elle, pressant mon érection contre sa chaleur intime.

Je roule sur elle et plante mon regard dans le sien. Sans rien dire. Je ne commente pas son état d'excitation, pas plus que je ne la force à me contempler. Je ne la domine ni par les mots, ni par les gestes, ni par mes exigences. Je me contente de l'observer, sachant pertinemment que les paroles ne sont pas toujours nécessaires.

J'embrasse délicatement ses lèvres, le coin de sa bouche, la ligne de sa mâchoire. J'introduis ma langue entre ses dents et, empoignant mon membre érigé, entreprends de le frotter contre elle. Je la sens qui ondule des hanches, m'indiquant combien elle me désire. Je ne tiens pour une fois pas à la faire languir, ni à lui refuser quoi que ce soit, je m'introduis donc à peine en elle ; son regard se perd, ses paupières papillonnent, sa bouche s'entrouvre. Quand je la pénètre plus profondément, ses jambes se mettent à trembler. Elle gémit doucement, se mordant la lèvre inférieure. Je l'embrasse derechef et finis par m'enfoncer complètement en elle. Je m'immobilise alors, me prélassant entre ses cuisses frémissantes, alors que ses doigts fébriles me pétrissent le dos.

Je bascule d'avant en arrière tout en faisant osciller mon bassin. Un infime voile de sueur recouvre déjà nos deux corps. J'ai envie de lui lécher la peau, mais je ne m'arrête pas. Je ne peux pas m'arrêter…

Je me redresse juste assez pour que nos poitrines ne se touchent plus, et l'attrape sous le genou afin de lui soulever la jambe pour me permettre de plonger en elle plus profondément. Je donne un coup de hanches plus violent, lui plaque la cuisse sur le matelas. Elle prononce mon nom, m'agrippe la taille à deux mains, mais les retire presque aussitôt pour s'accrocher au bout du lit, au-dessus de sa tête. J'observe avec avidité ses seins rebondir au rythme de mes va-et-vient, puis je me penche dessus pour les mordiller.

Ma vision se trouble. Elle pousse un râle bruyant et se met à geindre. Ses bruits me rendent fou. Je lui lâche la cuisse et m'affale de nouveau sur elle, écrasant sa poitrine sous la mienne tandis qu'elle referme ses bras dans mon dos. Ses ongles s'enfoncent douloureusement dans ma peau. De son bassin, elle accompagne le mouvement. Je l'embrasse à pleine bouche. Mon baiser se fait plus féroce quand je commence à jouir. Mon corps convulse et un son rauque s'échappe de ma gorge. Je ralentis mes assauts, finissant par de tendres balancements. Camryn me mord la lèvre inférieure et je l'embrasse tendrement, la serrant contre moi jusqu'à avoir terminé.

Je m'allonge alors sur elle. Mes battements de cœur saccadés finissent par recouvrer un rythme normal ; le sang recommence à circuler dans mes doigts, dans mes orteils, fait saillir la veine près de ma tempe. Je pose la joue sur ses seins nus, entrouvre la bouche, souffle de façon erratique. Elle joue avec mes cheveux humides de sueur.

Nous restons ainsi allongés toute la matinée sans prononcer un mot.

31

Andrew

Je ne me rappelle pas m'être endormi. Quand j'ouvre les yeux, le radio-réveil indique 11 h 10. Je me rends alors compte que, si je me sens tout nu, ce n'est pas parce que je ne porte aucun vêtement, mais parce que Camryn ne se trouve plus dans le lit avec moi.

Elle est assise sur le rebord de fenêtre, vêtue d'un short et d'un tee-shirt, sans soutien-gorge. Elle regarde dehors.

— Je crois qu'on devrait partir, déclare-t-elle sans quitter des yeux le décor lumineux de La Nouvelle-Orléans.

Je m'assieds sur le lit, les jambes couvertes par le drap.

— Tu veux quitter la ville ? m'étonné-je. Je croyais qu'on n'était pas restés assez longtemps, la première fois.

— Ouais, confirme-t-elle, toujours sans se retourner. La première fois, nous sommes partis trop tôt, mais cette fois, nous ne pouvons pas rester trop longtemps uniquement pour compenser.

— Mais pourquoi tu veux partir ? On n'a passé qu'une journée sur place.

Elle pivote enfin vers moi. Ses yeux trahissent un certain ressentiment ou une résolution ferme, sans que j'arrive à déterminer de quel sentiment il s'agit réellement. Peut-être y a-t-il un peu des deux.

Après une longue hésitation, elle finit par déclarer :

— Andrew, je sais que ça peut paraître idiot, mais je crois que si on reste ici plus longtemps… je…

Je me lève alors, après avoir enfilé mon boxer gisant au sol.

— Qu'est-ce qui se passe ? demandé-je en allant la rejoindre.

Elle m'observe.

— C'est juste que… Eh bien, quand on est arrivés ici hier, je me suis rappelé ce que cet endroit signifiait pour nous en juillet dernier. Et je me suis rendu compte que je n'arrêtais pas d'essayer de me rappeler les images de l'année passée, de tenter de revivre ces instants…

— Mais ça n'est plus pareil, complété-je, pensant comprendre.

Elle y réfléchit une seconde avant d'acquiescer d'un léger hochement de tête.

— Ouais. C'est juste que cet endroit est tellement chargé en souvenirs significatifs… Putain, Andrew, je ne sais plus ce que je raconte !

Sa moue, d'abord pensive, se fait agacée.

Je tire une chaise rangée sous la table et m'installe devant la fenêtre. Je me penche en avant, serrant les mains entre mes genoux, considérant Camryn par en dessous. Je m'apprête à ajouter quelque chose pour compléter son explication, mais elle me devance.

— Peut-être qu'il vaudrait mieux ne jamais revenir ici.

Je ne m'attendais pas à ça.

— Pourquoi ?

Elle plaque ses paumes sur le rebord de fenêtre et contracte les épaules tandis que son dos s'affaisse. La confusion et l'incertitude désertent peu à peu son visage ; elle commence à comprendre.

— Tu vois, c'est un peu comme si tu essayais de reproduire une expérience passée dans les moindres détails ; malgré toute ta bonne volonté, ça ne sera jamais comme la première fois.

(Elle considère la chambre tout en réfléchissant.) Je me rappelle quand j'étais gamine. Cole et moi jouions toujours dans les bois derrière notre ancienne maison. Ça fait partie de mes plus beaux souvenirs. On y avait construit une cabane. (Les yeux rivés sur moi, elle pouffe doucement.) Enfin, ça ressemblait plutôt à quelques planches clouées entre deux branches. Mais c'était notre cabane, et nous en étions très fiers. Et tous les jours, après l'école, on allait y jouer.

Son visage s'illumine tandis que ces vestiges d'enfance remontent à la surface. Puis son sourire s'évanouit.

— Et puis on a déménagé pour s'installer dans la maison qu'occupe ma mère encore aujourd'hui, et j'ai longtemps continué à penser à ces bois, à notre cabane et à tous ces moments géniaux que nous y avons passés. Je pouvais être assise dans ma chambre ou en voiture, et je me mettais à revivre ces épisodes de façon si intense que je ressentais les mêmes choses que tant d'années auparavant.

Elle pose une main sur son cœur.

— J'y suis retournée un jour, poursuit-elle. J'étais tellement accro à la nostalgie que j'étais convaincue de pouvoir accentuer ce sentiment en retournant à l'emplacement de la cabane, là où je m'asseyais par terre pour tracer dans la poussière des messages secrets à l'attention de Cole chaque fois que j'y arrivais avant lui. Mais ça n'était pas pareil, Andrew.

Je l'observe et l'écoute avec intensité.

— Ça n'était pas pareil, répète-t-elle d'un air distant. J'ai été tellement déçue. Quand je suis partie ce jour-là, j'avais un manque encore plus grand que celui que j'avais espéré combler en me rendant sur place. Et depuis, chaque fois que j'essayais d'y repenser comme j'avais l'habitude de le faire, j'en étais incapable. J'avais brisé tous mes souvenirs en y retournant. Je ne me suis rendu compte que trop tard que j'avais remplacé ces jours heureux par cette visite terne et décevante.

Je connais parfaitement ce sentiment de nostalgie. Je pense que tout le monde l'éprouve à un moment de sa vie, mais je ne développe pas ni ne lui fais part de ma propre expérience. Je préfère me contenter d'écouter.

— Toute la matinée, j'ai essayé de me convaincre que nous n'étions pas vraiment dans cette chambre. Que le bar d'hier soir n'était pas le *Old Point*. Que la nouvelle de la mort d'Eddie n'était qu'un mauvais rêve. (Elle plante son regard dans le mien.) J'ai envie de partir d'ici avant de détruire aussi ce souvenir.

Elle a raison. Complètement raison.

Cependant, je commence à me demander si…

— Camryn, pourquoi voulais-tu retrouver ça ? (Je déteste ce que je m'apprête à dire.) Tu n'es pas heureuse de ce que nous vivons ? De ce que nous sommes ?

Elle redresse brusquement la tête, un masque d'incrédulité plaqué sur le visage. Puis elle se détend et répond :

— Oh, non… Andrew. Ça n'a rien à voir. Je pense que, comme nous sommes revenus ici, j'ai inconsciemment essayé de recréer l'une des expériences les plus inoubliables de mon existence.

Elle pose les mains sur mes épaules et je l'attrape par la taille, l'observant par en dessous. Je suis on ne peut plus soulagé par sa réponse.

Je souris, me lève à mon tour et déclare :

— Alors je propose qu'on dégage d'ici avant que ton cerveau comprenne que tu racontes de la merde.

Elle glousse.

Je la lâche et entreprends immédiatement de fourrer nos affaires dans nos sacs. Je lui désigne la salle de bains.

— Surtout, n'oublie rien.

Son sourire s'élargit et elle s'y précipite sans tarder. En moins de deux minutes, tout est emballé. Lestés chacun d'un sac et d'une guitare, nous quittons la pièce sans un regard en arrière. Nous ne jetons même pas un coup d'œil à la porte de la chambre voisine, que nous n'avons pas occupée cette fois-ci. Une fois dans le hall d'entrée, je m'approche du comptoir et demande à être remboursé de la semaine que j'ai payée d'avance. La réceptionniste passe ma carte de crédit dans son lecteur et je lui tends nos cartes magnétiques.

Camryn trépigne d'impatience à mon côté.

— Arrête de regarder autour de toi, ordonné-je, sachant qu'elle met ses souvenirs en péril.

Elle part d'un rire léger et ferme les yeux.

— Merci d'avoir séjourné à l'*Holiday Inn* de La Nouvelle-Orléans, nous dit l'employée. Nous espérons vous retrouver bientôt dans notre établissement.

— L'*Holiday Inn* ? répété-je. Non, on est à… l'*Embassy Suites* de… Gulfport. Ouais, c'est ça, dans le Mississippi. Ça ne va pas, mademoiselle ?

Son visage se chiffonne avant qu'elle hausse les sourcils, estomaquée, sans toutefois faire le moindre commentaire. Nous quittons le bâtiment sans nous retourner.

Camryn continue à jouer le jeu tandis que nous chargeons la Chevelle.

— Quand on arrivera en Louisiane, je suggère de traverser La Nouvelle-Orléans sans s'y arrêter, dit-elle.

Ce n'est pas si difficile que ça de faire mine d'être ailleurs.

— Ça me va, répliqué-je en claquant ma portière. On peut aussi traverser Galveston sans s'arrêter, si tu veux.

— Non, il faut qu'on fasse un coucou à ta mère. Après quoi, on ira où tu veux.

Je passe la marche arrière et précise, avant de sortir de ma place de parking :

— Ça ne veut pas dire qu'on ne peut pas faire une halte entre ici et Galveston.

Elle pince les lèvres en hochant son assentiment.

— C'est vrai.

Puis elle m'adresse un regard semblant signifier : « Et maintenant, foutons le camp d'ici. »

Nous faisons un grand détour pour sortir de la ville et obliquons vers le nord-ouest, traversons Bâton-Rouge et Shreveport et atteignons la frontière du Texas avant de rallier Longview. Nous nous arrêtons à Tyler pour prendre de l'essence, puis poussons jusqu'à Dallas, où Camryn insiste pour acheter un « véritable chapeau de cowgirl » dans West Village.

— On ne peut pas traverser le Texas sans s'habiller comme des Texans ! déclare-t-elle en exagérant l'accent local.

J'accepte donc de la conduire jusqu'à une boutique.

Personnellement, je ne suis pas très chapeau ni très bottes, mais force est de reconnaître qu'elle les porte à merveille.

Nous passons la nuit à La Grange, où nous buvons quelques verres en admirant la prestation d'un super groupe de rock-country. Nous passons la soirée suivante au *Gilley's*, où Camryn chevauche un taureau de rodéo mécanique, arborant fièrement son chapeau de cowgirl si sexy. Plus tard, de retour dans notre chambre d'hôtel, j'endosse le rôle du taureau et la laisse me chevaucher, toujours avec son chapeau de cowgirl.

Le surlendemain, nous nous retrouvons à environ une heure de route de Lubbock, rangés sur le bas-côté avec un pneu à plat. J'aurais vraiment dû en vérifier la pression à la station-service de Tyler.

— Ça craint, ma belle, déclaré-je en m'accroupissant pour observer les dégâts. Je n'ai pas de roue de secours.

Camryn est adossée à la voiture, les bras croisés devant elle. Sa peau scintille de sueur, tant sur le visage qu'au-dessus des seins. Il fait une chaleur à crever, par ici. Il n'y a pas un arbre ni un bâtiment où nous abriter à des kilomètres à la ronde. Nous sommes entourés d'une étendue de terre pratiquement plate et désertique. Il y a bien longtemps que je ne me suis pas aventuré aussi loin dans l'ouest du Texas, et je commence à me rappeler pourquoi.

Je me relève et saute sur le capot de la voiture.

— Fais voir ton téléphone.

— Tu vas appeler une dépanneuse ? demande-t-elle après avoir récupéré son portable sur son siège pour me le tendre.

Je fais défiler son écran d'accueil pour trouver son appli « pages jaunes ».

— Je ne vois pas d'autre solution.

Je tape les mots « dépannage automobile » puis parcours la liste de résultats avant de jeter mon dévolu sur un numéro.

— J'espère qu'elle viendra, cette fois, dit-elle.

Tandis que je parle au garagiste en lui expliquant quelle taille de pneu il me faut, je vois Camryn se glisser à l'intérieur par la fenêtre ouverte et ressortir avec son chapeau sur la tête, sans doute pour se protéger du soleil.

Elle grimpe à son tour sur le capot pour venir se poster à côté de moi.

— D'accord, merci, monsieur, dis-je avant de raccrocher. Il sera là dans au moins une heure, annoncé-je.

Je pose l'appareil sur la carrosserie et scrute Camryn avec un sourire espiègle.

— Tu sais, tu pourrais découper le jean dans ton sac pour t'en faire un mini-short, retirer ton soutif sous ton débardeur et…

Elle me pose un doigt sur les lèvres.

— Laisse tomber, me dit-elle. Même pas en rêve.

Nous nous asseyons et restons un moment à contempler silencieusement le désert qui nous entoure. J'ai l'impression qu'il fait de plus en plus chaud, sans doute parce que nous sommes posés en plein soleil sur le capot d'une voiture noire absorbant les rayons comme une éponge. De temps à autre, une brise agréable vient nous caresser le visage.

— Andrew ?

Camryn retire son chapeau et le pose sur ma tête, puis s'allonge le dos contre le pare-brise. Elle croise les mains derrière sa nuque et remonte les genoux.

— Cinquième entrée sur notre liste de promesses : si je meurs avant toi, assure-toi que je sois enterrée pieds nus dans la robe que nous avons achetée au marché aux puces. Oh, et je ne veux pas d'eye-liner bleu ni de sourcils dessinés comme dans les années 1980.

Elle se penche vers moi.

— Je croyais que c'était dans cette robe que tu voulais m'épouser.

Elle plisse les paupières, aveuglée par le soleil.

— Ouais, mais je veux aussi être enterrée dedans. Certaines personnes pensent que la vie après la mort consiste à revivre les instants les plus heureux de son existence. Je revivrai donc notre mariage. Autant le faire en tenue.

Je retire le couvre-chef en souriant et m'allonge à côté d'elle, suffisamment près pour protéger nos deux crânes sous le côté le plus large du chapeau. Dès que j'ai réussi à le positionner correctement, je déclare :

— Numéro six : si je meurs avant toi, je veux que tu fasses jouer « Dust in the Wind » à mes funérailles.

Elle lorgne dans ma direction sans trop bouger pour éviter de faire tomber le chapeau.

— Tu tiens vraiment à revenir là-dessus ? Tu es sur le point de me faire détester un super morceau, Andrew.

Je ris doucement.

— Je sais, mais j'ai vu un épisode de *Highlander* où sa femme, Tessa, meurt. Cette chanson faisait partie de la bande originale et, depuis, je n'arrête pas d'y penser.

Elle sourit et lève la main pour essuyer la sueur qui goutte sur son front.

— C'est promis, dit-elle. Mais puisqu'on en parle, j'aimerais ajouter un septième point. Tu as déjà vu *Ghost* ?

Je lui jette un coup d'œil.

— Ouais, bien sûr. Comme tout le monde. Sauf les moins de seize ans. Du coup, je suis surpris que tu connaisses.

Je lui adresse une bourrade amicale.

Elle éclate de rire.

— C'est à cause de ma mère, admet-elle. J'ai dû voir *Ghost* et *Dirty Dancing* au moins une centaine de fois. Elle en pinçait pour Patrick Swayze, et j'étais la seule fille dans son entourage à qui elle pouvait confier combien elle le trouvait mignon. Bref, puisque tu l'as vu… Numéro sept : si quelqu'un te tue, tu as intérêt à revenir me voir comme Sam pour m'aider à trouver ton assassin.

Je pouffe en secouant la tête, faisant malencontreusement choir le chapeau.

— Tu as un vrai problème avec les films. Peu importe. Je promets de revenir te hanter jusqu'à la fin de tes jours.

— Tu as intérêt ! s'esclaffe-t-elle. En plus, je sais que je ferai partie de ces gens qui sont persuadés que leur bien-aimé rôde encore autour d'eux après la mort. Ça ne fera que me conforter dans mon opinion.

J'ignore encore comment je pourrai tenir cette promesse, mais je ferai au mieux.

— C'est juré, à condition que tu en fasses autant.

— Comme toujours, réplique-t-elle.

— Numéro huit : ne m'enterre pas à un endroit où il fait froid.

— Entièrement d'accord. Pareil pour moi !

Elle s'essuie de nouveau le visage et je me redresse, lui tendant la main pour l'aider à descendre du capot.

— Viens, on va se mettre à l'intérieur, à l'abri du soleil.

Deux heures plus tard, la dépanneuse n'est toujours pas là et la nuit commence à tomber. Nous allons manifestement pouvoir regarder le soleil se coucher sur le désert texan.

— J'en étais sûre, déclare Camryn. C'est quoi, ce délire, avec les dépanneuses ?

C'est alors que des phares aveuglants apparaissent sur la route. Particulièrement soulagés, nous descendons à la rencontre de notre sauveur, et remarquons tous deux la même chose en même temps : ce type est le sosie de Billy Frank. Nous échangeons un regard, sans faire le moindre commentaire.

— Il vous faut une roue de secours ou un dépannage ? demande-t-il en glissant les pouces sous les bretelles de sa salopette en jean.

— Juste la roue, réponds-je en le suivant à l'arrière de son camion.

— Bon, j'ai pas trop le temps d'attendre que vous ayez fini de la changer, dit-il en crachant sa chique au sol. Vous allez vous en sortir ?

— Ouais, ça va aller, répliqué-je. Mais attendez une seconde.

Je lève un doigt en l'air, puis me penche dans la voiture pour démarrer. Comme le moteur ronronne sans problème, je coupe le contact et retourne vers lui.

— Je voulais juste être sûr qu'elle fonctionnait encore.

Je paie le sosie et regarde ses feux arrière disparaître à l'horizon. Quand je retourne vers la voiture, je suis surpris de voir Camryn la soulever à l'aide du cric.

— Ah ouais, ça, c'est ma meuf !

Elle me sourit en poursuivant son effort, sa tresse blonde tombant sur son épaule.

— Ça n'est pas si difficile, me dit-elle en faisant rouler la roue de secours après être parvenue à retirer l'ancienne toute seule.

Je crois que je vais me mettre à bander. Non, en fait, je bande déjà.

— Non, pas tant que ça, finis-je par répliquer, un grand sourire aux lèvres.

Quelques minutes plus tard, elle rabaisse la voiture et range les outils dans le coffre. Je ramasse la roue crevée et la balance à l'intérieur.

Nous nous installons à nos places et restons là sans rien dire.

Tout est si calme. D'immenses traînées pourpres et rosâtres zèbrent le ciel encombré à perte de vue de cirrus bleutés. Alors que la température commence à retomber, la douce brise annonciatrice de la nuit s'immisce par les vitres ouvertes. Le coucher de soleil est magnifique. Honnêtement, je n'en avais encore jamais observé un avec autant d'attention. Peut-être parce que je suis en bonne compagnie.

Je ne sais pas précisément ce qui vient de se passer entre nous, mais nous sommes en parfaite symbiose. Elle le remarque également. Je me tourne vers elle. Elle se tourne vers moi.

— Prête à rentrer, maintenant ? demandé-je.

— Ouais.

Elle marque une pause, regarde par le pare-brise, perdue dans ses pensées. Puis elle pivote de nouveau vers moi, plus résolue qu'il y a encore quelques secondes.

— Ouais, je crois que je suis prête à rentrer à la maison.

Elle sourit.

Et pour la première fois depuis que j'ai quitté Galveston seul ce jour-là, ou depuis que Camryn a grimpé dans ce car à Raleigh, nous nous sentons enfin… comblés.

32

Camryn

J'imagine que nous avons vraiment bouclé la boucle. Mais je dois admettre que, maintenant que nous sommes rentrés à Galveston après sept mois de voyage, je ne suis plus dans le même état d'esprit. Cet endroit ne m'inquiète plus, je n'ai plus peur que la relation qu'Andrew et moi partageons prenne fin subitement. Je ne m'attends plus à ce qu'une tragédie médicale pointe de nouveau le bout de son horrible nez sans crier gare. Je me sens bien, ici. Et alors que nous nous garons dans le parking de sa résidence, j'éprouve une certaine forme de satisfaction. J'arrive même à m'imaginer vivre ici. D'un autre côté, j'arrive également à m'imaginer vivre à Raleigh. Cela signifie probablement que nous sommes prêts à nous installer. Au moins pour un temps. Jamais pour toujours, comme je l'ai déjà dit à Andrew, mais suffisamment longtemps pour nous remettre de notre long périple.

Andrew est d'accord avec moi.

— Ouais, dit-il en récupérant nos sacs sur la banquette arrière. Tu sais quoi ?

Il repose nos bagages au même endroit et m'observe par-dessus le toit de la voiture.

— Quoi ? m'enquiers-je avec curiosité.

Ses yeux pétillent d'amusement.

— Tu as raison, quand tu dis ne vouloir rester ni sur la route ni dans la même ville assez longtemps pour nous en lasser. (Il marque une pause et s'appuie nonchalamment sur le toit de la voiture.) Peut-être qu'on pourrait se contenter de voyager pendant le printemps ou l'été, et profiter de l'automne et de l'hiver pour vivre chez nous et participer aux fêtes de famille ; ma mère était un peu fâchée que nous ne passions ni Noël ni Thanksgiving avec elle.

— Excellente idée. D'autant plus que ça craint, de voyager quand il fait froid.

Nous nous dévisageons ainsi pendant un long moment, jusqu'à ce que j'interrompe nos cogitations silencieuses en déclarant :

— Allez, prends les sacs. On en parlera à l'intérieur. Allons prendre des nouvelles de Géorgie.

— Elle va très bien, m'assure-t-il en se penchant de nouveau à l'intérieur. Ma mère l'a arrosée régulièrement.

Je me saisis des guitares et de mon sac à main. Quand nous pénétrons dans l'appartement d'Andrew, je suis assaillie par la même odeur que lors de ma première visite : celle d'un appart inoccupé. Mais effectivement, Géorgie est en pleine santé.

Je m'écroule littéralement sur le canapé, épuisée, les jambes pendant par-dessus l'accoudoir.

— La prochaine fois, lance Andrew en passant derrière le dossier, nous partirons loin d'ici.

Je l'entends poser ses clés sur le comptoir de la cuisine.

Je me redresse et interroge :

— Loin comment ?

Il revient dans le salon, un grand sourire aux lèvres.

— L'Europe, l'Amérique du Sud… Tu disais vouloir visiter l'Italie, le Brésil et plein d'autres pays. Je propose qu'on en choisisse un.

Cela me procure un soudain regain d'énergie. Je me lève pour le considérer, tellement excitée par cette perspective que je peine à conserver mon calme.

— Vraiment ?

Il acquiesce, toujours avec un sourire jusqu'aux oreilles.

— D'ailleurs, pour respecter la tradition, on pourrait écrire toutes nos destinations rêvées sur de petits bouts de papier et en tirer une au sort.

Je pousse un cri. Un vrai petit cri, bien aigu ! Je joins les mains à la verticale devant ma poitrine.

— C'est une idée géniale, Andrew !

Il s'installe sur le canapé, pose les pieds sur la table basse, les genoux pliés. Je suis incapable de m'asseoir. Je reste donc debout, à scruter son visage rayonnant.

— Bien sûr, nous devons d'abord mettre de l'argent de côté, tempère-t-il. On en a encore plein à la banque, mais voyager à l'étranger coûtera nécessairement plus cher.

— J'ai hâte de trouver un boulot. (Ce simple commentaire semble stimuler ma mémoire.) Andrew, tu m'as demandé un jour de te dire le plus honnêtement du monde où je voudrais vivre.

Cela retient immédiatement son attention.

— Et la réponse est… ?

J'y réfléchis une seconde avant de répondre :

— Pour l'instant, je dirais Raleigh, mais surtout pour être à côté de Natalie et de ma mère. Et aussi parce que je sais que je pourrais facilement être embauchée là où travaille Natalie. Sa chef semble m'apprécier, et elle m'a encouragée à postuler quand je voulais et…

Andrew m'interrompt.

— Inutile de te justifier.

Il tend un bras vers moi et je m'installe sur ses cuisses, face à lui. Je ne m'étais même pas rendu compte que je bafouillais tellement j'étais nerveuse. Simplement, je ne voudrais pas qu'il se sente obligé d'accepter.

Il me sourit et croise les mains derrière mon dos.

— Ma seule question est : qu'est-ce que tu entends par « pour l'instant » ?

— Eh bien… c'est là que ça devient compliqué, admets-je.

Il incline légèrement la tête de côté, m'observant d'un air curieux, les joues à peine creusées de ses fossettes.

Je finis par ajouter :

— Je ne crois pas qu'on devrait dépenser tout notre argent dans une maison, car on n'y restera pas éternellement. Et puis, si on faisait ça, on n'aurait plus de quoi voir venir si on allait en Europe ou ailleurs, et les boulots payés au salaire minimum ne nous permettront pas de mettre beaucoup de côté.

Il m'adresse un regard en coin.

— Attends une seconde. J'espère que tu n'as pas l'intention d'aller t'installer chez ta mère ? On a besoin d'intimité. Je veux pouvoir te retourner sur la table basse dès que l'envie m'en prend.

Je glousse en resserrant par jeu mes cuisses autour des siennes.

— Tu as vraiment des idées tordues ! Et non, je n'ai carrément pas envie de retourner habiter chez ma mère.

— Dans ce cas, si tu ne veux ni acheter ni vivre chez elle, cela implique de prendre une location, et ça coûte très cher.

Je suis soudain gênée, car le moment est venu de parler de l'argent d'Andrew comme s'il m'appartenait également, chose à laquelle je ne me ferai sans doute jamais.

Je détourne la tête.

— Tu te rappelles quand tu disais qu'on pourrait se trouver une petite maison quelque part ?

— Ouais.

Ses prunelles s'illuminent, comme s'il savait déjà ce que je m'apprête à dire.

— Eh bien, on pourrait acheter cash une minuscule bicoque ou un appart en copropriété, juste de quoi vivre tous les deux… Je ne sais pas, un truc pas cher, mais propre, ce qui nous permettrait de mettre un peu d'argent de côté pour nos voyages. On n'aurait pas de loyer à payer, seulement les factures et les dépenses courantes ; et en bossant à gauche, à droite ou en faisant quelques concerts, on n'aurait même pas besoin de taper dans nos économies.

Pourquoi arbore-t-il le même sourire que le chat d'*Alice au pays des Merveilles* ?!

Je me sens subitement rougir et je baisse honteusement les yeux.

— Qu'est-ce qu'il y a de si drôle ? demandé-je en plaquant les mains contre son torse tout en m'efforçant de ne pas rire.

— Rien du tout. Je suis simplement heureux que tu te sois enfin rendu compte que ce qui est à moi est à toi.

Il resserre son étreinte.

— N'importe quoi, dis-je en tâchant de dissimuler mes joues empourprées, feignant d'être offusquée.

— Eh, dit-il en me secouant les hanches, ne fais pas ça. Va au bout de l'idée.

Après une longue pause, je reprends :

— Et quand on partira là où nous mènera le petit bout de papier qu'on aura pioché au hasard, on pourra demander à Natalie de garder la maison. Ou mieux ! m'exclamé-je en pointant un doigt au ciel. Quand on aura enfin trouvé ce petit endroit paisible sur la plage dont tu rêves tant et qu'on s'y installera, on pourra soit vendre notre maison de Raleigh, soit la louer pour se constituer une petite rente. Peut-être même à Natalie et Blake !

Je vois bien qu'une idée lui trotte en tête. Il me sourit toujours doucement et ne m'a pas quittée des yeux. Pourtant, il reste totalement silencieux. Et quand il reprend enfin la parole, c'est pour déclarer :

— On dirait que tu y as beaucoup réfléchi. Ça t'a pris combien de temps pour élaborer tout ça ?

Je ne me rends compte que maintenant que ça fait un bon moment. Ça doit remonter au jour où j'ai commencé à penser à notre avenir, quand j'ai officiellement accepté le fait que j'en avais assez d'être sur la route et que j'avais envie de me poser un peu.

Andrew attend patiemment ma réponse, dardant sur moi le regard tendre et songeur qu'il m'accorde chaque fois qu'il cherche à me rappeler que rien que je puisse dire ne pourra nuire à l'opinion qu'il a de moi.

— Sur l'autoroute, quand on a quitté Mobile, avoué-je. Quand je t'ai dit pour la première fois que j'aimerais bien aller en Italie, en France et au Brésil. Quand je t'ai dit que je ne voudrais jamais rester éternellement au même endroit. Depuis ce soir-là, j'ai essayé de trouver une solution qui nous permettrait de tout combiner. (Mon regard se perd.) J'ai transgressé les règles et tout planifié.

Il se penche en avant pour me planter un baiser sur les lèvres.

— Il est parfois nécessaire de le faire, assure-t-il. Tu as bien travaillé. Ton plan est parfait.

Puis il me serre contre lui et m'embrasse avec passion.

Quand il me libère, je l'étudie un instant, lui prenant le visage entre mes mains.

— Mais j'ai envie de t'épouser ici, ajouté-je. (Ses prunelles se remettent à pétiller.) Je ne voudrais pas que ta mère se sente exclue, tu vois ce que je veux dire ? C'est juste à cause de ça que je culpabilise de vouloir retourner à Raleigh. Je me sens d'autant plus mal qu'elle a organisé cette fête prénatale qui n'a…

— Ça lui ferait très plaisir, m'affirme-t-il pour interrompre mes digressions inutiles. Et à moi aussi.

Il m'embrasse de plus belle.

33

Andrew

Je n'aurais pas pu rêver d'une journée plus réussie. Le temps est idéal. Nous n'avons rien préparé pour le mariage, pourtant tout s'est goupillé parfaitement. J'ai appelé ma mère hier pour lui demander de nous rejoindre sur la plage de l'île de Galveston. Elle est arrivée à l'heure, sans se douter de la raison de notre invitation.

Je lève la main quand je l'aperçois, lui fais signe de nous rejoindre, et dès qu'elle nous voit, elle comprend. Son visage s'illumine d'un grand sourire extrêmement contagieux.

— Oh, vous ! s'exclame-t-elle en s'approchant. Je n'arrive pas à croire que vous vous soyez enfin décidés. Je suis si… Je suis tellement…

Elle essuie les larmes qui lui roulent sur les joues, pleurant et riant à la fois.

Camryn, pieds nus et vêtue de cette robe ivoire vintage qu'elle a trouvée au marché aux puces, la prend dans ses bras et la serre contre son cœur.

— Oh, Marna, ne pleurez pas ! la supplie-t-elle, surtout pour ne pas succomber à son tour.

— Est-ce qu'on attend quelqu'un d'autre ? demande ma mère quand elle a recouvré ses esprits.

— Tu es notre seule invitée, affirmé-je fièrement.

— Ouais, précise Camryn, il n'y a que vous et le révérend.

Ma mère nous contourne pour aller embrasser le révérend Reed. Elle fait partie de sa paroisse depuis neuf ans – elle a même essayé de m'y traîner une centaine de fois, mais je ne vais pas à l'église. Cependant, nul autre que lui n'était mieux placé pour nous marier.

Et tandis qu'il se trouve devant nous sur cette plage, une Bible usée entre les mains, à prononcer son discours solennel, je ne vois que Camryn qui m'étreint les poignets. La brise joue avec quelques cheveux affranchis de cette tresse dorée que j'aime tant. J'adore aussi son sourire, ses yeux bleus, sa peau si douce. J'ai envie de l'embrasser sans plus attendre. Je l'attire près de moi. Le vent se prend dans sa robe, la plaquant contre sa silhouette svelte. Je réprime un sourire quand une mèche rebelle lui rentre dans la bouche. Elle tente de l'en chasser d'un coup de langue sans se faire remarquer.

Sachant qu'elle ne veut surtout pas interrompre la cérémonie, même pour une chose aussi futile, je me charge d'écarter les cheveux importuns.

J'ai l'impression que nous sommes seuls au monde.

Au moment de prononcer nos vœux, j'ai conscience que nous n'avons rien écrit ni préparé. Alors, comme en toute occasion, nous improvisons.

Je referme mes mains sur les siennes et déclare :

— Camryn, tu es la moitié manquante de mon âme, et je t'aimerai jusqu'à la fin de nos jours. Je te promets que, si tu m'oublies un jour, je te ferai la lecture comme Noah à Allie. Je te promets que, quand nous serons vieux et perclus de rhumatismes, nous ne ferons jamais chambre à part, et que si tu devais mourir avant moi, je veillerais à ce que tu sois enterrée dans cette robe. Je te promets de venir te hanter comme Sam a hanté Molly.

Elle a les larmes aux yeux. Je lui caresse les paumes du bout des pouces.

— Je te promets que nous ne nous réveillerons jamais en nous demandant pourquoi nous avons gâché nos vies à ne rien faire, et que quelles que soient les épreuves que nous aurons à affronter, je serai toujours présent à tes côtés. Je te promets d'être spontané, de baisser le son de ma musique quand tu dors et de te chanter « Raisins In My Toast » quand tu seras triste. Je te promets de toujours t'aimer, où que nous soyons, quoi que nous vivions. Car tu es ma moitié, et je sais que je ne pourrais pas vivre sans toi.

Elle ne peut réprimer ses larmes plus longtemps. Il lui faut quelques instants pour reprendre la maîtrise de ses émotions.

Puis elle déclare :

— Andrew, je te promets de ne jamais te laisser branché à un respirateur, ni de te laisser souffrir quand je saurai au fond de moi que ta vie est derrière toi. Je te promets que si tu étais un jour porté disparu, je ne… je n'arrêterais jamais de te chercher. Jamais. (Cela me fait sourire.) Je te promets qu'à ta mort, je m'assurerai qu'on entende « Dust in the Wind » à tes funérailles et qu'on ne t'enterre pas dans un endroit froid. Je te promets de toujours tout te dire, même si j'ai honte ou si je me sens coupable, et de te faire confiance quand tu me demanderas quelque chose, car je sais que ce n'est jamais sans raison. Je te promets d'être toujours à ton côté et de ne jamais rien te laisser affronter seul. Je te promets de toujours t'aimer, dans cette vie comme dans la suivante, car je sais que, même dans l'au-delà, je serais perdue sans toi.

Le pasteur se tourne vers moi :

— Andrew Parrish, voulez-vous prendre Camryn Bennett ici présente pour épouse, pour aujourd'hui et à jamais, pour le meilleur et pour le pire, dans la richesse comme dans la pauvreté, l'aimer et la chérir jusqu'à ce que la mort vous sépare ?

— Je le veux.

Je glisse alors à son annulaire l'alliance que j'avais achetée à Chicago. Elle retient son souffle.

Le pasteur s'adresse ensuite à Camryn :

— Camryn Bennett, voulez-vous prendre Andrew Parrish ici présent pour époux, pour aujourd'hui et à jamais, pour le meilleur et pour le pire, dans la richesse comme dans la pauvreté, l'aimer et le chérir jusqu'à ce que la mort vous sépare ?

— Je le veux.

Je lui tends enfin l'alliance que je lui ai également cachée jusqu'à ce jour, et elle me la passe au doigt. Le révérend Reed achève la cérémonie, prononçant ces six mots tant attendus :

— Je vous déclare mari et femme.

Puis il m'autorise à embrasser la mariée. Nous n'attendons que ça depuis le début de la célébration, mais maintenant que nous avons reçu le feu vert, nous nous perdons chacun dans les yeux de l'autre, nous percevant sous un jour nouveau, un jour infiniment plus lumineux que celui au cours duquel nous nous sommes rencontrés dans ce car au Kansas. Quand mes larmes menacent de couler, je la soulève de terre et écrase ma bouche contre la sienne. Elle sanglote tout en m'embrassant, et je la serre contre moi, achevant de faire décoller ses pieds nus du sol avant de la faire tournoyer. Ma mère pleure toutes les larmes de son corps. J'ai l'impression que je ne cesserai jamais plus de sourire.

Camryn est mon épouse.

Camryn

Je viens de devenir Camryn Parrish. Je n'arrive pas à me remettre du flot d'émotions qui m'assaille. Je pleure de joie. Je suis aussi excitée qu'anxieuse. Je jette un nouveau coup d'œil à la bague qu'il m'a passée au doigt ; je sais qu'elle lui a coûté une fortune. Puis je contemple la sienne, presque identique à la mienne, bien que plus masculine, et je ne peux pas lui en vouloir d'avoir dépensé autant d'argent. C'est impossible. J'entends Marna sangloter derrière moi, et je ne peux m'empêcher de retourner l'embrasser.

— Bienvenue dans la famille, me dit-elle d'une voix chevrotante.

— Merci.

Je sèche mes larmes, sans cesser de sourire.

Andrew me passe un bras autour de la taille et le révérend vient nous rejoindre. Lorsque Marna et lui se mettent à parler de tout et de rien, Andrew et moi nous éloignons légèrement. Il ne cesse de me dévorer du regard, à tel point que je me sens rougir.

— Qu'est-ce qu'il y a ? lui demandé-je.

Il secoue la tête, aux anges.

— Je t'aime, dit-il simplement.

Je parviens *in extremis* à me retenir de pleurer une fois encore.

— Je t'aime aussi.

Nous passons notre lune de miel dans notre appartement, à l'encontre de toutes les traditions. Mais nous désirons attendre notre premier voyage à l'étranger pour célébrer vraiment nos noces.

— Où penses-tu qu'on va atterrir ? me demande-t-il.

Nous sommes assis dehors, dans des chaises de jardin, une bière à la main ; nous entendons au loin un groupe jouer de la musique, sans doute sur la plage ou au parc.

Je bois une gorgée avant de répondre :

— Je ne sais pas. Tu veux qu'on parie ?

Andrew se frotte la lèvre inférieure du pouce.

— Euh…

Il y réfléchit, prend une nouvelle gorgée de bière, puis réplique :

— Je crois que le premier pays à sortir du chapeau sera… le Brésil.

— Le Brésil, vraiment ? Pas mal. Mais j'en doute. J'ai plutôt le sentiment que ce sera un truc genre l'Italie.

— Ah bon ?

— Ouais.

Nous portons en même temps notre bouteille à nos lèvres.

— Tu as raison, on devrait parier, consent-il.

Sa fossette se creuse sur sa joue droite.

— OK, ça marche.

— D'accord. Si c'est le Brésil qui l'emporte, tu devras m'accompagner sur la plage dans le plus pur style Rio de Janeiro.

Il arbore un sourire plein de malice.

Je mets quelques secondes à comprendre de quoi il parle, puis j'en suis béate.

— Pas question !

Il ricane discrètement.

— Je ne me trémousserai pas seins nus sur une plage publique ! insisté-je.

Il bascule carrément la tête en arrière et éclate de rire.

— Non, je ne pense pas qu'elles fassent toutes ça, ma belle. Mais je voudrais que tu portes l'un de ces bikinis brésiliens. Pas un de ces trucs excessivement pudiques que tu as mis en Floride. Tu as un corps à tomber par terre.

Il avale une dernière gorgée puis repose sa bouteille sur la table devant nous.

Je prends le temps de peser le pour et le contre en me mordillant l'intérieur de la joue.

— D'accord, consens-je.

Il hoche la tête, légèrement surpris de me voir céder si facilement.

— Mais si c'est l'Italie, reprends-je avec un rictus, tu devras me chanter une sérénade sur l'escalier de la Trinité-des-Monts… en version originale.

Je croise les jambes. Je sais que ce dernier détail va faire frémir son petit cul.

— Tu déconnes ? Comment veux-tu que je fasse ça ?

— Je ne sais pas. Mais si je gagne, tu vas devoir trouver un moyen d'y arriver.

Il secoue la tête et pince les lèvres.

— Entendu. Marché conclu.

34

Camryn

Raleigh, Caroline du Nord.
Mois de juin

— Surprise ! s'exclament plusieurs voix quand j'entre dans notre nouvelle maison.

Effectivement surprise, je sursaute légèrement en portant la main à ma poitrine. Natalie est postée au beau milieu de la pièce, Blake à son côté. Mes amis du *Starbucks* sont tous là, de même que Sarah, la sœur de Blake, que j'ai rencontrée il y a quinze jours quand Andrew et moi sommes arrivés en ville.

— Waouh, c'est en quel honneur ? m'étonné-je.

Mon cœur tambourine encore, car je dois bien avouer qu'ils m'ont flanqué une trouille bleue. Je me tourne vers Andrew. Je devine à son sourire qu'il n'est pas innocent dans l'affaire.

Natalie, qui arbore désormais des reflets auburn, me prend dans ses bras.

— C'est ta fête officielle de bienvenue. (Elle m'adresse un sourire affecté et se tourne vers Andrew.) À ton avis, pourquoi je me suis comportée comme si je me foutais que tu sois rentrée, ces derniers jours ?

— Tu ne t'es pas du tout comportée comme ça, contré-je.

— D'accord, peut-être pas de façon flagrante, mais voyons, Cam… tu ne t'es pas dit que je te cachais quelque chose ?

Maintenant qu'elle en parle, je me suis effectivement posé des questions. Elle semblait heureuse de me voir revenir, mais pas submergée de joie comme elle sait si bien l'être. Je m'étais dit que Blake avait finalement réussi à la calmer.

Je pivote face à Andrew.

— Mais on n'a même pas encore de meubles !

— Détrompe-toi ! intervient Natalie en m'attrapant par le poignet.

Elle m'entraîne dans le salon, où quelques poufs semblent avoir été disposés au hasard. Au milieu de la pièce, quatre caisses de lait rouges sont réunies pour soutenir un gros morceau de bois plat, probablement censé faire office de table basse. L'électricité n'est pas encore raccordée, mais trois bougies éteintes se dressent dans des couvercles renversés de boîtes à biscuits, attendant que la nuit tombe d'ici quelques heures.

Je ris de bon cœur.

— J'adore ! Et si on oubliait les meubles pour se contenter de ce style rétro dépouillé ? suggéré-je à Andrew.

Il sait que je plaisante, bien sûr…

Il se laisse tomber sur le pouf le plus proche et étend les jambes devant lui, vautré dans le confortable sac en vinyle.

— Ça pourrait le faire, mais il me faut quand même un lit.

Je m'installe sur le coussin voisin et trouve une position confortable. Les autres nous imitent, sauf Natalie et Blake, qui s'en retournent vers la cuisine.

Andrew et moi avons dégotté cette petite maison cinq jours après notre arrivée. Voulant dégager de chez ma mère aussi tôt que possible, il a passé des heures sur Internet ou le nez dans des magazines spécialisés, tandis que je me la coulais douce pour me remettre de la longue route depuis Galveston. Je l'ai laissé gérer les recherches quasiment tout seul. Il me montrait des photos, et je lui donnais mon avis. Mais cette maison est parfaite. C'est la troisième que nous avons visitée (et je ne pense pas qu'il ait eu un coup de cœur dessus uniquement parce qu'il a surpris le même matin ma mère à moitié nue, qui pensait que nous étions déjà partis pour la journée). Elle figurait à un bon prix car les vendeurs, qui avaient déjà déménagé depuis quatre mois, voulaient s'en débarrasser au plus vite. Au final, nous l'avons payée vingt mille dollars de moins que sa valeur véritable, en acceptant que les vendeurs ne s'occupent d'aucuns travaux avant de nous laisser les clés. Et comme nous payions cash, tout est allé très vite.

Et à compter d'aujourd'hui, nous en sommes officiellement les nouveaux propriétaires.

Nous avons loué une remorque et rapporté des tas de choses de Galveston, y empilant tout ce qui pouvait y tenir. Néanmoins, nous allons devoir y retourner bientôt pour récupérer nos meubles. Malheureusement, Andrew tient coûte que coûte à conserver le vieux fauteuil puant de son père, mais il a promis de le faire nettoyer. Et il a plutôt intérêt à s'y tenir !

Natalie et Blake viennent enfin nous rejoindre avec quatre bouteilles de bière chacun, qu'ils commencent à distribuer.

— Non merci, pas pour moi, décliné-je.

Mon refus brise manifestement le cœur de Natalie, qui fait ressortir sa lèvre inférieure et m'observe avec des yeux de chien battu. Elle porte un tee-shirt blanc moulant qui met bien ses seins en valeur.

— J'ai décidé de me priver de bière pendant au moins une semaine, Nat, déclaré-je.

Elle fait la moue, puis hausse les épaules et lance :

— Tant pis, ça en fera plus pour moi !

Après avoir tendu sa bouteille à Andrew, Blake se dirige vers le seul pouf encore disponible, mais Natalie s'y précipite avant lui. Il se vautre donc sur elle. Tandis qu'ils se chamaillent, Natalie laisse échapper un gloussement strident, et je me tourne immédiatement vers Andrew pour observer sa réaction.

— Shenzi, chuchote-t-il en secouant la tête avant de porter la bouteille à ses lèvres.

Je ris sous cape, maintenant que je sais pourquoi il la surnomme ainsi. Peu après qu'il l'a dit pour la première fois, j'ai tapé ce nom sur Google et découvert qu'il s'agissait de la plus agressive des hyènes du *Roi Lion*.

— Bon, vous aviez promis de me raconter votre road-trip, nous apostrophe Natalie, désormais calée sur le pouf entre les jambes de Blake.

Tout le monde se tourne vers Andrew et moi.

— Je t'en ai déjà parlé, Nat.

— Ouais, mais à nous, tu ne nous as rien dit, intervient Lea, mon amie qui travaille au *Starbucks*.

Alicia, sa collègue, ajoute :

— J'ai fait un road-trip une fois avec ma mère et mon frère, mais je suis sûre que ça n'avait rien à voir avec le vôtre.

— Et puis je ne sais toujours pas ce qui s'est passé en Floride, renchérit Natalie.

Elle boit une gorgée de bière avant de reposer sa bouteille au sol et de se caler contre les jambes de Blake. Celui-ci l'embrasse dans le cou.

Je me crispe à cette simple évocation, et comprends très vite que c'est parce qu'Andrew est le seul qui risque d'être gêné par l'anecdote. Pendant une seconde, je n'ose même pas le regarder, tant j'ai honte d'avoir mentionné cette soirée-là à Natalie. Je ne lui ai livré aucun détail, je lui ai simplement expliqué qu'il nous était arrivé un truc vraiment tordu là-bas.

Quand j'ose enfin me tourner vers Andrew, je me rends compte qu'il ne m'en veut pas le moins du monde. Il m'adresse un clin d'œil et repose sa bière à son tour.

— La Floride..., commence-t-il, à ma grande surprise. Sans doute le pire moment de notre voyage, ainsi que le plus étrange – et pourtant, il y a certains passages qui ne m'ont pas dérangé tant que ça.

J'ignore totalement où il va en venir.

Tout le monde a les yeux rivés sur lui, à présent, surtout Natalie, qui en bave presque par anticipation.

— On a rencontré un groupe d'amis qui nous ont proposé d'aller faire la fête avec eux sur un coin reculé de la plage. On a accepté. Et on a passé un bon moment. Jusqu'à ce que ça devienne bizarre.

— Bizarre comment ? l'interrompt Natalie.

— Bizarre genre MDMA, ou je ne sais pas trop quelle autre saloperie, répond-il.

Natalie écarquille les yeux et me tance vertement.

— Tu as pris de la MD ? Putain, qu'est-ce qui ne tourne pas rond, chez toi, Cam ?

Je secoue la tête.

— Non, ce n'était pas du tout volontaire. On a été drogués !

Tous ouvrent désormais des yeux ronds comme des soucoupes.

— Ouais, enchaîne Andrew. On n'est même pas sûrs de ce qu'ils nous ont filé, mais on planait tous les deux complètement.

— Ça m'est arrivé, une fois, intervient Sarah, la petite sœur de Blake, qui doit avoir dix-huit ans.

Son frère se redresse subitement, et Natalie manque de faire tomber sa bouteille.

— Quoi ?! s'exclame-t-il, fou de rage.

— Oh, tu n'étais pas au courant ? répond-elle d'un ton doucereux, comme si elle découvrait qu'elle avait omis de lui faire part de ce détail.

Manifestement, mieux valait qu'il ne l'ait pas su avant.

— Ouille ! gémit Natalie en se tenant la bouche.

— Désolé, lui dit Blake. (Il l'embrasse rapidement sur la joue avant de se retourner vers sa sœur.) Putain, qui t'a fait ça, Sarah ? Ne me mens pas, hein. Tu as intérêt à me le dire… Est-ce qu'il t'est arrivé quelque chose ?

Il semble redouter le pire.

Sarah lève les yeux au ciel.

—Non, rien du tout, parce que Kayla était là, et qu'elle m'a ramenée à la maison. Et je ne sais pas qui l'a fait, Blake, alors pitié, arrête de flipper. (Puis elle s'adresse de nouveau à nous.) Vous disiez ?

—Je t'accompagne, mec, lance Andrew à Blake. Si tu découvres qui a fait ça, appelle-moi. C'est du grand n'importe quoi.

Je lui assène un léger coup de coude. Il comprend le sous-entendu et reprend :

—Bref, la Floride était une sacrée expérience, mais je ne suis pas pressé de la réitérer.

Andrew ne leur parle pas de l'espèce de salope qui l'a sucé. Ce qui m'arrange, car cela aurait donné un tour bizarre à la conversation. Sans parler du fait que Natalie aurait fait ses choux gras d'une telle information. Nous continuons à discuter pendant un long moment ; vers 20 heures, Blake doit ramener sa sœur. Natalie les accompagne évidemment et, bientôt, tous les autres suivent. Andrew et moi nous retrouvons seuls dans notre toute première maison de jeunes mariés.

Il revient de la cuisine avec une bougie à la main, qu'il est allé allumer sur la cuisinière. Le gaz a été branché avant l'électricité. Il penche la flamme sur les autres mèches pour les embraser à leur tour.

—Est-ce qu'on va dormir par terre ? lui demandé-je.

—Nan, répond-il en s'éloignant des bougies.

Il rassemble les poufs au centre de la pièce pour créer un matelas de fortune, puis tapote sur l'un d'eux du plat de la main.

—Ça ira pour cette nuit. On aura toujours moins mal au dos que par terre.

Je souris.

—Ça fait bizarre, pas vrai ? dis-je en contemplant les murs nus de notre maison, essayant de déterminer quelles photos ou quels cadres y trouveraient le mieux leur place.

— Quoi ? De n'avoir ni meubles ni électricité ? Tu devrais avoir l'habitude, ricane-t-il.

Je m'écarte du mur auquel je suis adossée et vais le rejoindre sur notre lit d'appoint. Je tends la main vers la table et plante mon doigt dans la cire chaude jusqu'à ce qu'elle en épouse la forme.

— Non, je parle de cette maison. De nous. De tout, en fait.

— Bizarre dans le bon sens du terme, j'espère ?

— Bien sûr, affirmé-je avec un sourire.

Un silence envahit la pièce. La lumière des bougies projette des ombres dansantes sur les parois. Il règne une vague odeur de Javel et d'autres détergents.

— Andrew, reprends-je. Merci d'avoir emménagé ici.

Il finit par s'asseoir à côté de moi et nous observons les flammes pendant un long moment.

— Où voulais-tu que j'aille, sans toi ? réplique-t-il.

— Tu sais ce que je veux dire.

Je tends la main et la laisse planer au-dessus d'une bougie, la rapprochant au plus près de la flamme pour voir jusqu'à quelle distance la douleur reste supportable.

— Je sais, admet-il, mais quand même.

Je retire ma main et me tourne vers lui ; la lueur orangée de la bougie adoucit ses traits, malgré la barbe de trois jours qui commence à lui recouvrir les joues.

— Camryn, j'ai quelque chose à te dire.

Mon cœur se fige soudain, tant son ton me déplaît.

— Quoi… Comment ça tu as quelque chose à me dire ?

Je suis extrêmement nerveuse, bien que j'ignore pourquoi.

Andrew remonte ses genoux pour y poser ses avant-bras. Il contemple la flamme pendant quelques secondes à peine, qui semblent pourtant durer bien plus longtemps.

— Andrew ?

Je me positionne de façon à lui faire face.

Je vois sa pomme d'Adam se soulever quand il déglutit. Il me regarde droit dans les yeux.

— Je recommence à avoir des maux de tête, avoue-t-il.

Mon ventre se serre. Je suis sur le point de vomir.

— Pas depuis longtemps, seulement depuis lundi. Mais j'ai pris un rendez-vous avec un médecin d'ici. C'est ta mère qui me l'a recommandé.

Je la déteste de m'avoir caché ça. J'ai les mains qui tremblent.

— Je lui ai demandé de ne rien te dire car je voulais que notre emménagement se déroule tranquillement…

— Tu aurais dû m'en parler.

Il cherche à m'attraper la main, mais je le repousse malgré moi et me mets debout.

— Pourquoi m'as-tu caché ça ?!

Je suis prise d'un vertige.

Andrew se lève à son tour, gardant néanmoins ses distances.

— Je viens de te le dire. Je ne voulais pas…

— Je m'en fous ! Tu aurais dû m'en parler !

Je croise les bras et me penche légèrement en avant. Je suis surprise de n'avoir pas encore dégueulé. J'ai les nerfs à fleur de peau, le moindre mouvement me provoque une décharge.

Le visage dans mes mains, je finis par éclater en sanglots.

— Ça n'est pas possible… Putain, pourquoi faut-il que cela recommence ?!

L'instant suivant, Andrew me prend déjà dans ses bras. Il serre mon corps tremblant contre sa poitrine et m'y maintient fermement.

— Ça ne veut rien dire, tempère-t-il. Honnêtement, ça n'a rien à voir avec ce que je ressentais avant, Camryn. J'ai des maux de tête, oui, mais ce ne sont plus les mêmes.

Quand je parviens à contrôler suffisamment mes pleurs pour arriver à parler sans m'étouffer, je redresse le front pour l'observer.

Il me prend le visage entre ses mains et m'adresse un sourire hésitant.

— Je savais que tu réagirais comme ça, ma belle, ajoute-t-il d'une voix neutre. Je ne veux pas te voir stresser pendant quatre jours, jusqu'à mon rendez-vous de lundi, dit-il en soutenant mon regard. Ce ne sont plus les mêmes. Concentre-toi là-dessus, car c'est la vérité.

— Vraiment ? Ou est-ce que tu dis ça uniquement pour éviter que je ne m'inquiète ?

Je suis déjà convaincue que cette deuxième option est la bonne. Je m'éloigne de lui et commence à tourner en rond, une main dans le creux de mon coude opposé, l'autre sur mes lèvres. Je ne peux pas m'arrêter de trembler.

— Je ne te mens pas, me promet-il. Ça va aller. J'ai le sentiment que ce n'est rien de grave, tu dois le croire aussi.

Je fais volte-face pour l'affronter de nouveau.

— Je ne veux pas revivre ça, Andrew. J'en suis incapable.

Il incline légèrement la tête de côté ; il arbore un air pensif, curieux, inquiet.

Je sais qu'il attend que je développe, mais je n'y parviens pas. Mes mots ne feraient que le bouleverser ou le blesser. Et ce ne seraient que des mots. Des mots nés de la souffrance et de la colère, des mots appartenant à cette partie de moi qui voudrait coincer Dieu entre quatre'z'yeux, ou qui que ce soit, ou quoi que ce soit qui gère notre existence, et lui cracher d'aller cramer en enfer.

Il faut d'abord que je recouvre mon calme. Que je prenne du recul et respire un bon coup.

C'est précisément ce que je fais.

— Camryn ?

— Tu vas t'en remettre, lui dis-je d'un ton neutre. J'en suis sûre.

Il s'approche de moi, m'embrasse sur le front et déclare :

— Moi aussi.

35

Andrew

Ces quatre derniers jours ont été particulièrement stressants. Même si Camryn prétendait qu'elle resterait positive et qu'elle ne se laisserait pas abattre, elle n'a pas été elle-même. Je l'ai entendue à deux reprises s'enfermer dans la salle de bains pour pleurer et vomir. Depuis que je lui ai parlé du retour de mes maux de tête jeudi soir dernier, elle a recommencé à agir comme elle le faisait avant que nous allions rendre visite à Aidan et Michelle à Chicago : elle feignait de sourire et prétendait éclater de rire quand il se passait quelque chose de drôle. Elle n'était tout simplement pas elle-même. Inquiet à son sujet, et me rappelant l'épisode des calmants après sa fausse couche, je lui ai demandé carrément si elle était en train de connaître un nouveau « moment de faiblesse ».

Elle m'a affirmé que non, et j'ai accepté de la croire.

Je sais cependant que la seule chose qui pourra l'apaiser cette fois sera de me voir sortir de cet hôpital avec un bilan de santé positif.

Dans le cas contraire… je préfère ne pas y penser.

Camryn a dû m'attendre dans une salle voisine pendant mon scanner. Je sais qu'elle a failli se crêper le chignon avec l'infirmière avant d'obtempérer. Et comme la dernière fois, j'ai l'impression d'être là depuis des heures. Je commence à me sentir légèrement claustrophobe dans le tunnel que forme cette machine immense et bruyante. Le médecin m'a dit de rester parfaitement immobile. D'essayer de ne pas bouger, sous peine de devoir tout recommencer. Inutile de dire que je n'ai presque pas osé respirer durant les quinze minutes qui ont suivi.

À la fin de l'examen, je retire mes bouchons d'oreille et les jette dans la poubelle la plus proche.

Camryn a failli craquer quand l'infirmière venue me libérer nous a informés que nous n'aurions aucun résultat avant mercredi.

— Vous plaisantez ! s'est-elle exclamée avec hargne.

Elle nous a maintes fois observés l'un et l'autre, espérant que nous pourrions y faire quelque chose.

J'ai jeté un coup d'œil à l'infirmière.

— Il n'y a pas moyen d'avoir les résultats aujourd'hui ?

Comprenant à l'expression de Camryn qu'elle n'était pas disposée à partir, elle a fini par soupirer et déclarer :

— Allez vous asseoir en salle d'attente, je vais voir si le docteur Adams peut vous recevoir tout de suite.

Quatre heures plus tard, nous étions installés dans son bureau.

— Je ne vois rien d'anormal, a-t-il déclaré. (La main de Camryn a soudain libéré la mienne de son étreinte mortelle.) Mais étant donné votre dossier, mieux vaut que vous reveniez me consulter mensuellement, en me rapportant la moindre évolution dans votre état de santé.

— Mais vous avez dit n'avoir rien vu d'anormal, est intervenue Camryn en me serrant de nouveau la main.

— Effectivement. Je pense cependant que c'est dans l'intérêt d'Andrew. Par mesure de sécurité. Ainsi, si quoi que ce soit se présente, nous pourrons le traiter au plus tôt.

— Parce que, selon vous, quelque chose va réapparaître ?

L'agacement notable sur le visage du docteur m'a donné envie de rire, mais je me suis contenté de me tourner vers Camryn pour répondre :

— Non, ce n'est pas ce qu'il a dit. Calme-toi. Tout va bien. Tu vois, je savais qu'il n'y avait rien de grave.

Et depuis ce jour, je n'ai cessé d'espérer lui avoir dit la vérité.

36

Camryn

Bien des mois plus tard…

Andrew m'a écrit une autre lettre durant notre premier mois dans la maison. J'ai dû la lire une centaine de fois. Généralement, elle me fait pleurer, mais je me surprends régulièrement à sourire malgré tout. Il m'a demandé de la relire chaque semaine, afin de marquer sept jours de plus sans que rien ne se soit passé. Et j'ai respecté cette promesse. Habituellement, je m'y attelle le dimanche soir, après qu'il s'est endormi près de moi dans notre lit conjugal. Mais parfois, quand je sombre avant lui dans le sommeil, je la sors du livre posé sur la table de chevet et la lis avant qu'il se réveille. Et chaque fois, je me tourne vers lui pour l'observer quand j'en ai terminé, et j'espère revivre cet instant la semaine suivante.

Andrew m'a toujours épatée. Je suis ébahie par la façon dont fonctionne son cerveau. Il est capable de me regarder sans rien me dire, tout en me donnant l'impression d'être la personne la plus importante du monde. Je suis époustouflée par sa capacité à rester positif, même quand la vie s'écroule autour de lui. Et par sa faculté à faire briller une lueur d'espoir dans les recoins les plus sombres de mon esprit, même à l'époque où j'étais persuadée que je ne sortirais jamais du trou.

Bien sûr, il a connu des mauvais jours, ses propres « moments de faiblesse », mais jusqu'à aujourd'hui, je n'ai jamais rencontré quelqu'un de semblable. Et je sais que cela n'arrivera jamais.

Peut-être qu'au fond je suis une personne extrêmement faible. Peut-être que, sans lui, je ne serais pas celle que je suis devenue. Parfois, il m'arrive de me demander à quoi ressemblerait mon existence si je ne l'avais pas rencontré, s'il ne m'avait pas protégée lors de ce voyage en car aussi dangereux qu'imprudent que j'avais décidé d'entreprendre seule. J'ignore ce qu'il serait advenu de moi s'il ne m'avait pas aimée suffisamment pour m'aider à surmonter mon moment de faiblesse. Je déteste m'imaginer sous cet angle, mais il faut parfois savoir affronter la réalité en face, comparer ce que sont les choses et ce qu'elles seraient si tout n'avait dépendu que de nous. J'ai pleinement conscience que, sans Andrew, je ne serais peut-être plus là aujourd'hui.

Ces derniers mois ont été très éprouvants pour nous deux, tout en étant simultanément pleins de vie, d'excitation, d'amour et d'espoir.

La vie est une chose mystérieuse et souvent injuste. Toutefois, je pense avoir appris, en côtoyant Andrew au quotidien, qu'il lui arrive également d'être merveilleuse et que, bien souvent, quand le sort semble s'acharner, c'est que l'Existence libère de l'espace pour d'autres événements à venir, bien plus agréables. J'aime croire en cela. Cela me donne de la force quand j'en ai le plus besoin.

Et c'est le cas en ce moment.

J'essaie de regarder l'horloge, perchée haut sur le mur blanc immaculé de la chambre, mais je distingue à peine les petites aiguilles noires à travers mes yeux brumeux. J'aimerais savoir depuis combien de temps je suis ici. Je suis faible et épuisée, tant physiquement que mentalement, et je n'en peux plus. Je ravale la boule logée dans ma gorge ; j'ai la bouche sèche comme du papier de verre. Je lève la main pour essuyer une larme qui me roule sur la tempe. Une seule. En réalité, je n'ai pas beaucoup pleuré. Parce que la douleur a précédemment été si insupportable qu'il ne doit pas me rester beaucoup de larmes.

Je ne vais pas y arriver. J'ai l'impression que je vais abandonner d'un instant à l'autre. J'ai envie de demander à tout le monde de sortir de ma chambre, de me laisser seule, d'arrêter de me regarder comme si mon âme avait besoin d'être sauvée. Pourtant, c'est le cas ! Putain oui ! Mais personne ici n'est capable de m'apporter le soutien nécessaire.

Tous mes membres sont gourds. Je ne sens plus rien. Les murs de l'hôpital commencent à se refermer sur moi, me rendant quelque peu claustrophobe. En termes de douleur et de chagrin, je ne ressens plus rien. Je me demande si cela reviendra un jour.

— Tu dois essayer de pousser, me conseille Andrew en me tenant la main.

Je pivote brusquement la tête vers lui pour rétorquer :

— Mais je ne sens pas mon ventre ! Comment veux-tu que je pousse si je ne me sens pas pousser ?

Tout ce que j'arrive à expulser sont ces mots crachés à travers mes dents serrées.

Il me sourit et embrasse mon front couvert de sueur.

— Vous allez y arriver, m'encourage le docteur Ball, postée entre mes jambes.

Je serre fermement les paupières, m'agrippe à la main d'Andrew et pousse. Du moins, je pense. Je rouvre les yeux et m'autorise à respirer.

— Est-ce que j'ai poussé ? Est-ce que ça avance ?

Bon Dieu, j'espère ne pas péter ! Putain, ce que ce serait gênant !

— Tu t'en sors très bien, ma belle.

Andrew se tourne alors vers l'obstétricienne, dans l'expectative.

— Encore deux ou trois fois pourraient suffire, confirme celle-ci.

Sa réponse ne me plaît guère, et je laisse échapper un soupir exaspéré tout en plaquant violemment ma tête contre l'oreiller.

— Essaie encore, ma belle, me dit doucement Andrew, sans jamais se départir de son calme.

Pourtant, chaque fois qu'il adresse un coup d'œil au médecin, je vois son visage se crisper un peu plus d'angoisse.

Je me redresse une fois encore et essaie de pousser, mais, comme d'habitude, je n'arrive pas à savoir si je le fais effectivement ou si j'en ai simplement l'impression. Andrew place un bras dans mon dos pour me soutenir, et je m'arc-boute pour pousser derechef, fermant si fort les yeux que j'ai l'impression de les enfoncer dans le fond de mon crâne. Je retrousse les lèvres et serre les dents. Je suis en nage.

Je laisse échapper un hurlement inintelligible en cessant mon effort, et je suis enfin capable de respirer de nouveau.

Puis je sens quelque chose. Waouh… Ça n'est pas de la douleur – la péridurale me l'a épargnée –, mais j'ai vraiment senti la pression du bébé. En d'autres circonstances, j'aurais l'impression que l'on m'a fourré un objet excessivement volumineux dans le vagin. J'ouvre des yeux de plus en plus grands.

— La tête est sortie, annonce l'obstétricienne.

J'entends alors un bruit de succion, tandis qu'elle nettoie sa petite gorge à l'aide d'une poire d'aspiration.

Andrew a envie de voir ; il tend le cou telle une tortue pour obtenir un meilleur angle, sans toutefois quitter mon chevet.

— Encore un petit effort, Camryn, m'encourage Ball.

Je pousse une fois de plus, avec davantage de conviction maintenant que je sais que cela fonctionne.

Les épaules émergent.

Une dernière poussée et notre bébé est né.

— Bravo ! me félicite la doctoresse en lui nettoyant de nouveau la gorge.

Andrew m'embrasse sur la joue et sur le front, puis repousse les cheveux collés sur mon visage par la sueur. Quelques secondes plus tard, les cris du bébé font naître dans la pièce nombre de sourires et d'exclamations. Je fonds en larmes, sanglotant si fort que mon corps tout entier tremble sous l'effet de l'émotion.

Puis l'obstétricienne déclare :

— C'est une fille.

Andrew et moi ne la quittons pas des yeux, tandis qu'on lui demande de couper le cordon. Il se fend d'un large sourire en allant fièrement effectuer ce geste symbolique. Il ne semble pas savoir qui de notre bébé ou de moi il doit regarder le plus. Je souris et repose ma tête sur l'oreiller, à bout de forces. Je distingue enfin les aiguilles de l'horloge. Elles m'indiquent que le travail a duré plus de seize heures.

Je ressens diverses pressions, poussées et tractions entre mes jambes, tandis que le médecin exécute certaines opérations dont, en toute honnêteté, je ne tiens pas à connaître les détails. Je me contente d'observer le plafond pendant quelques secondes, revivant par flashs ces neuf derniers mois, jusqu'à ce que j'entende notre fille hurler à l'autre bout de la pièce ; je redresse alors la tête si vite que je manque de me faire un traumatisme cervical.

Andrew est debout près de l'une des infirmières, tandis que celle-ci s'affaire à la laver avant de l'envelopper dans des couvertures. Il m'adresse un coup d'œil.

— Elle a ta voix, ma belle, déclare-t-il en se bouchant les oreilles.

Je lui souris et les contemple tous deux, tâchant d'oublier ce qui se passe entre mes cuisses. Puis Andrew vient me rejoindre.

Il m'embrasse sur la bouche et murmure :

— Tu dégoulines. On dirait que tu viens de courir un marathon. Tu n'as pas de maquillage, tu es en blouse d'hôpital. Et pourtant, tu es très belle.

Et malgré tout ça, il parvient encore à me faire rougir.

Je lève une main équipée d'une intraveineuse et lui caresse la joue avant de l'attirer vers moi.

— On a réussi, chuchoté-je contre ses lèvres.

Il m'embrasse derechef, puis l'infirmière s'approche de nous, notre bébé dans les bras.

— Qui voudrait la tenir en premier ? s'enquiert-elle.

Andrew et moi nous consultons silencieusement, puis il s'écarte d'un pas pour qu'on me la confie.

— Non, dis-je. Toi d'abord.

Après une courte hésitation, il capitule et tend les bras pour la prendre. L'infirmière l'installe délicatement contre lui et prend un peu de recul pour s'assurer qu'il la tient comme il faut. Il semble d'abord pris d'une maladresse enfantine, ayant sans doute peur de la lâcher ou de lui faire mal, mais il se détend rapidement.

— Elle est blonde, me dit-il, rayonnant, ses yeux verts pétillant de larmes. Et en plus, elle a plein de cheveux !

Je suis toujours si fatiguée que je ne parviens à lui adresser qu'un maigre sourire en réponse.

Andrew se penche sur elle, effleure ses petites joues du revers de ses doigts, l'embrasse sur le front. Après quelques secondes, il me la confie pour la première fois. Et à la seconde où je me retrouve face à face avec ma petite fille, je craque de nouveau. Mes larmes sont si nombreuses qu'elles me troublent la vue.

— Elle est parfaite ! m'exclamé-je sans détourner les yeux.

J'ai presque peur de regarder ailleurs, craignant qu'une seconde d'inattention suffise à la faire disparaître ou à me réveiller d'un merveilleux rêve.

— Parfaite, répété-je en posant un baiser sur le bout de son nez minuscule.

37

Andrew

La famille au grand complet, de mon côté comme de celui de Camryn – à l'exception de son père et de son frère –, patiente en salle d'attente. Ils ignorent encore s'il s'agit d'un garçon ou d'une fille. Camryn et moi n'avons pas voulu le savoir durant la grossesse. Nous voulions nous ménager la surprise. Et cela a fonctionné.

Avant de laisser tout le monde entrer les voir, je reste un moment avec Camryn dans la chambre individuelle où l'on nous a emmenés peu après la naissance. Nous ne sommes que tous les deux, attendant que les infirmières nous la ramènent après lui avoir apporté les premiers soins. Je prends notre bébé dans mes bras quand l'une d'elles vient s'assurer que le bracelet que Camryn porte au poignet correspond bien à celui indiquant « Bébé Parrish » accroché à sa minuscule cheville. J'y veille également avant de laisser l'aide-soignante repartir. Et je la scrute dans les moindres détails. On n'est jamais trop prudent, et je tiens à être sûr et certain qu'ils nous ont bien rendu le bébé que nous leur avons confié. Mais son épaisse chevelure blonde ne laisse pas la moindre place au doute, de même que son petit piaillement trop craquant qui me met à ses pieds. Si elle pouvait parler, j'obéirais sans hésiter à ses moindres caprices. Je veux un biberon ! Oui, m'dame ! Change-moi la couche ! C'est comme si c'était fait ! Marche sur le pied de cette infirmière qui m'a enveloppée comme un foutu *burrito* ! Tes désirs sont des ordres, petite princesse !

Camryn la maintient contre sa poitrine le temps de la tétée.

Elle s'est rendu compte qu'elle attendait un enfant la veille de notre emménagement. Mais elle ne m'en a pas parlé avant que nous sortions de chez le docteur, le lundi suivant. Elle m'a dit qu'elle avait eu peur de le faire, tout comme j'avais redouté de lui avouer ressentir de nouveaux maux de tête. Après ça, nous avons longuement discuté de la façon dont nous allions envisager les choses, cette fois. L'allaitement comptait parmi ces nouvelles résolutions. Lors de sa première grossesse, elle n'était pas emballée à l'idée qu'un bébé lui suçote le sein, surtout quand il aurait été question de le nourrir en public. À l'époque, j'étais en accord avec tous ses principes, n'essayant jamais de lui faire changer d'avis. Je n'avais aucune raison véritable de m'opposer à elle.

Mais cette fois, quand elle a remis le sujet sur la table, elle a dit :

— Tu sais quoi, chéri ? J'ai lu des tas de choses sur la grossesse et les bienfaits de l'allaitement, et je me fiche de ce que les autres pensent : j'ai envie de le faire, et j'ai l'impression que c'est ce qu'il y a de mieux pour lui.

— Alors tu devrais essayer, ai-je répondu.

Je m'assieds près d'elle. Je suis content qu'elle ait pris cette décision seule, sans que j'aie eu besoin d'argumenter. Tant que je ne me mets pas à sécréter du lait et qu'elle ne me demande pas de donner le sein, c'est elle qui choisit.

— Il paraît que la plupart des bébés naissent avec les yeux bleus, me dit Camryn en regardant notre fille, mais je crois que, plus tard, elle aura tes yeux verts.

Je caresse du bout du doigt la tête de notre enfant.

— C'est possible.

Je ne peux pas m'empêcher de les admirer toutes les deux, ma femme magnifique et ma petite fille si précieuse. J'ai l'impression de me retrouver dans un autre monde, plus lumineux que ce à quoi je m'attendais. Je ne pensais pas au fond de moi-même pouvoir être plus heureux que je ne l'étais déjà avec Camryn. Je n'imaginais pas que cela soit possible.

Je crois que Camryn est encore sous le choc.

— À quoi tu penses ? lui demandé-je sans me départir de mon sourire chaleureux.

Ses yeux fatigués s'illuminent quand elle les pose sur moi.

— Tu avais raison, affirme-t-elle.

Le bébé émet un petit bruit de succion, si léger que je l'entends à peine, mais je me surprends à être attentif au moindre de ses faits et gestes.

— Tu m'as dit que je ne ferais pas de fausse couche, cette fois, poursuit-elle. Comme tu m'as dit que ta tumeur ne reviendrait pas. Tu m'as affirmé que tout irait bien. Et tout va pour le mieux.

Elle observe notre bébé pendant quelques secondes, lissant du bout du doigt son sourcil naissant, puis elle reporte son attention sur moi.

— Merci de ne t'être pas trompé.

Je me lève de ma chaise, prends son menton et sa joue dans ma main, et lui soulève légèrement la tête afin de pouvoir lui donner un petit baiser sur la bouche.

On frappe un léger coup à la porte, qui s'ouvre alors lentement. Ma mère apparaît dans l'embrasure.

— Entre, lui dis-je en lui faisant signe de nous rejoindre.

Le battant surdimensionné achève de pivoter ; tant de gens se succèdent dans la chambre que j'arrête de les compter après Aidan et Michelle, enceinte de cinq mois.

Il y a beaucoup d'embrassades, tout le monde me tape dans le dos tout en essayant d'apercevoir le bébé.

— Félicitations, frangin, me congratule Aidan. J'étais sûr que tu serais papa avant moi.

Il caresse doucement le ventre rebondi de Michelle. Elle le chasse en riant et lui lance qu'il a intérêt à ne plus jamais remettre son doigt dans son nombril. Puis elle m'étreint à son tour et s'approche du lit.

— On attend un garçon, m'annonce Aidan.

— Ah bon ? C'est génial ! m'exclamé-je.

Camryn s'apprête à réagir à son tour, mais Michelle la devance.

— On n'en est pas sûrs, affirme-t-elle. Il pense juste le savoir.

Camryn part d'un rire léger et réplique :

— Crois-moi, si l'un des frères Parrish déclare qu'il va avoir un fils ou une fille, on peut lui faire confiance.

— Très bien, on verra, concède Michelle, guère convaincue.

Je me tourne vers mon frère ; j'ai déjà vu cet air confiant. Ouais, pas de doute, ils vont avoir un garçon.

— Oh, mon Dieu ! entends-je dire Natalie discrètement depuis un coin de la pièce, la couverture est rose. Est-ce que ça veut dire ce que je pense ?

Elle porte à ses lèvres ses doigts ornés de bagues. Je suis sincèrement surpris de la voir si calme. Blake se tient à son côté, aussi silencieux qu'à son habitude.

Camryn m'interroge du regard, et je hoche la tête pour donner mon assentiment. Puis elle déclare, à l'intention de tout le monde :

— Oui, c'est bien une fille.

Toutes les femmes s'empressent alors de traverser la pièce pour rejoindre le lit. La mère de Camryn est la première à vouloir la prendre ; Camryn rabat sa robe de chambre sur sa poitrine avant de la lui tendre avec précaution.

— Oh, Camryn, elle est magnifique ! s'extasie Nancy.

Les cheveux décolorés de cette dernière sont ramassés en un chignon au sommet de son crâne. Sa fille a hérité de ses yeux bleus, une couleur qui leur va bien à l'une comme à l'autre.

—Elle est parfaite. Ma petite-fille...

Le beau-père de Camryn, Roger, semble terrifié, debout contre le mur. J'ignore si c'est parce que ce genre de situation le met mal à l'aise, ou parce qu'il se rend compte qu'il a épousé une grand-mère. Je ricane intérieurement.

Asher est le prochain à venir m'embrasser.

—Si ça avait été un garçon, j'aurais redouté de voir ton clone, courant dans tous les sens sans jamais poser ses fesses nulle part.

Il me sourit en me décochant une bourrade amicale.

—Ouais, fais gaffe à ce que tu dis, petit frère, tu es le prochain sur la liste. Et un mini-toi serait aussi terrible qu'un mini-moi.

—Pas sûr.

—Non, tu as raison, il faut d'abord avoir une copine pour en arriver là. Tu n'as pas à t'inquiéter d'avoir des gamins dans l'immédiat.

—Eh, j'ai une copine! s'offusque-t-il.

—Qui ça? Lara Croft? Ou l'une des œuvres de Luis Royo? m'esclaffé-je.

—Pff, n'importe quoi! réplique-t-il en croisant les bras, l'air blasé.

Je sais toutefois qu'il en faut plus pour le mettre en colère. Il s'inquiéterait pour moi si je ne le taquinais pas.

—Oncle Asher, dis-je pour me faire pardonner malgré tout. Ça sonne bien.

Il hoche la tête d'un air pensif.

—Ouais, je trouve aussi.

C'est désormais au tour de ma mère de porter notre fille. Je ne l'avais encore jamais vue si fière. Elle n'arrête pas de nous observer tour à tour, le bébé et moi.

—Elle a ton nez et tes lèvres, Andrew, affirme-t-elle.

—Et les cheveux et la voix de Camryn, souligné-je.

Natalie se trouve désormais au pied du lit; elle ne tient plus en place, se tordant les mains devant elle. Ma mère remarque combien il lui tarde de la tenir, et embrasse donc sa petite-fille pour la lui passer.

— J'espère que tu t'es bien lavé les mains, Nat, lance Camryn.

— Oui! réplique-t-elle avant de se désintéresser complètement de son amie pour parler à notre fille endormie. Oh, tu es le plus joli bébé du monde.

Plus l'excitation croît, plus sa voix s'élève. Elle se retourne finalement vers Camryn et déclare, le plus sérieusement du monde:

— J'en veux un aussi!

Blake écarquille les yeux; je suis presque sûr qu'il a manqué de s'étouffer. Quelques instants plus tard, je constate qu'il est allé s'adosser au mur, à côté de Roger.

Notre fille atterrit ensuite dans les bras de Brenda, la tante de Camryn, puis dans ceux de l'une de ses cousines. Après que Michelle l'a bercée pendant quelques minutes en s'extasiant sur sa beauté, elle finit par la reposer sur le ventre de sa mère. Je m'assieds de nouveau auprès de Camryn.

— Alors, vous avez choisi le prénom? nous demande ma mère.

Camryn et moi nous considérons; nous avons la même idée en tête.

— Pas encore, réplique Camryn sans rien ajouter.

Je sais que je suis sans doute le seul ici à m'en rendre compte, maintenant que la question du prénom a été posée: Camryn ne peut s'empêcher de repenser à Lily. Elle laisse un ange passer et embrasse notre fille sur la joue, visiblement fière de sa belle réussite, en dépit du deuil encore récent.

L'essentiel de la famille se disperse avant la nuit tombée, mais nos mères s'attardent plus longtemps que les autres, apprenant à se connaître. C'est la première fois qu'elles se rencontrent. Elles finissent par partir peu avant 19 heures, alors qu'une infirmière vient prendre des nouvelles de Camryn et du bébé.

Dès que nous nous retrouvons de nouveau tous les trois, j'éteins les lumières sauf celle de la salle de bains. Notre fille dort à poings fermés dans les bras de sa maman. Je sais que Camryn est fatiguée, complètement épuisée, même, mais elle ne peut se résoudre à poser notre enfant afin de pouvoir récupérer un peu. Je lui ai proposé de la prendre pour lui permettre de se reposer, mais elle insiste pour rester éveillée.

Je les contemple toutes deux l'espace d'un moment de grâce, puis je vais m'asseoir près d'elles, sur le bord du lit.

Camryn se tourne vers moi, puis reporte son attention sur notre petit ange assoupi.

— Lily, dis-je simplement.

Camryn me regarde, confuse.

Je hoche lentement la tête comme pour dire : « Oui, tu as bien entendu », et j'effleure de nouveau le crâne de notre bébé.

— Tu te rappelles ce que je t'ai dit à Chicago, le jour où j'ai trouvé les pilules ?

Elle fait signe que non.

Cette fois-ci, c'est son visage que je caresse, d'abord une joue, puis l'autre.

— Je t'ai dit que Lily n'était tout simplement pas prête.

Je marque une pause, puis ajoute dans un sourire :

— Une même âme dans un autre corps.

Les prunelles de Camryn se mettent à pétiller. Elle incline doucement la tête, me dévisageant avec étonnement. Puis elle considère notre bébé, et ne relève les yeux qu'une éternité plus tard.

Elle a alors les joues baignées de larmes.

— Tu crois ? me demande-t-elle d'un ton plein d'espoir.

— Ouais.

Ses pleurs redoublent, et elle étreint délicatement la petite Lily contre sa poitrine, la berçant doucement. Puis elle m'observe de nouveau et acquiesce plusieurs fois.

— Lily, chuchote-t-elle en l'embrassant sur le sommet du crâne.

Le matin suivant, je me réveille dans la chaise à côté du lit de Camryn, où je me suis endormi la veille au soir. J'entends sa voix entamer doucement le silence de la pièce et, comme chaque fois, je fais mine d'être endormi tandis qu'elle relit cette lettre que je lui ai écrite il y a des mois de cela.

38

Camryn

Chère Camryn,

Je sais que tu as peur. Je te mentirais en t'affirmant être moi-même complètement rassuré, mais je suis obligé de croire que, cette fois, tout ira bien. Et tu verras, tout ira bien.

Nous avons affronté tant d'épreuves ensemble. Plus que la plupart des gens en si peu de temps. Mais quoi qu'il soit advenu, une chose n'a jamais changé : nous sommes toujours ensemble. Même la mort ne pourrait pas t'arracher à moi. Rien que tu puisses faire ne me donnerait une mauvaise image de toi. Il n'y a pas une drogue qui pourrait t'éloigner de moi, ni te retourner contre moi. Je ne prends pas de gros risques en affirmant que nous sommes indestructibles.

Peut-être que tout ce qui nous est arrivé n'était qu'un test. Ouais, plus j'y pense, plus j'en suis convaincu. De nombreuses personnes considèrent que le destin existe. Certains obtiennent tout ce qu'ils désirent ou tout ce dont ils ont besoin en un claquement de doigts, mais ils en abusent. D'autres laissent passer leur unique chance, car ils n'ouvrent jamais les yeux assez longtemps pour se rendre compte qu'elle se trouve juste sous leur nez, prête à être cueillie. Mais toi et moi, même avant notre rencontre, avons bravé l'impossible en prenant des décisions sans écouter les avis extérieurs nous assurant, de tas de façons différentes, que nous faisions n'importe quoi. Alors que, putain, nous nous sommes contentés de faire les choses à notre manière, même si cela pouvait sembler imprudent, complètement dingue ou non conventionnel. C'est comme si plus nous insistions et plus nous nous battions, plus les obstacles se durcissaient. Car nous devions prouver ce que nous valions vraiment.

Et je sais que nous y sommes parvenus.

Camryn, je veux que tu relises cette lettre une fois par semaine. Peu importe le jour ou l'heure : lis-la. Chaque fois que tu l'ouvriras, je veux que tu constates que tu es toujours enceinte, que je suis toujours en bonne santé, que nous sommes toujours ensemble. Je veux que tu nous imagines tous les trois, toi, moi et notre fils ou notre fille, en train de découvrir l'Europe ou l'Amérique du Sud. Imagine-le. Car nous allons nous conformer à cette image. Je t'en fais le serment.

Tu es tout pour moi, et je veux que tu restes forte et ne laisses jamais tes craintes du passé entacher notre marche vers l'avenir. Tout ira bien, cette fois, je te le jure.

Fais-moi confiance.

À la semaine prochaine…

Je t'aime,

Andrew

Je lève le nez de la lettre, la posant sur le lit à mon côté sans la lâcher totalement. Lily est profondément endormie dans son berceau de l'hôpital. Andrew a dû faire preuve d'une grande force de conviction pour que j'accepte enfin de l'y mettre plutôt que de la garder dans mes bras toute la nuit. Je me suis toutefois réveillée des milliers de fois pour m'assurer qu'elle respirait encore. Et je vérifie une fois de plus. Je ne peux pas m'en empêcher. Je le ferai sans doute encore pendant des mois.

Je finis par replier la lettre d'Andrew pour la énième fois. Il suppose sans doute que je ne la lirai plus maintenant que Lily est née. Mais il se trompe. Je n'ai jamais cessé de lire la première lettre qu'il m'a écrite, mais il l'ignore. J'ai mon petit jardin secret.

— Tu es prête à mettre toutes ces destinations dans un chapeau ? m'interroge-t-il.

Je me demande depuis combien de temps il est réveillé. Je me tourne vers lui pour lui sourire.

— Attendons quelques mois.

Il hoche la tête et se lève.

— Comment as-tu pu dormir dans cette position ? m'étonné-je. Tu aurais dû te mettre sur le canapé, ajouté-je en désignant la petite banquette près de la fenêtre.

Andrew s'étire, puis se fait craquer le dos et la nuque. Il ne répond pas.

— On va enfin pouvoir récupérer tous les cadeaux de la fête organisée chez ma mère et tout installer chez nous, reprends-je.

Il m'adresse un sourire narquois.

— Attends… Tu l'as déjà fait, c'est ça ?

Il continue ses étirements.

— Techniquement, je n'y suis pour rien. Mais hier, Natalie, Blake et ta mère ont tout déménagé dès que nous sommes partis pour l'hôpital.

Je m'y étais toujours opposée durant la grossesse. Histoire de ne pas mettre la charrue avant les bœufs, en cas de nouvelle fausse couche. C'est également pour ça que j'ai refusé de connaître le sexe du bébé avant la naissance. Je ne voulais pas m'impliquer plus que de raison, contrairement à la première fois. Je craignais que ça me porte la poisse. Andrew ne partageait pas totalement mes craintes, mais il n'a jamais tenté de me convaincre d'agir différemment.

— Et, comme tu t'en doutes, ajoute-t-il, puisque Michelle et ma mère sont encore en ville, il n'y a pas que ces cadeaux qui t'attendent à la maison.

Le lendemain, quand Andrew m'ouvre la porte pour me permettre d'entrer chez nous avec Lily dans les bras, je me rends tout de suite compte qu'il ne m'a pas menti. La maison est rutilante. Je ne l'aurais jamais si bien nettoyée moi-même. Tandis que nous traversons le salon en direction du couloir, je jette un coup d'œil à l'écoute-bébé posé sur la table basse, à cet autre sur le comptoir de la cuisine, au troisième branché dans la salle de bains et, enfin, à l'émetteur que je découvre dans la chambre de Lily.

J'observe la pièce avec des yeux ronds comme des soucoupes.

— Waouh, Andrew, regarde ce qu'elles ont fait !

Lily s'agite dans mes bras, sans doute de me sentir tout excitée, mais elle se calme rapidement.

Le lit de bébé est installé contre un mur. Un ravissant mobile musical Winnie l'Ourson plane au-dessus. Une commode et une table à langer assorties ont pris place près de la fenêtre. Andrew ouvre les tiroirs pour me montrer qu'ils sont remplis de vêtements, de gigoteuses, de bavoirs, de chaussettes minuscules et d'autres accessoires indispensables. Je découvre dans la penderie des dizaines de petites robes et tenues. Il y a tant de paquets de couches près de la table à langer que j'ai l'impression que nous n'aurons jamais à en acheter nous-mêmes. Bien sûr, je sais qu'il ne s'agit là que d'un vœu pieux.

Andrew me fait alors signe de le suivre dans le couloir, où il ouvre le placard près de la salle de bains. Celui-ci abrite un trotte-bébé flambant neuf, de même qu'une balancelle et qu'un étrange tapis d'éveil, tous encore rangés dans leur boîte.

— Je les monterai quand elle sera en âge, dit-il. Mais ça n'est pas pour tout de suite.

— Tu penses que tu vas t'en sortir ? le taquiné-je.

Il dresse le menton et déclare :

— Sans même lire les instructions.

Je ris silencieusement.

Puis il me mène jusqu'à notre chambre. Un couffin blanc est disposé près de mon côté du lit.

— Je t'ai acheté ça, fanfaronne-t-il. Je sais que tu ne seras pas tout de suite prête à la laisser dans sa chambre, alors je me suis dit que tu en aurais besoin.

Il rougit. Je m'empresse d'aller l'embrasser sur le coin de la bouche.

— Tu avais raison, lui confirmé-je. Merci.

Lily recommence à s'agiter, se réveillant cette fois pour de bon. Andrew me la prend des bras.

— Je vais la changer, déclare-t-il.

Je m'allonge sur le lit sans cesser de l'observer. Il la couche sur notre matelas et retire la couverture dans laquelle elle est emmaillotée. Les cris les plus mignons, mais les plus puissants qui soient émergent de ses poumons minuscules. Ses petits bras et jambes battent rapidement l'air. Sa figure tout entière vire à l'écarlate. Pourtant, Andrew ne bronche pas. Et quand il ouvre sa couche, il ne sourcille pas non plus en découvrant le cadeau qu'elle lui a laissé. Je dois bien reconnaître que je suis surprise de la facilité avec laquelle il a déjà endossé son rôle de papa.

J'ai repris le travail à la boutique de produits de beauté après mon congé maternité, mais seulement à temps partiel. Ma patronne, Janelle, est géniale, et elle m'apprécie tant qu'elle m'a accordé une augmentation d'un dollar de l'heure quand elle a appris que j'étais enceinte. Seules Natalie et moi travaillons encore là-bas ; Nat est à temps plein et a même fait un certain nombre d'heures supplémentaires, puisque je me suis arrêtée pendant six semaines. Mais ça ne la dérange pas : elle économise pour acheter à son tour. Blake et elle semblent vraiment faits l'un pour l'autre, je me fais la réflexion chaque fois que je les vois ensemble. En vérité, je ne l'avais encore jamais vue aussi heureuse. Je pensais qu'elle l'était quand elle sortait avec Damon, mais je me rends compte aujourd'hui qu'il devait simplement s'agir de tolérance et de piètre estime de soi. Blake est différent. Je crois que c'est du solide.

Andrew a trouvé un job dans un garage auto trois semaines après notre emménagement. Son expérience et ses compétences lui ont permis d'obtenir un salaire plus qu'honorable. Il gagne bien mieux sa vie que moi, mais il essaie de me réconforter en me répétant : « C'est que dalle par rapport au fait d'expulser notre bébé par ton... » Je l'interromps chaque fois.

Ça n'était pas nécessaire, Andrew. Merci quand même.

J'ai l'impression que les crèches sont réservées aux plus riches. Honnêtement, je ne vois pas comment une personne payée au SMIC peut s'offrir le luxe d'une garde d'enfant. Toute sa paie irait là-dedans, ça n'aurait aucun sens. Quoi qu'il en soit, Andrew et moi sommes d'accord pour ne pas confier notre fille à des inconnus. Nous avons donc trouvé un compromis avec Janelle : je travaille à temps partiel le soir, quand Andrew est à la maison, et un week-end sur deux.

Nous n'avons aucun mal à joindre les deux bouts et nous débrouillons comme des chefs, comme si nous avions fait ça toute notre vie. Même si nos économies s'élèvent à plus de cent mille dollars, cela ne nous empêche pas de mettre encore de l'argent de côté en ne dépensant que le strict minimum. Parallèlement à nos activités quotidiennes, Andrew et moi donnons des concerts un samedi sur deux, les semaines où je ne travaille pas, dans le bar que Rob, le frère de Blake, a ouvert en ville. Il s'est passé un truc à *L'Underground* qui l'a contraint à fermer l'établissement. Selon la rumeur, Rob a même échappé de peu à la prison. À mon avis, c'est parce qu'il ne possédait pas la licence nécessaire. Aujourd'hui, Blake bosse comme manager dans ce nouveau bar, et il nous reverse la moitié de la recette quand nous y jouons. C'est plus que nous ne nous sommes jamais fait, en dehors de chez Aidan. Samedi dernier, nous avons empoché huit cents dollars.

De quoi alimenter nos réserves en prévision de la destination que le tirage au sort nous indiquera. Et même si Andrew donne tout à chaque représentation, comme il l'a toujours fait, je vois bien quand nous sommes sur scène qu'il a hâte d'aller récupérer Lily chez ma mère, ou chez quiconque a la chance de se la voir confier pour quelques heures.

Andrew est génial avec Lily. Il m'étonne chaque jour un peu plus. Il se lève aussi souvent que moi pour changer sa couche en pleine nuit, et reste parfois éveillé pour me tenir compagnie pendant que je l'allaite. Il lui arrive aussi d'avoir des réactions de mec, il n'est donc pas complètement M. Parfait. Apparemment, il n'est pas totalement immunisé aux couches immondes et, pas plus tard que ce matin, je l'ai vu pris d'un haut-le-cœur au moment de la changer. Ça m'a fait rire, mais je me suis sentie tellement mal pour lui que je n'ai pas pu m'empêcher de prendre le relais. Il a quitté la pièce en se plaquant le col de chemise sur le nez et la bouche.

Et… eh bien, je ne voudrais pas aller trop vite en besogne, mais j'ai l'impression que Lily a suffisamment attendri Andrew pour qu'il commence même à apprécier Natalie. Juste un peu. Je ne sais pas, mais chaque fois qu'elle la prend dans ses bras et la fait sourire en lui parlant avec sa volubilité habituelle, ça ne semble pas déranger Andrew. Lily a maintenant trois mois, et je ne me souviens honnêtement pas de la dernière fois qu'il a traité Nat de hyène, ou qu'il m'a adressé un regard exaspéré dans son dos.

Il lui arrive encore de se crisper quand elle s'autoproclame marraine de Lily, mais… une étape après l'autre. Il finira par s'y habituer.

39

Andrew

9 février
Premier anniversaire de Lily

— Aidan et Michelle sont là ! me crie Camryn depuis le salon.

J'attache le dernier bouton de la robe de Lily et la prends par la main. Elle n'aime pas trop quand je fais ça et se tortille en tous sens pour se libérer et m'attraper l'index à la place.

— Viens, mon bébé, lui dis-je en la regardant. Oncle Aidan et tante Michelle sont venus te souhaiter un bon anniversaire.

Je jurerais qu'elle comprend tout ce que je raconte.

Elle me serre le doigt aussi fort qu'elle peut, glousse et fait un pas de géant en avant, comme si je n'étais pas assez rapide à son goût. Plié en deux, je progresse à demi-pas rapides dans le couloir pour lui permettre de courir sur ses petites jambes potelées. Alors qu'elle manque de tomber au moment de tourner, je la rattrape par la main pour l'aider à recouvrer l'équilibre. Elle a fait ses premiers pas à dix mois. Dit son premier mot, « maman », à six mois. À sept, elle a dit « papa », et j'ai carrément fondu quand elle m'a appelé ainsi pour la première fois.

Camryn avait raison : elle a mes yeux verts.

— Lily ! s'exclame Michelle d'un ton théâtral en s'accroupissant à sa hauteur pour l'envelopper dans ses grands bras. Oh, mon Dieu, que tu as grandi ! (Lily glousse de façon incontrôlable quand elle l'embrasse sur les joues, sur le front, sur le nez.) Miam, miam, miam, ajoute Michelle en faisant mine de la dévorer.

Je me tourne vers Aidan, qui tient mon neveu dans ses bras. Je tends les mains vers lui, mais Avery est timide et il se blottit contre la poitrine de son père. Je recule d'un pas, espérant qu'il ne va pas se mettre à pleurer. Aidan tente de l'amadouer.

— Est-ce qu'il marche déjà ? demande Camryn en venant se poster près de moi.

Michelle suit Lily dans le salon, où nombre de ballons roses et violets gonflés à l'hélium sont collés au plafond. Quand Lily se rend compte qu'elle ne peut pas les attraper, elle capitule et se dirige droit vers la pile de cadeaux qui l'attend par terre.

Aidan confie deux paquets enveloppés à Camryn, et nous allons tous rejoindre Michelle et Lily au salon. Camryn dépose les cadeaux avec les autres.

— Il essaie, répond Aidan au sujet des premiers pas de son bambin. Il arrive à avancer en se tenant au canapé, mais il n'a pas encore ressenti le besoin de le lâcher.

— Bon sang, c'est ton portrait craché, frangin ! déclaré-je. Pauvre gamin.

Aidan m'aurait balancé un coup de poing s'il avait eu les mains libres.

— Il est adorable, intervient Camryn en tendant les bras vers lui.

Bien sûr qu'il l'est, mais il faut bien que je me moque un peu de mon frère.

Avery l'observe d'abord comme si elle était folle, puis se venge du fait que j'aie dit du mal de son papa en acceptant sans problème d'aller avec Camryn.

Aidan éclate de rire.

Nancy et Roger, Natalie et Blake, Sarah et son petit ami, qui a déjà eu un enfant avec une ex, arrivent pratiquement tous en même temps. Puis nos voisins, Mason et Lori, un jeune couple avec un petit de deux ans, débarquent avec des cadeaux plein les bras. Lily, toujours en train de frimer, pose les mains et la tête sur le tapis, mettant en l'air son petit popotin couvert de sa couche. Puis elle fait mine de tomber et se fend d'un « Oh, oh » quand tout le monde éclate de rire.

— Regardez-moi ces jolies boucles blondes, s'extasie Michelle. Est-ce que votre fille avait les cheveux aussi clairs, quand elle était bébé ? demande-t-elle à la mère de Camryn, assise à côté d'elle.

Nancy acquiesce.

— Oui, exactement les mêmes.

Plus tard, quand tout le monde est enfin là, Lily reçoit l'autorisation d'ouvrir ses paquets ; et, à l'instar de sa maman, elle se met à chanter et à danser, se donnant en spectacle devant tout le monde. Puis, quand vient l'heure de souffler sa bougie (pour être honnête, heureusement que je suis là pour l'aider), elle est à deux doigts de se noyer dans le gâteau et le glaçage mauve. Elle en a sur les cheveux et sur les cils, et même dans les narines. Camryn essaie en vain de l'empêcher de faire trop de salissures, mais elle finit par capituler et laisse Lily s'amuser.

Celle-ci s'écroule de fatigue bien avant le départ de ses derniers invités.

— Je crois que c'est le bain qui l'a achevée, me souffle Camryn tandis que nous sommes tous deux penchés sur son lit.

Je prends Camryn par la main et l'entraîne à ma suite, tirant la porte de Lily en sortant.

Nous nous allongeons ensemble sur le canapé pour regarder un film, puis Camryn m'embrasse sur les lèvres et va prendre sa douche.

J'éteins la télé et observe la pièce. J'entends l'eau couler dans la salle de bains, les voitures rouler dans la rue. Je repense à la conversation que j'ai eue avec mon patron hier : comme je travaille avec lui depuis presque deux ans, je vais bientôt disposer de deux semaines de vacances. Je sais cependant que quinze jours ne suffiront pas pour accomplir les projets que Camryn et moi avons en tête. Cette histoire de travail est le seul point que nous n'ayons pas vraiment réglé quand il s'agira de quitter Raleigh pour un mois ou plus. Nous tenons tous les deux à notre boulot, et nous en sommes venus à la conclusion imparfaite de devoir faire ce sacrifice pour réaliser nos rêves de voyages tout en évitant de devenir les victimes de cette horrible routine monotone qui nous terrifie l'un et l'autre.

Nous savons que nous ne garderons pas nos postes éternellement. Et, en vérité, c'est un peu le problème. Mais j'ai répondu à mon boss que, oui, j'allais avoir besoin de ces congés dans les mois à venir. J'ai décidé de ne pas lui parler de ma démission avant d'avoir discuté avec Camryn ce soir.

Je me lève du canapé, vais chercher un bloc-notes dans le tiroir du bureau de l'ordinateur et retourne m'asseoir à la table de la cuisine. Je commence à noter les noms des différentes destinations que Camryn et moi avons déjà évoquées ensemble : la France, l'Irlande, l'Écosse, le Brésil, la Jamaïque... Bientôt, j'ai amassé une jolie pile de bandelettes au milieu de la table. Alors que je les plie l'une après l'autre pour les jeter dans le chapeau de cowgirl de Camryn, je l'entends couper l'eau à la salle de bains.

Elle vient me rejoindre dans la cuisine, ses cheveux mouillés collés dans son dos.

— Qu'est-ce que tu fais ? demande-t-elle.

Mais elle a compris avant que j'aie eu le temps de lui répondre. Elle s'assied à côté de moi. Et sourit. C'est très bon signe.

— On devrait peut-être partir en mai ou juin, suggéré-je.

Elle se passe un peigne dans les cheveux tout en considérant ma proposition. Puis elle le pose sur la table.

— Tu penses que Lily est prête ? s'enquiert-elle.

J'acquiesce.

— Ouais, je crois bien. Elle marche. On s'était dit qu'on attendrait qu'elle sache le faire.

Camryn hoche la tête à son tour et poursuit sa réflexion, sans jamais sembler douter.

— Il faut l'habituer tant qu'elle est jeune.

Nous ne formons vraiment pas une famille traditionnelle. De nombreux parents rejetteraient par principe l'idée même de voyager à l'étranger avec un jeune enfant. Pas nous. Je dois bien reconnaître que tout le monde n'est pas dans notre situation, mais, pour nous, c'est un besoin vital. Naturellement, nous ne bourlinguerons pas dans les mêmes conditions que lors de nos road-trips à travers les États-Unis. Conduire sans but pendant des heures, des jours, voire des semaines avec un bébé dans la voiture n'est pas envisageable – Lily détesterait ça. Non, il s'agira davantage de se poser dans une ville que nous avons envie de découvrir que de courir d'un endroit à l'autre sans véritable escale. Et, malheureusement, nous ne pourrons pas prendre la Chevelle.

Camryn tire le chapeau vers elle et plonge la main à l'intérieur pour bien mélanger.

— Tu as mis tous ceux dont on avait parlé ? m'interroge-t-elle.

— Bien sûr.

Elle plisse les yeux d'un air taquin.

— Tu mens.

— Quoi ? Non, sérieux, je l'ai fait.

Elle me donne un petit coup au mollet de son pied nu.

— Je ne peux pas te faire confiance, Andrew.

Elle entreprend de sortir les morceaux de papier pour les lire à voix haute avant de les reposer sur la table.

— Jamaïque. France. Irlande. Brésil. Bahamas. Îles Vierges. Mexique.

Elle les empile les uns sur les autres.

Après plusieurs autres tirages, elle brandit le dernier papier, qu'elle serre fermement entre ses doigts. Elle m'adresse un grognement suspicieux.

— Quelque chose me dit que ce n'est pas écrit « Italie ».

Elle fait de son mieux pour ne pas sourire.

Je ne sais vraiment pas comment j'ai pu espérer m'en tirer à si bon compte.

Alors que je me mords les joues pour conserver une expression neutre, elle déplie le morceau de papier et lit :

— Australie.

Elle le repose au sommet du petit tas qu'elle a constitué.

— Je devrais te punir pour avoir essayé de tricher.

Elle grimace et croise les bras d'un air boudeur.

— Oh, allez, dis-je, finalement incapable de garder mon sérieux. Au moins, je n'ai pas écrit plusieurs fois « Brésil ».

— Tu y as pensé, pas vrai ?

Je grimace en l'entendant hausser le ton, et nous nous tournons tous les deux vers le couloir menant à la chambre de Lily.

Camryn se penche au-dessus de la table pour me siffler entre ses dents :

— Tant pis pour toi, tu es puni. Pas de sexe pendant une semaine.

Elle s'enfonce sur sa chaise et sourit d'un air satisfait.

Là, ça n'est plus drôle du tout.

Je ravale ma fierté, hésite un instant, puis finis par dire :

— Oh, allez, tu plaisantes, pas vrai ? Tu aimes ça autant que moi.

— Bien sûr que oui, admet-elle. Mais tu n'as jamais entendu dire que les femmes avaient cette faculté incroyable de s'en priver plus longtemps que les hommes ? Je prendrai mon pied toute seule.

— Tu bluffes, affirmé-je, moyennement convaincu.

Elle secoue légèrement la tête ; la lueur dans ses prunelles indiquant qu'elle est on ne peut plus sérieuse me rend nerveux.

— Comment comptes-tu te rattraper, sinon ?

Je retrousse légèrement les lèvres.

— Je ferai tout ce que tu veux.

Je marque une pause, puis brandis un doigt et ajoute avant qu'il soit trop tard :

— … Tant que ça n'est ni dégradant, ni dégoûtant, ni injuste.

Le sourire jusqu'aux oreilles, elle se lève lentement de sa chaise. Je scrute chacun de ses mouvements avec la plus grande attention, redoutant de laisser échapper quelque chose. Elle glisse les pouces sous l'élastique de sa culotte et me provoque en faisant mine de la retirer.

C'est pas vrai… sans déconner ? Elle appelle ça une punition ?

Je tente de reprendre mon sang-froid, de faire comme si son geste n'avait eu aucun effet sur moi alors que, en vérité, je suis dans tous mes états.

Elle s'éloigne de moi.

— Où tu vas ? demandé-je.

— Prendre mon pied.

— Hein ?

— Tu as bien entendu.

D'accord, mais… ça n'était pas censé se passer comme ça.

— Mais… quelle est ma punition ?

Elle s'arrête assez longtemps pour m'adresser un coup d'œil en coin.

— Tu dois me regarder.

— Attends… quoi ?

Je commence à la suivre. Quelle vilaine petite sorcière.

Elle se dirige vers le salon et s'allonge sur le canapé, une tête sur l'accoudoir, une jambe sur le dossier.

Vilaine, vilaine sorcière !

Elle me décoche un regard torride, et c'en est trop pour moi ; à la seconde où ses yeux croisent les miens, je me place à califourchon sur elle et écrase ma bouche contre la sienne.

— Alors là, pas question, ma belle, chuchoté-je contre ses lèvres avant de l'embrasser encore plus voracement.

Elle m'attrape par la chemise, mêle passionnément sa langue à la mienne.

Puis Lily se met à pleurer.

Je me fige. Camryn aussi. Nous nous observons un instant, aussi frustrés l'un que l'autre, mais sans pouvoir nous empêcher de sourire. Lily a le sommeil profond et ne se réveille presque plus la nuit, mais son timing de ce soir ne me surprend pas.

— Je m'en occupe, cette fois, me dit Camryn en se relevant.

Je me relève aussitôt, me frottant le crâne du plat de la main.

Après qu'elle a disparu au bout du couloir, je me réinstalle à la table de la cuisine et griffonne « Italie » sur un morceau de papier. Je le glisse dans le chapeau, puis replie tous les autres et en fais autant avec eux.

Quelques minutes plus tard, Camryn a réussi à rendormir Lily et la maison est de nouveau complètement silencieuse. Elle vient se rasseoir à côté de moi, croisant ses jambes nues sous ses fesses. Elle pose un coude sur la table, enfonce son menton dans sa paume et me contemple avec un sourire chaleureux ; elle semble avoir une idée derrière la tête.

— Andrew, dit-elle, tu penses vraiment que l'on peut faire ça ?

— Faire quoi, exactement ?

Elle pose son autre coude sur la table et se tord les doigts avec nervosité.

— Voyager avec Lily.

Je marque une pause et m'appuie contre mon dossier.

— Ouais, je pense que ça peut le faire. Pas toi ?

Son sourire faiblit.

— Camryn, tu n'as plus envie de voyager ?

Elle secoue la tête.

— Non, ce n'est pas ça du tout. Mais j'ai super peur. Je ne connais personne qui ait tenté pareille expérience. C'est plutôt effrayant. Et si on se faisait des films ? Il y a sans doute une raison, si les gens normaux ne font pas ce genre de chose.

Je suis d'abord inquiet. Je redoute au fond de moi qu'elle ait réellement changé d'avis, et même si je me plierais évidemment à ses désirs, je sais que, quelque part, je serais un peu déçu.

Je me redresse et pose à mon tour les bras sur la table, adoptant sa position. Mon regard s'adoucit quand je le pose sur elle.

— Je sais qu'on peut le faire. Tant que c'est ce que l'on veut tous les deux, tant qu'on ne le fait pas pour faire plaisir à l'autre, alors oui, Camryn, je sais qu'on peut le faire. On peut se le permettre. Lily n'ira pas à l'école avant plusieurs années. Rien ne nous retient.

— Est-ce vraiment ce que tu désires ? Tu me promets que tu ne veux pas le faire uniquement pour moi ?

Je secoue la tête.

— Non. Et même si je ne le souhaitais pas autant que toi, je le ferais quand même parce que c'est ce que tu veux. Mais oui, j'en ai très envie.

Son faible sourire s'étire légèrement.

— Et tu as raison, poursuis-je. À moi aussi, ça me fait peur. Ce serait beaucoup moins flippant si nous n'étions que tous les deux, mais... vois les choses autrement : si on ne le fait pas, alors quoi ?

Elle détourne le chef pour y réfléchir, puis hausse les épaules et déclare :

— Alors on pourrait travailler et élever nos enfants ici, j'imagine.

— Exactement. Cette crainte fait toute la différence entre eux et nous.

Je fais un geste vers l'extérieur en prononçant ce « eux », pour englober tous ces gens auxquels nous voulons éviter de ressembler. Camryn le comprend parfaitement, je le vois sur son visage. Et je n'entends pas par là que ceux qui choisissent de passer leur vie au même endroit pour y fonder une famille ont tort. Nous ne voulons simplement pas faire partie de ceux qui désirent, qui rêvent d'autre chose, de quelque chose de plus grand, mais qui ne vont jamais au bout de l'idée car ils sont tétanisés par la peur.

— Mais qu'est-ce qu'on va faire ? me demande-t-elle.

— Ce qu'on veut, affirmé-je. Tu le sais bien.

— Ouais, mais je parle de plus tard. Dans cinq ou dix ans, qu'est-ce qu'on va faire de nos vies ? de celle de Lily ? Même si j'adore l'idée de voyager toute notre existence, cela ne me semble pas du tout réaliste. On finira par manquer d'argent. Il faudra bien que Lily aille à l'école un jour ou l'autre. Et alors, on atterrira ici, et on deviendra comme eux de toute façon.

Je secoue de nouveau la tête et souris.

— Ça fait partie des peurs et des excuses auxquelles nous ne devons pas céder, ma belle. Tout ira bien pour nous. Tout ira bien pour Lily. On va faire les choses à notre manière, aller là où on voudra aller, profiter de la vie et ne jamais se laisser aller à cette routine que nous redoutons tous les deux. Et dans le pire des cas, le jour où on commencera à manquer d'argent, si on ne trouve pas de travail et que Lily doit aller à l'école, si l'on est obligés de s'installer quelque part pour du long terme, même si c'est ici, alors nous le ferons. Mais pour l'heure (je martèle la table de mon index pour insister sur ce point), nous n'avons pas à nous en inquiéter.

Elle sourit.

— D'accord. C'était juste pour être sûre.

Je hoche la tête et tends la main vers le chapeau pour le rapprocher d'elle.

— Tu pioches en premier, décrété-je.

Elle plonge sa main à l'intérieur, mais s'immobilise et me scrute d'un air accusateur.

— Est-ce que tu as ajouté l'Italie ?

— Oui. Promis.

Sachant cette fois que je lui dis la vérité, elle fait disparaître ses doigts dans le chapeau et commence à mélanger les morceaux de papier. Elle en sort un, qu'elle dissimule à l'intérieur de son poing serré.

— Eh bien, qu'est-ce que tu attends ?

Elle me glisse le papier dans la paume et réplique :

— Je veux que ce soit toi qui lises.

J'accepte et déplie précautionneusement le papier. Je l'examine d'abord silencieusement, nous imaginant tous les trois en voyage là-bas. J'étais si concentré sur le fait de gagner mon pari avec le Brésil que je n'avais jamais réellement envisagé les autres destinations. Maintenant que j'ai perdu, cela devient beaucoup plus simple.

— Alors ? s'impatiente-t-elle.

Je souris et retourne le morceau de papier sur la table.

— Jamaïque, annoncé-je. On dirait que nous avons tous les deux perdu.

Elle se fend d'un large sourire. Ces quelques lettres révélées devant nous représentent bien plus qu'un peu d'encre sur du papier. Elles symbolisent le commencement du reste de notre vie commune.

40

Camryn

Et quelle vie merveilleuse et formidable cela s'est révélé être !

Je me souviens comme si c'était hier de ce jour de printemps où nous avons décollé pour la Jamaïque. Lily portait une robe jaune et deux barrettes à fleur dans les cheveux. Elle n'a pas pleuré ni ne s'est impatientée lors du voyage pour Montego Bay. Un vrai petit ange. Et quand nous avons atteint cette première destination, à l'instant où nous sommes descendus d'avion et avons posé le pied sur ce sol étranger, tout nous est apparu subitement réel.

C'est alors qu'Andrew et moi sommes devenus différents.

Mais j'y reviendrai plus tard.

C'était il y a fort longtemps, et je préfère commencer par le commencement.

Durant les deux mois qui ont précédé l'embarquement à bord de cet avion, je n'ai pas cessé d'avoir peur. Même si je crevais d'envie de le faire, si je me répétais régulièrement qu'Andrew avait raison et que je n'avais pas à m'inquiéter, je m'inquiétais sans arrêt, naturellement. Tant et si bien que, deux jours avant le grand départ, j'ai failli faire machine arrière.

J'ai alors repensé à notre premier road-trip ensemble, quand il m'avait fait fourrer ses vêtements dans un sac :

— *Alors ? On commence par aller où ?* avais-je demandé en pliant proprement la chemise sur le sommet de la pile.

Il farfouillait encore dans son armoire.

— *Non, non,* m'avait-il lancé de l'intérieur d'une voix étouffée. *Pas de plans, Camryn. On prend la bagnole et on roule. Sans carte, ni rien...*

Il était alors ressorti du placard et avait repris d'un timbre plus clair :

— *Qu'est-ce que tu fabriques ?*

J'avais relevé la tête, la deuxième chemise déjà à moitié pliée.

— *Je range tes affaires.*

J'avais alors entendu un bruit sourd lorsqu'il avait lâché ses baskets noires avant de se diriger vers moi. Là, il m'avait toisée avec un air réprobateur et m'avait pris la chemise des mains.

— *Ne t'embête pas, ma belle. Contente-toi de les fourrer à l'intérieur.*

Un échange apparemment sans importance, qui pourtant m'avait donné le courage de monter dans cet avion. Je savais que, si je restais, si je continuais à trop y réfléchir, je finirais par me laisser envahir par la peur, et qu'elle ne cesserait dès lors de contrôler ma vie. Notre vie.

Et à présent, chaque fois que je pense au passé, la seule chose qui m'effraie est de me dire que nous sommes passés à deux doigts de vivre le reste de notre existence en Caroline du Nord.

Nous sommes restés trois semaines en Jamaïque, et avons tellement apprécié notre séjour que nous n'avions aucune envie d'en repartir. Nous savions néanmoins que nous avions encore tellement à faire, tant d'endroits à visiter. Ainsi, un soir, après avoir fait connaissance avec des gens du coin sur la plage, Andrew a plongé la main dans le sac – nous avions remplacé le chapeau de cowgirl par un sachet en velours autrement plus facile à transporter – et tiré le Japon. De l'autre côté de l'océan...

Nous ne nous étions pas du tout préparés à cela.

Inutile de dire que cela a sonné le glas de notre grande tombola du voyage ! Nous nous sommes plutôt décidés à choisir la destination suivante en fonction de notre localisation actuelle : le Venezuela, Panama, le Pérou et, enfin, le Brésil. Nous avons tout visité. Notre plus long séjour au même endroit, deux mois, a eu lieu à Temuco, au Chili. Nous faisions bien sûr en sorte d'éviter les endroits les plus dangereux pour les voyageurs, les villes et les pays caractérisés par un contexte politique instable. Partout où nous allions, nous nous surprenions à nous associer de plus en plus facilement à chaque culture. À manger la nourriture et à participer aux célébrations locales. À apprendre de nouvelles langues. Bien que, pour l'essentiel, nous n'ayons retenu que quelques phrases.

Et comme prévu, nous sommes rentrés au pays pour les vacances. Nous avons passé Thanksgiving à Raleigh. Noël à Galveston. Le Nouvel An à Chicago. Et, bien sûr, le deuxième anniversaire de Lily, également à Raleigh. Nous en avons profité pour l'emmener chez le médecin, pour un bilan complet et le rappel des vaccins. Et oui, Andrew est également allé voir le docteur et, comme sa fille, il était en pleine santé.

Juste avant le printemps, il a accepté de louer notre maison à Natalie et Blake. Ça tombait parfaitement bien, à vrai dire. Ils cherchaient à déménager, cela nous procurait une petite rente, et cela nous évitait de payer des factures inutiles. Nous disposions toujours d'une somme rondelette en banque, mais notre mode de vie l'avait considérablement entamée. Peu à peu, nous avons toutefois appris les trucs et astuces relatifs aux voyages à l'étranger, et nous nous sommes de plus en plus tournés vers les auberges, les hôtels bon marché ou des maisons de vacances moins chères encore. Nous ne recherchions pas le luxe, juste un endroit sûr et propre pour Lily.

Cependant, ce qui nous a sans doute permis de réaliser les plus grosses économies était de ne jamais voyager comme des touristes. Nous n'achetions ni souvenirs ni quoi que ce soit d'inutile. Nous évitions les visites guidées et ne dépensions pas nos dollars comme n'importe quel vacancier ayant budgété son séjour. Nous n'achetions que le strict nécessaire, même si nous nous faisions parfois plaisir avec un bon repas ou un nouveau jouet pour Lily, quand elle finissait par se lasser du sien.

Il nous arrivait également de donner un concert de temps à autre afin de glaner quelque cachet, mais, avec Lily, nous ne pouvions jamais monter sur scène en même temps. Comme nous n'osions pas la laisser à quelqu'un, ne serait-ce que pour quelques minutes, j'ai même fini par arrêter complètement, laissant Andrew chanter en s'accompagnant de sa guitare acoustique. Mais il a fini par laisser tomber lui aussi : autres pays, autres styles musicaux, langues radicalement différentes. Nous voyions bien que nos morceaux ne fonctionnaient pas aussi bien qu'aux États-Unis.

Quelques mois après le deuxième anniversaire de Lily, Andrew et moi avons décidé qu'il était temps de repartir. Nous voulions en profiter autant que possible avant de devoir nous installer pour inscrire la petite à l'école. Et j'étais prête à découvrir l'Europe. Ainsi, à l'approche de l'été, nous avons jeté notre dévolu sur le Portugal.

Andrew et moi avons « grandi » quand nous sommes descendus de cet avion en Jamaïque. Voilà ce que j'entendais en disant que nous étions devenus différents. Bien sûr, Lily nous a également fait beaucoup mûrir en venant au monde, mais en descendant de cet avion et en sentant cette brise sur mon visage, j'ai enfin découvert que l'air n'était pas le même à l'étranger ; et nous savions que nous vivions cette expérience pour de bon. Nous étions loin de chez nous avec notre fille, et même si nous n'avons cessé depuis ce jour de profiter de l'existence, nous n'avons jamais baissé la garde.

Nous avions grandi.

41

Andrew

Je pense souvent à ma vie d'avant, avant même ma rencontre avec Camryn, et ça me fait presque peur d'avoir changé autant. J'étais ce qu'elle appelle un « gigolo » quand j'étais au lycée. Et, je l'avoue, j'ai continué à l'être plus tard – elle est au courant pour chacune des femmes que j'ai fréquentées. Elle sait pour mes années folles. Elle sait quasiment tout de moi. Quoi qu'il en soit, je pense souvent à mon passé, mais ça ne me manque pas. Sauf de temps à autre, quand il me vient des images de ma jeunesse en compagnie de mes frères : là, il m'arrive de ressentir cette nostalgie dont Camryn parlait lors de notre deuxième passage à La Nouvelle-Orléans.

Je ne regrette rien, pas même mes excès, même si je ne recommencerais pas forcément tout. J'ai réussi à dépasser ce stade et à trouver une femme magnifique m'ayant donné une fille parfaite que je ne mérite certainement pas.

J'ai appris hier qu'Aidan et Michelle, après deux gamins et des années de mariage, s'apprêtent à divorcer. Ça me fait mal pour eux, mais j'imagine que tout le monde n'est pas fait pour être ensemble, contrairement à Camryn et moi. Je me demande si leur histoire aurait pu se poursuivre s'ils ne s'étaient pas tués au travail. Le bar de mon frère lui a pompé toute son énergie, et Michelle était elle aussi lessivée par son taf. Camryn et moi avions déjà constaté qu'ils semblaient s'éloigner l'un de l'autre. Nous nous en étions fait la réflexion, même lors de la première visite de Camryn, avant la naissance de Lily.

— Ils ne font que travailler, m'a-t-elle dit un soir de l'année dernière. Travailler, s'occuper d'Avery et de Molly, regarder la télé et aller se coucher.

J'ai hoché la tête d'un air méditatif.

— Ouais, je suis content qu'on n'ait pas fini comme ça.

— Moi aussi.

Asher, en revanche, sort avec une fille adorable nommée Lea. Et je suis fier d'annoncer qu'ils ont un jour décidé sur un coup de tête d'aller s'installer à Madrid. Mon petit frère a bien mené sa barque, devenant développeur de logiciels, ce qui lui a permis de trouver autre chose sans mal. Il n'était pas obligé de le faire. Il aurait pu rester en poste dans le Wyoming, mais apparemment nous nous ressemblons plus que je ne l'imaginais. Par bonheur, Lea partage ses centres d'intérêt et sa détermination ; sans quoi, leur relation s'achèverait sans doute plus comme celle d'Aidan et Michelle que comme celle de Camryn et moi. Et j'ai cru comprendre que Lea se faisait pas mal de cash en vendant ses robes de créatrice sur Internet. Camryn a même envisagé de se lancer là-dedans également, puis elle s'est rendu compte que ça l'obligerait à faire de la couture…

Puisqu'ils sont installés en Espagne, cela nous a offert un pied-à-terre sur place quand nous y sommes allés à notre tour. Asher a eu beau insister pour que nous ne payions pas de loyer, nous l'avons fait quand même. Camryn ne voulait pas – je la cite – vivre en « parasite ».

— Un dollar, a suggéré Asher pour lui donner bonne conscience.

— Non, a-t-elle refusé. Six dollars quatre-vingt-quatre par semaine, pas un penny de moins.

Asher a éclaté de rire.

— Dis donc, tu es vraiment bizarre, comme fille. OK. Va pour six dollars quatre-vingt-quatre.

Au début, nous comptions rester chez mon frère pour une quinzaine de jours, mais une nuit, Camryn et moi avons eu une conversation à cœur ouvert.

— Andrew, je crois qu'on devrait se poser un petit moment. Ici, à Madrid. Ou peut-être rentrer à Raleigh. Je n'en ai pas particulièrement envie, mais…

Je l'ai dévisagée avec curiosité, tout en constatant qu'une fois encore, nous pensions la même chose.

— Je sais ce que tu te dis : voyager avec Lily n'est pas aussi facile qu'on l'imaginait.

— Non, en effet.

Elle a détourné pensivement la tête, et son expression s'est durcie.

— Tu penses qu'on a fait ce qu'il fallait ? En l'emmenant dans tant d'endroits ?

Elle a fini par me regarder dans les yeux. Je voyais bien à son expression qu'elle espérait une réponse positive.

— Bien sûr que oui, ai-je répliqué le plus sincèrement du monde. C'est ce qu'on a toujours voulu faire depuis le premier jour. On n'a aucun regret. Bien sûr, il a fallu changer notre façon de faire pour sa sécurité, on a fait l'impasse sur de nombreux endroits, on est restés plus longtemps que prévu à chaque étape pour ne pas trop la déboussoler, mais on a fait ce qu'il fallait.

Camryn m'a souri tendrement.

— Et peut-être qu'on lui a inoculé le virus du voyage. (Elle a rosi.) Je ne sais pas…

— Si, tu as raison, ai-je insisté.

— Alors, qu'est-ce qu'on devrait faire, à ton avis ?

Finalement, nous avons squatté trois mois chez Asher et Lea avant de repartir. Nous avons fait une dernière escale avant de rentrer aux États-Unis : l'Italie. Camryn a fini par m'avouer pourquoi elle tenait tant à s'y rendre : son père l'y avait un jour emmenée lors d'un voyage d'affaires, quand elle avait quinze ans. Juste tous les deux. C'était la dernière fois qu'elle s'était sentie si proche de lui. Ils avaient passé beaucoup de temps ensemble. Il s'était d'ailleurs davantage consacré à elle qu'à son travail.

— Tu es sûre que c'est une bonne idée ? lui ai-je demandé avant de nous envoler pour Rome. Et si repartir là-bas foutait tes souvenirs en l'air, comme quand tu es retournée dans ces bois derrière la maison de ton enfance ?

— Je suis prête à courir le risque, m'a-t-elle alors affirmé en entassant les affaires de Lily dans notre valise. Et puis, je n'y vais pas pour revivre ces six jours avec mon père, mais pour me les rappeler. Je ne peux pas foutre en l'air ce dont je ne me souviens que vaguement.

Une fois sur place, je l'ai vue se remémorer des tonnes de choses. Elle a emmené Lily s'asseoir sur l'escalier de la Trinité-des-Monts, tout comme son père avait dû le faire avec elle.

— Nous t'aimons beaucoup, a-t-elle dit à Lily en lui serrant la main avec tendresse. Tu le sais, pas vrai ?

Lily a souri avant d'embrasser sa maman sur la joue.

— Je t'aime, maman.

Puis elle s'est installée entre les jambes de Camryn, et cette dernière s'est mise à tresser sa chevelure blonde avant de faire basculer sa natte sur son épaule, la coiffant exactement comme elle.

J'ai souri à mon tour et les ai observées en repensant à ce jour, il y a si longtemps :

— *Je ne sais pas, un truc entre copains*, m'avait-elle dit. *Genre deux amis qui partagent un repas.*

— *Oh*, avais-je répondu avec un léger sourire. *Donc on est amis ?*

— *Bien sûr*, avait-elle admis, manifestement prise au dépourvu par ma réaction. *Disons qu'on est copains jusque dans le Wyoming.*

Je lui avais tendu la main, qu'elle avait serrée à contrecœur.

—*Je signe pour copains jusque dans le Wyoming*, avais-je répondu.

Je savais que c'était la fille qu'il me fallait. Pas seulement jusque dans le Wyoming, mais jusqu'à la fin des temps.

Je n'arrive toujours pas à croire tout ce que nous avons vécu ensemble.

Après quasiment trois ans sur la route, il était temps de rentrer.

Nous avons donc regagné Raleigh et notre humble demeure. Natalie et Blake ont trouvé une autre maison à l'autre bout de la ville. Lily a bien vite commencé l'école, et si les années suivantes ont été heureuses, Camryn et moi ressentions comme un manque. J'ai regardé ma petite fille devenir une magnifique jeune femme avec des rêves, des objectifs et des aspirations rivalisant avec ceux de ses parents. J'aime à croire que c'est grâce à nous – Camryn et moi – que Lily est devenue qui elle est. Cela dit, elle a sa propre personnalité, et je crois qu'elle aurait de toute façon évolué ainsi sans l'aide de personne.

Je n'aurais pu être plus fier.

Tout cela semble si loin. Et, d'une certaine manière, ça l'est. Mais même aujourd'hui, quand je repense au jour où j'ai aperçu Camryn dans ce car au Kansas, cela me semble si clair que cela pourrait être hier. Quand je pense que si nous n'étions pas partis tous les deux sur un coup de tête, envoyant se faire foutre la société et ses jugements de valeur, nous ne nous serions jamais rencontrés… Si Camryn s'était laissée dominer par la peur de l'inconnu, nous ne serions jamais allés en Jamaïque. Nous avons vraiment vécu nos existences comme nous l'entendions, et pas comme le reste du monde l'entendait. Nous avons pris des risques, opté pour un chemin moins conventionnel, nous n'avons jamais dévié de nos rêves pour plaire aux uns ou aux autres, et nous ne nous sommes jamais contraints à faire quoi que ce soit assez longtemps pour nous en lasser. Bien sûr, il nous est arrivé de faire des choses par nécessité – travailler dans des fast-foods, par exemple –, mais notre vie ne tournait pas autour de ça. Nous avons chaque fois trouvé une issue, sans nous avouer vaincus. Parce que nous n'avons qu'une seule vie. Une seule chance d'en profiter. Nous avons saisi cette chance et nous nous sommes enfuis avec.

Et je crois qu'on en a tiré le meilleur.

Je ne sais pas quoi ajouter. Ce n'est pas comme si notre vie s'achevait, maintenant que notre histoire semble avoir atteint son terme. Non. C'est loin d'être terminé. Camryn et moi avons encore des tas de choses à faire, des dizaines de lieux à visiter, tellement de règles à transgresser.

Aujourd'hui est le premier jour du reste de notre vie. C'est une journée pas comme les autres, pour Lily, pour nous, pour toutes les valeurs que nous défendons. Notre histoire prend fin, certes, mais pas notre voyage, car nous vivrons sur le fil du rasoir jusqu'à notre mort.

Épilogue

Lily

Quinze ans plus tard

— Lily Parrish !

Mme Morrison appelle mon nom depuis la scène de l'auditorium. J'entends mes amis et ma famille s'exclamer dans la foule, puis des sifflets et des applaudissements.

Je lève la main pour tenir ma coiffe de lauréat tout en gravissant les quelques marches en bois. Je n'arrive pas à l'enfiler correctement. Mon père s'est moqué de moi, prétendant que j'ai la même forme de crâne bizarre que ma mère.

Les acclamations sont de plus en plus fortes à mesure que je traverse la scène. Mon cœur tambourine contre mes côtes. Je suis tellement excitée. Je crois que je n'ai pas cessé de sourire durant ces vingt dernières minutes.

Madame la proviseur Hanover me tend mon diplôme, que je saisis d'une main tremblante. Les applaudissements redoublent. J'observe mes parents, postés au premier rang. Ils se sont levés de leur chaise. Leurs yeux brillent de larmes de joie. Ma mère me lance des baisers. Mon père me décoche un clin d'œil et applaudit à tout rompre. Je m'étrangle d'émotion de les voir si fiers de moi. Je ne serais pas là sans eux. Je ne pourrais rêver meilleurs parents.

À la fin de la cérémonie, mon petit ami, Gavin, et moi fendons la foule pour aller retrouver mon père et ma mère.

Maman me prend dans ses bras et me plante un baiser sur le crâne.

— Bravo, Lily ! s'exclame-t-elle en me serrant encore plus fort. Je suis tellement fière de toi !

Elle a des larmes dans la voix.

— Ne pleure pas, maman. Tu vas faire couler ton mascara.

Elle se passe un doigt sous les yeux.

Papa m'embrasse à son tour.

— Félicitations, ma grande.

Je me hisse sur la pointe des pieds pour lui faire une bise.

— Merci, papa.

Puis il m'attire à son côté et place sur ma hanche une main protectrice.

Il toise Gavin d'un air torve, l'étudie de pied en cap, comme chaque fois qu'il a pu le voir depuis deux ans que nous sommes ensemble. Mais cette fois, il plaisante. Au moins en partie. Il lui a fallu un an pour accepter Gavin et lui faire suffisamment confiance pour le laisser sortir avec moi sans la supervision d'un de mes deux parents. C'était tellement gênant… Mais ce côté surprotecteur n'a jamais découragé Gavin, et je crois que mes parents ne l'en respectent que davantage.

C'est un garçon génial et je crois que, au fond, ils le savent.

— Félicitations, Gavin, lui dit papa en lui serrant la main.

— Merci.

Gavin est encore terrifié par mon père. Je trouve ça mignon.

Mes parents ont organisé une grande fête pour célébrer mon diplôme, et tout le monde est là. Vraiment tout le monde. Il y a même des gens que je n'ai pas vus depuis des années : mon oncle Asher et ma tante Lea sont revenus exprès d'Espagne ! Oncle Aidan est là lui aussi, avec mes cousins Avery et Molly, et Alice, sa nouvelle femme. Mes grands-mères, Marna et Nana Nancy (elle refuse tout surnom qui « fasse vieille ») sont également de la partie. Nana n'est pas en grande forme. Elle souffre de sclérose en plaques.

— Oh, mon Dieu, ma chérie, tu vas m'abandonner ! s'exclame Zoey, ma meilleure amie, en venant me rejoindre.

Nous avons grandi ensemble à Raleigh, tout comme sa mère, Natalie, et la mienne.

— Je sais, c'est horrible ! Je suis dégoûtée. Mais tu sais que je viendrai te rendre visite !

Je la serre contre mon cœur.

— Ouais, mais putain, tu vas quand même me manquer.

— Je t'ai déjà dit de t'installer à Boston pour te rapprocher.

Elle lève les yeux au ciel et ses cheveux teints en noir corbeau rebondissent sur ses épaules tandis qu'elle se hisse sur l'un des tabourets de bar de la cuisine.

— Écoute, non seulement je ne vais pas venir m'installer à Boston avec toi, mais il se peut aussi que je quitte bientôt la Caroline du Nord.

— Comment ça ? m'étonné-je.

Je m'installe sur le siège voisin du sien. Mon oncle Cole entre dans la pièce à ce moment-là, des bouteilles de bière vides plein les mains. Il les balance à la poubelle.

Zoey pousse un soupir, s'accoude au comptoir et se met à tortiller entre ses doigts quelques mèches de cheveux.

— Mes parents déménagent à San Francisco.

— Quoi ? Sérieux ?

Je n'arrive pas à y croire.

— Ouais.

Je ne parviens pas à déterminer si elle est déçue ou ne sait simplement pas encore comment prendre la nouvelle.

— C'est génial, m'extasié-je pour lui montrer la voie. Tu ne veux pas déménager ?

Zoey retire son bras du comptoir et croise les jambes.

— Je ne sais pas quoi en penser, Lil. C'est très loin d'ici. Ce n'est pas comme si c'était au bout de la rue.

— C'est vrai, mais on parle de San Francisco ! J'adorerais aller là-bas !

Elle se fend d'un léger sourire.

Oncle Cole, dans toute sa gloire maussade, attrape trois nouvelles bouteilles dans le frigo et en coince le goulot entre ses doigts. Il me sourit avant de retourner rejoindre les autres dans le salon.

Il est génial. Quand il est arrivé, il m'a glissé une carte de félicitations avec deux cents dollars à l'intérieur.

— Zoey, je trouve ça super. Et honnêtement, il me tarde d'aller rendre visite à ma meilleure amie en Californie. Ouais. Ça sonne encore mieux quand on le dit. Californie.

J'accompagne ces quatre syllabes de gestes théâtraux.

Elle éclate de rire.

— Tu vas vraiment me manquer, Lil.

— Toi aussi.

Sa mère entre dans la cuisine, suivie de près par Blake, son père.

— Tu as annoncé la nouvelle à Lily ? demande Natalie en se servant dans le frigo.

— Ouais, je viens de lui dire.

— Qu'est-ce que tu en penses, Lily ?

Blake embrasse Zoey sur la tête, prend la bière que Nat lui tend et sort de la maison, sans doute pour fumer une cigarette.

— Je suis tout excitée pour elle, réponds-je. J'emménage à Boston pour la fac, elle va en Californie. On ne sera peut-être plus collées l'une à l'autre comme depuis toujours, mais je trouve ça bien de ne pas toujours rester au même endroit.

— Tu es vraiment la fille de tes parents, ça ne fait aucun doute, réplique sa mère en pouffant.

Je souris fièrement et saute de mon tabouret pour les accompagner, Zoey et elle, au salon.

— Je voudrais porter un toast ! s'exclame mon père en brandissant sa bière au milieu de la pièce.

Il plonge son regard dans le mien. Nous avons les mêmes yeux verts.

— À notre petite fille, Lily. Montre-leur qui est la meilleure, à la fac !

Tout le monde lève son verre.

— À Lily !

Je passe le reste de la journée, et ce jusqu'à la nuit tombée, en compagnie de mes amis, de ma famille et, bien sûr, de Gavin. Je l'aime tellement. Nous nous ressemblons beaucoup. Nous nous sommes rencontrés peu après qu'il a quitté l'Arizona pour venir s'installer ici. Son casier n'était pas loin du mien, et nous avions presque les mêmes cours. Zoey a été la première à lui faire de l'œil, ce qui n'a rien d'étonnant vu sa nature dragueuse. Dès qu'il était arrivé au lycée, elle m'avait lancé : « Celui-là, il est pour moi. Regarde-moi faire et prends-en de la graine. » Je n'avais nullement eu l'intention de m'en mêler, mais apparemment la personnalité de Zoey était trop imposante pour quelqu'un comme Gavin. Cela dit, c'est probablement grâce à elle si nous sommes ensemble aujourd'hui. Si elle n'avait pas été là, il n'aurait peut-être jamais trouvé d'excuse pour venir me parler.

Zoey a lâché l'affaire dès qu'il a révélé que c'était moi qui l'intéressais.

C'est d'autant plus étrange que Gavin et moi nous ressemblons tant qu'on pourrait croire que le destin nous a réunis. Nous visions tous les deux la même fac. Nous aimons la même musique, les mêmes films, livres ou séries télé. Nous apprécions tous deux l'art et l'histoire et avons tous deux, à différentes périodes de nos vies, envisagé de traverser l'Afrique. Gavin est passionné d'archéologie. Je voudrais devenir conservatrice de musée.

Gavin n'est pas mon premier petit ami, ni le premier garçon que j'aie embrassé, mais il a été le premier pour tout le reste. Je ne peux pas imaginer passer ma vie avec quelqu'un d'autre que lui. J'espère que nous finirons comme mes parents. Oui, je l'espère vraiment.

Après l'obtention de mon diplôme, j'ai passé l'été avec mes parents. Et je n'ai pas perdu une minute de ce temps en famille, car je savais que cela passerait vite. À la rentrée, j'ai emménagé sur le campus. Quant à mes parents… eh bien, ils avaient autant de projets que moi. Je crois qu'ils m'ont remarquablement bien élevée, mais je savais que, dès que je quitterais la maison pour voler de mes propres ailes en commençant la fac avec Gavin, ils s'empresseraient d'aller accomplir leur rêve d'une vie.

Je suis tellement heureuse pour eux. Ils me manquent chaque jour, mais je suis heureuse.

Ils n'oublient jamais de me poster des lettres – pas de simples e-mails, de véritables lettres manuscrites. Je les ai toutes gardées, qu'elles viennent de l'Argentine, du Brésil, du Costa Rica ou du Paraguay, ou bien de partout en Europe : d'Écosse, d'Irlande, du Danemark… Je suis ravie que mes parents soient ainsi : libres d'esprit, spontanés, amoureux du monde. Je les admire beaucoup. D'après ce qu'ils me racontent de leur existence à mon âge ou un peu plus, je me rends compte que leur relation a commencé sur les chapeaux de roues, même si tout s'est bien terminé. Ma mère m'a raconté son histoire, sa dépression. Elle n'est pas entrée dans les détails, et j'ai toujours su qu'elle me cachait des choses. Mais elle voulait que je sache que mon père et elle seraient toujours là pour moi, quoi qu'il advienne et quelles que soient les décisions que je pourrais prendre.

Je crois qu'elle avait peur que je reproduise les erreurs qu'elle a pu commettre quand elle a connu de mauvaises passes, mais honnêtement, je ne m'imagine pas être malheureuse un jour.

Maman m'a également parlé de sa rencontre avec papa. À bord d'un car de tourisme, c'est incroyable ! Ça m'a fait éclater de rire. Mais quand je pense à eux et à tout ce qu'ils ont enduré, je ne peux m'empêcher d'être impressionnée.

Selon maman, mon père était un peu sauvage, à l'époque. Elle pense que c'est sans doute essentiellement pour ça qu'il a mis du temps à accepter Gavin. Là encore, elle n'est pas entrée dans les détails, mais... bon sang, mon père devait être vraiment... Beurk ! Peu importe.

J'ai appris tant de choses grâce à mes parents. Ils m'ont enseigné que la vie était précieuse, et qu'il ne fallait jamais en gâcher un seul instant, car chaque seconde pouvait être la dernière. Mon père a beaucoup insisté pour que je sois moi-même, pour que je défende ce en quoi je croyais, que je soutienne mes idées plutôt que celles des autres. Il m'a dit que les gens essaieraient de me transformer sur leur modèle, et de m'en méfier car j'aurais tôt fait de devenir comme eux. Le principal cheval de bataille de ma mère a été de me convaincre que la vie n'est pas censée être une succession de jobs merdiques, de factures à payer ; elle ne voulait pas que je devienne esclave de cette société. Elle s'est assuré que je comprenne bien que, quoi qu'en disent les autres, je n'avais pas à mener une existence que je n'avais pas choisie. J'ai donc choisi ma voie. Je m'efforce de faire de ma vie une qui vaudra le détour, qui sera pleine de beaux souvenirs, et pas une qui se noiera au milieu de toutes les existences mornes qui se déroulent autour de moi. Je suis la seule à prendre les décisions qui me concernent. Il y aura des moments difficiles, je serai peut-être obligée de faire cuire des steaks hachés ou de récurer des toilettes pendant un temps, je perdrai des gens que j'aime et ma vie ne sera peut-être pas un long fleuve tranquille. Cependant, tant que je ne me laisserai pas submerger par mes ennuis, je finirai un jour par faire exactement ce que je veux. Et quoi qu'il arrive, qui que je perde, je ne serai pas triste éternellement.

Toutefois, mes parents m'ont surtout appris à aimer. Bien sûr, ils m'ont prodigué un amour inconditionnel, mais je parle surtout de la façon dont ils s'aiment l'un l'autre. Je connais beaucoup de couples mariés – la plupart des parents de mes amis le sont encore –, mais rares sont ceux qui sont aussi dévoués l'un envers l'autre que mes parents. Je les ai toujours connus inséparables. Je ne me souviens que de quelques désaccords, et je ne les ai jamais entendus se disputer vraiment. Jamais. Je ne sais pas ce qui rend leur mariage si solide, mais j'espère bien que, quel que soit l'ingrédient secret, ils m'ont transmis un peu de cette magie.

Gavin entre dans ma chambre de la résidence universitaire et referme la porte derrière lui. Il s'assied au pied de mon lit.

— Encore une lettre de tes parents.

J'acquiesce.

— Où sont-ils, en ce moment ?

— Au Pérou, dis-je en me replongeant dans leur courrier. Ils adorent l'Amérique latine.

Il me pose une main réconfortante sur le genou.

— Tu t'inquiètes pour eux.

— Ouais, comme d'habitude. Mais c'est encore pire quand ils sont là-bas. Il y a des endroits très dangereux. Je ne voudrais pas qu'ils finissent comme...

Gavin me prend le menton pour me forcer à le regarder.

— Il ne leur arrivera rien, tu le sais.

Peut-être qu'il a raison. Ma mère et mon père voyagent le sac au dos depuis maintenant deux ans, et le pire qu'ils aient vécu – d'après ce qu'ils m'ont dit, en tout cas – a été de se faire dépouiller une fois, et une autre fois d'avoir un problème de passeports. Mais il pourrait leur arriver n'importe quoi, surtout seuls sur la route.

Apparemment, j'ai hérité de l'anxiété de ma mère.

— Encore deux ans, et ils seront tout aussi inquiets que toi, ajoute-t-il en me déposant un baiser sur les lèvres.

— Je suppose que oui, admets-je en lui souriant tandis qu'il se relève. Ma mère se lèvera sans doute toutes les nuits en se demandant si je n'ai pas été déchiquetée par un lion.

Gavin m'adresse un sourire en coin.

Il y a six mois, nous avons décidé que nous avions vraiment envie de découvrir l'Afrique après nos deux premières années de fac. Quand nous nous sommes rencontrés, il s'agissait moins d'un projet que d'un point commun découvert au fil d'une conversation. Aujourd'hui, c'est devenu un véritable objectif. Du moins pour l'instant. Beaucoup de choses peuvent évoluer en deux ans.

Je replie la lettre et la remets dans l'enveloppe décolorée, que je pose sur ma table de chevet.

Gavin me tend la main.

— Tu es prête ? me demande-t-il en m'aidant à me relever.

Je m'apprête à quitter la pièce pour aller fêter son anniversaire en compagnie de nos amis et, juste avant de sortir dans le couloir, je jette un dernier coup d'œil à l'enveloppe avant de refermer doucement la porte derrière moi.

Achevé d'imprimer en mai 2014
N° d'impression 1403.0223
Dépôt légal, juin 2014
Imprimé en France
81121226-1